看不見的圖書館

2

蒙面的城市

The Masked City

The Invisible Library

Genevieve Cogman

珍娜薇・考格曼——著 聞若婷——譯

看不見的圖書館■書評推薦

《蒙面的城市》好評

「這部機智風趣的奇幻裡面有福爾摩斯式的偵探、奇妙的魔法列車、讓人著迷的妖精政治、逗趣的橋段，以及為了在有限時間內營救凱，艾琳所經歷的驚險迷人冒險。」

——《軌跡》雜誌（*Locus*）

「這個系列的書迷會很興奮能更深入認識龍族及善變的妖精，而且會超級期待下一集。」

——《書單》雜誌（*Booklist*）

「又一場精彩的冒險……節奏輕快且富娛樂性。本系列輕鬆愉快，是消遣時光的最佳良伴。」

——The BiblioSanctum 書評網站

《消失的珍本書》好評

「考格曼充滿生氣與機智的文字為這個類型帶來了新氣象……讓人聯想起戴安娜·韋恩·瓊斯和尼

爾・蓋曼的作品。考格曼的小說是閱讀的一大樂趣。」

——《出版人週刊》（Publishers Weekly）

「愛書人一定會爲這本迷人的初試啼聲之作瘋狂，考格曼在這部作品裡成功滿足了有趣奇幻的條件。善於謀略的角色們與輕快的動作場面，都在這個引人入勝、架構迷人的世界裡。」

——《圖書館期刊》（Library Journal）

「令人滿意的綜合體……這本書讓人沉迷。」

——英國《衛報》（The Guardian）

「如此機智，同時又讓人毛骨悚然，還有精心建構的世界觀與伶牙俐齒、聰明又性感的角色們！」

——雨果獎得主、「繼承三部曲」作者 潔米欣（N. K. Jemisin）

「耀眼的愛書人出道作。」

——雨果與軌跡獎得主，查爾斯・史卓斯（Charles Stross）

「娛樂度極高……讓我想起賈斯柏・弗德的『周四・夏』系列。」

——The Book Plank網站

The Invisible Library

看不見的圖書館 2 蒙面的城市

目次

Thank you for reading my book.
I hope you like the story.

Genevieve Cogman

感謝你們閱讀我的作品。
希望你們喜歡。

珍娜薇・考格曼

致謝
Acknowledgements

再次感謝協助我完成本書的每個人。感謝我的經紀人Lucienne Diver，妳幫我深入倫敦尋找怪獸，感謝我的編輯Bella Pagan，妳表現得非常傑出，本書成就很大部分要歸功於妳。

感謝參與試讀的朋友、家人、支持者和分類工作團隊，你們的協助讓我銘感在心。

也要感謝美麗的城市威尼斯，它值得用比我能力所及更美好的文字來描寫。

圖書館員學生手冊

摘錄自《針對不同世界所採取之方針簡報書》

第2.1節，第4.13版

作者：考琵莉雅

編輯：科西切

審訂：傑維斯和恩蒂庫馬

緒論

現在各位已經通過基本訓練，若非正跟隨前輩圖書館員進行實務工作，便是在準備這麼做。此份機密文件旨在進一步探討大圖書館對妖精和龍族這兩方所秉持的態度，它能幫助你們了解我們為何未與任何一方結盟。

妖精——對混沌的態度及其力量

你們要留意妖精對人類帶來什麼樣的危險。他們的營養來源是與人類的情感互動，他們藉由這種方式把我們當成食物。在他們眼裡，不管是人類或其他妖精，只要是他們自己之外的人，都只是他們個人故事的參與者——是為了豐富背景的配角。這形成了耐人尋味的回饋循環：他們能夠使他們的個人故事越戲劇化（譬如扮演惡人、流氓或英雄），那個妖精就能獲取越大的力量；而當妖精獲得越多力量，這種角色扮演行為就會越落入俗套。而這種循環會造成的結果是，那個妖精的觀點會隨著時間而越來越反社會化【註一】。

至於其他方面的危險，妖精的力量可以展現出不同形貌，包括散發基本的魅惑力（目的是影響人類對他們的看法），以及操弄周遭人的情緒。除此之外，力量強大的妖精偶爾可以展現出特定魔法力量或生理力量，視他們選擇哪種原型或刻板類型而定。

註一：這究竟是反社會還是精神病，不在本簡報書的探討範圍內。

妖精——他們的世界

我們已知的各個世界，範圍非常廣泛，從有秩序到充滿混沌都有。我們前往的世界越接近混沌，就有越多妖精居住其中。人類若待在受混沌侵襲的世界裡，當然就有感染混沌的風險。這可能影響圖書館員的力量，甚至阻礙他回到大圖書館。在這類由妖精主宰的世界中，人類只是充當背景的角色。他們的功能可能是寵物或食物，他們周遭的妖精不管是肉體或心靈都被混沌感染，沉溺在心理劇、羅曼史或世仇劇的情節中，人類在他們眼裡只是片場道具。有些單獨行動或力量較弱的妖精，或許可以在相對「人性化」的層面與個別圖書館員互動；至於力量較強者，則不願或不能這麼做。如果妖精提出顯然很友善的提議，在和對方合作時千萬要提高警覺，因為他們的動機仍然很不單純。

妖精或是龍族——優劣分析

你可能想問：那我們何不直接與龍族結盟？他們代表秩序，就像妖精代表混沌一樣。他們代表現實，就像妖精喜愛虛構和幻想的概念，並從中汲取力量。龍族重視「真實的」物質世界甚於一切，對想像的事物容忍度極低。那我們為何不擁抱【註二】物質性的現實呢？答案是：就其獨特層面而言，龍族的觀點就和妖精一樣偏激且不人性化。

龍族——他們對秩序的態度以及他們的力量

龍族或許代表物質世界——換言之，就是我們碰觸得到的世界——但物質性現實並非真善美。【註三）它很粗野、嚴酷、無情。龍族的力量奠基於物質世界：他們可以控制天氣、潮汐、大地……等等。龍族的思考模式也極為務實，他們不屑討論民主制度、人類民族自決或類似的奇思妙想——因為他們認為自己無庸置疑是世上最強大的生物。他們相信在這項前提之下，他們自然而然握有統治權。因此在高度秩序主宰的世界中，不論是公開統治或幕後掌權，龍族確實是實際上的統治者。

大圖書館——如何維護平衡

大圖書館透過與不同平行世界間的門戶和它們連結——最初是從那些世界取得關鍵性的書籍而建立連結的——而這樣的連結讓大圖書館能夠維護平衡狀態。它和各個世界之間的連繫，能防止那些世界太快傾向混沌或秩序，而在兩者間的狀態對人類來說才是比較穩定的環境。【註四】若是資淺圖書館員被發現與妖精進行未獲授權的協議，將受到嚴重處罰。如果這類協議被判定為破壞了大圖書館最重要的中立態度——這是我們不計任何代價都必須維護的核心價值——處罰會更嚴厲。在此得強調，我們的立場不是評斷「怎樣對人類最好」。人類應該自己做決定。大圖書館的宗旨是將人類保持在平衡狀態，既不傾向徹底的現實，也不傾向徹底的非現實。

而你們的任務就是蒐集上級指定的書籍，藉此協助維護平衡狀態。

註二：這是象徵性說法。圖書館員的私生活不受干涉。

註三：在此提醒抱持不同神學觀點的圖書館員，你們的個人信仰也不受到干涉。

註四：我們明白這是過分簡化的說法。針對此項的深入探討不在本簡報書範圍，而要對語言有高深造詣才能理解。

楔子

倫敦空氣充斥著霧霾和髒污，凱的感官比人類敏銳，不過試著不要太放縱這方面能力。然而就連他也和一般倫敦市民一樣，沒辦法看清楚陰暗巷弄內有什麼。而在國王十字車站後方的狹窄街道上，即使是老倫敦人走路時也會小心翼翼。

不過犯罪猖獗之處，也是偵探薈萃之地。他是來這裡和朋友、犯罪剋星派瑞格林・韋爾會面的。他在一間當鋪櫥窗前暫時駐足，想要利用倒影打量身後街道。雖然沒發現有特定人物在跟蹤自己，空氣中卻有種危險徵兆，讓他緊張。不過即使他現在是人形，能挑戰龍族的人類還是屈指可數，而他並不認為會在這條小巷子裡和這種人不期而遇。

韋爾就在轉過街角後的倉庫裡。就快到了，凱馬上就能知道韋爾手頭的案件需要什麼樣的協助。這時候近處有人發出尖叫。是女性，聽起來眞的驚恐之極，然後尖叫聲戛然中斷，化作嗆咳的哀鳴。凱急急轉頭，窺探迴旋的霧氣。在一條特別潮濕的通道盡頭，有兩男一女緊挨在一起。其中一名暴徒把女人手臂拉到背後牢牢箍住，另一人握著拳頭往回收，準備再次毆打她。

「放開她。」凱平靜地說。他可以輕鬆應付兩個人類。就算他們是狼人，也不算眞正危險。不過處理這件事會害他遲到。

「閃邊去。」其中一人惡狠狠地說，並轉過身面向他。「不干你的事，這裡也不是你的地盤。」

「只要我認為是我的事，就是我的事。」凱沿著巷子朝那三人走去，同時自然而然地遵照父親的武術師父的訓練，評估對方能耐。那兩個男人肩膀肌肉發達、體格健壯，不過肚子都有點凸，顯露放縱口腹之欲的跡象。他能對付他們，幾天前他才對付過同一類型的傢伙。

閒著的那人朝他走來，雙手握拳舉起，擺出基本拳擊手架勢。他的腳步比凱預期中輕盈，不過還不夠快。他右拳虛晃一招，然後嘗試以左直拳攻擊凱的下巴。凱往旁跨，手掌側向拍擊男人腎臟部位，然後踹對方膝蓋後方使他失去平衡，再抓頭撞牆。男人倒地不起。

「別這樣。」另一個男人說，他把女人固定在前方當作盾牌，一邊往巷弄深處退去。他的眼神開始浮現驚慌。「你快走開，這樣大家都不必受傷……」

「你快放開那個女人，」凱糾正他。「這樣你就不必受傷。」他走向前，一邊斟酌出手時機。衝向側邊並猛擊男人頸部，應該是對那女人來說風險最低的做法，不過──

「現在。」有個聲音在上方說。

他兩側和後方有許多扇門猛然開啓，同時有什麼從上方落下，化作一團影子襲向他。凱出於本能撲向一側，可是巷子裡突然冒出太多人。他受過格鬥訓練的心智注意到對手有十幾人，而打開的門後還有更多。沒有空間可閃躲，這似乎是圈套。這些人甚至沒有裹足不前，讓其他人承受第一波攻擊，那是尋常暴徒的行為模式。他們一擁而上，大多赤手空拳，不過有兩人戴了手指虎、持短鉛棍。

他得退出巷子、離開現場，這沒什麼丟臉。戰士受的訓練有一部分在認清對方武力優於自己，並做出適當反應。有條手臂從後方伸出來勒住他的脖子，他抓住那條手臂，單膝跪地，把那人從自己頭頂上摔出去，砸向正在包圍他的一群人。他保持蹲姿，原地旋轉，用一隻腳掃向另一個鬥士的雙腳，使對方跌倒在地。他順勢轉身站起。他和出口之間擋著四個人——四個得移除的障礙物。

韋爾手頭的案件一定很重要，才會有這麼大陣仗來攔截他。

凱注意到先前差點命中他的網子，現在亂七八糟地堆在地上。這玩意兒看來很陰險，繩索間還夾雜著金屬物。怪了，他們何必大費周章活捉自己？如果韋爾已經落在他們手裡，他們會後悔的。

他用手肘往後頂，感覺擊中某人下巴，然後奮力向前跑。他前方的四人至少會有一人退開……

他沒料到他們會全部迎向自己，像人體組成的一波海嘯。他向上攻擊喉嚨，再向下攻擊鼠蹊——先發制人。但他們竟然沒有倒下去。他們感到疼痛，發出哀號，腳步也踉蹌了，卻還是擋著路。

他後腦勺受到重擊，迸發猛烈痛楚，隨著他單膝跪地，接下來施展的神經攻擊也喪失了力道。他知道自己現在門戶洞開，但肌肉一時不聽使喚。

另一個人揍他的臉，他啐出一口帶血唾沫。

凱身後的一人撲到他身上，把他壓向骯髒的路面。凱掙扎著要呼吸，但仍因剛才那一擊而眼冒金星。現在他感覺到血管中奔騰著純粹的憤怒。這些人類竟敢這樣攻擊他？

他心裡根本容不下恐懼。這個人渣不可能獲勝。

他感覺自己的眞身浮現，手變成爪子，鱗片開始沿著皮膚蔓延，本性也隨著憤怒湧上。他要召喚河流收拾他們，把他們逐出這個倫敦，他們要爲了無禮付出代價。

他感覺到倫敦另一頭的泰晤士河及其所有支流回應他的憤怒而蠢動著。他或許是他父親最不成材、最年幼的兒子，但仍然是龍族王室成員。他屈起身體再往後一伸，迫使暴徒脫離自己身體，然後撐地站起、齜牙咧嘴地咆哮。

更多身軀撞上他把他撂倒，許多力道強勁的手把他的手腕按在地上。他掙扎著與他們對抗，爪子在地上刮出痕跡。他生平頭一回內心閃過一絲疑慮。也許他應該完全變回眞身，那樣他們就不可能壓制住他了。有一條龍在倫敦走動會引起巨大恐慌，不過若有可能會輸……

一隻手伸進他的頭髮，把他的頭往後拽，然後他感覺冰冷的金屬啪地箍住了他的脖子。空氣裡突然充滿凶猛、電一般的妖精魔法氣息，縈繞在他周圍束縛著他。他錯愕地大叫一聲，遠處河流退下去了，從他的感官中消失，而他的手指變回人類手指，徒然地搔抓著混凝土地面。

「這樣應該就行了。」在這場攻擊事件中，這個冷酷的聲音是第一個發話的，也是凱聽到的最後一句話。有人給他頭部最後一擊，然後他就昏了過去。

第一章

前一天晚上……

艾琳心想，真可惜酒有毒。這個房間位於悶熱的地下室，來一杯冰涼的酒一定很暢快。

她並不用凱貼在她肩膀後碎碎唸。她一直在用鏡子盯著那個戴著烏鴉面具的男人，他的本名叫查爾斯·梅藍寇特，從兩、三個星期前開始，他們就在獵同一本書。他是一位俄羅斯買家的代理人，艾琳則是大圖書館探員。現在雖然她戴著面具，但他們在調查同樣消息來源時互相撞見好幾次，他一定還是認得出她，就像她也認得出他。

拍賣物品正在進行結標，那是一組鍍金骰子，上頭嵌著紅寶石點數，現場響起些許掌聲。每個人都戴著面具，連用托盤端著點心和酒杯的侍應生也不例外。嚴格說來這並不是非法拍賣會，不過絕對遊走在法律邊緣。出席的常客包括特立獨行者、超級富翁和一大票有律師的人，那些律師的唯一使命就是證明（不論在任何方面）他們絕對清白。牆上點著乙太燈，刺眼白光照亮室內，讓昂貴禮服上的珠飾和軍服上的勛章熠熠生輝，不亞於各項拍賣品。她也認出其中幾副面具下的是倫敦本地的妖精。不過檯面下的妖精首領席爾維大人倒是不在場——謝天謝地。

艾琳是靠韋爾幫忙才能進來的，與倫敦首屈一指的名偵探有交情絕對有利無弊。她回報他的條件是保證在午夜前帶著凱離開現場，因為警方已經計畫好要在午夜突襲搜查。她打算遵守諾言。從兩、三個月前開始，她就努力在這個平行世界建立起自由接案譯者的偽裝身分，如果有了前科可是很不方便的。

「下一件拍賣品，」拍賣師用呆板的語氣說。「一本亞伯拉罕．『布蘭姆』．史托克的《女巫》，改編自朱爾．米榭勒的同名著作。相信我們不用特地提醒各位貴賓，英國政府將這本書列為禁書，教會也基於公然猥褻和異端罪名譴責這本書。不消說，得標者將獲得娛樂性很高的閱讀時光，哈哈。」她的笑聲一點笑意也沒有。「本拍賣品屬於匿名遺產，起標價一千英鎊。有人要出價嗎？」

艾琳舉起手，梅藍寇特也是。

「戴黑色小面具的女士，出價一千英鎊。」拍賣師吟誦般說。

「一千五！」梅藍寇特喊道。

看來他要走激進路線，而不是循序漸進。也好。至少他們似乎是唯二對這項拍賣品有興趣的人。

「兩千。」艾琳口齒清晰地說。

「兩千五！」梅藍寇特宣布。

有幾個買家開始竊竊私語。這本書是很罕見，但還沒到奇貨可居的地步。有好幾間博物館都有這本書，因此艾琳選擇來這場地下拍賣會購買這本鉅著，算是很有良心了。畢竟她大可直接偷一本。她想到這裡不禁露出微笑。「三千。」

「五千！」喊價突然三級跳，滿室為之啞然。大家望向艾琳，看她會怎麼辦。

凱傾向她的肩膀。他很忠實地扮演著貼身保鑣的偽裝，從頭到尾都站著，不吃不喝，一直守著他們的毛氈旅行袋，裡頭裝著他們用來付款的物品。「我們可以先讓他得標，晚點再去找他。」他喃喃地說。

「太冒險了。」艾琳悄聲回應。她從他端著的托盤上拿起那杯酒，湊到唇邊，確切無誤地看到梅藍寇特的姿勢突然緊繃起來。沒錯，這杯酒確實被他動過手腳了。她就知道。

「酒，**沸騰**。」她用語言低聲說，然後快速把她手指底下發熱的玻璃杯放回去。酒液已經在冒泡了，還湧出杯緣流到托盤上，在蒸發的同時嘶嘶作響、白煙直冒。凱的雙手緊繃了一下，但仍穩穩地端著托盤。

室內更加死寂。艾琳打破靜默。「一萬。」她輕描淡寫地說。

梅藍寇特咒罵一聲，一拳搥在自己大腿上。

「還有人要出價嗎？」拍賣師在竊竊私語聲中朗聲問道。「戴黑色小面具的女士出價一萬英鎊，一萬一次、一萬兩次……成交！謝謝您，女士，請移駕與工作人員安排付款。下一件拍賣品……」

艾琳不再注意聽下一件拍賣品的資訊，站起身來。凱把托盤交給一名侍應生，然後拎起毛氈旅行袋隨艾琳走向付款櫃台。她留意提防著梅藍寇特，但他頹喪地癱在座位上，並沒有打算做什麼驚人之舉。男女賓客在她經過時都尊敬地點點頭，她也客氣地回禮。

「女士，您的款項？」櫃台處的男人不卑不亢地說。他身後有好幾個魁梧的壯漢，負責協助不甘願顧客履行購買義務。不過這次不勞他們出馬。

艾琳保持一抹淡淡笑意，看著櫃台職員用專業珠寶放大鏡仔細檢視她的合成鑽石，然後宣布交易完成，並且把書交給她。這些鑽石很好用，它們來自另一個圖書館員，對方在一個科技先進許多的平行世界工作。那裡生產的鑽石相對而言很平價，而她的同事只要求她用這個世界的一套初版伏爾泰全集交換。

他們走到門口時，梅藍寇特追了上來。「我可以談個條件，」他說，他的聲音壓得很低，卻難掩迫切。「如果妳能爲我引見妳的委託人——」

「恐怕這是不可能的。」艾琳說。「抱歉，但這件事已成定局。告退了。」她想起自己有時間限制——而這時候已經十點半了。

梅藍寇特的嘴唇在面具底下抿成細細的一條線。「將來如果出事了可別算在我頭上，」他沒好氣地說。「我也要告退，得上路了。」他搶在他們前頭離開，命令一名侍應生取他的大衣和帽子來。

等到他們離開那個是非之地、可以摘下面具時，已經十點四十五分了。這天夜色還算清朗，乙太燈把蘇活區街頭所有缺陷都照得清清楚楚。有幾個鶯鶯燕燕在街角遊蕩，但大多在酒吧裡或在屋內從事不法勾當，沒有人想來騷擾凱和艾琳。梅藍寇特已經不見蹤影。

「妳覺得他會耍什麼手段嗎？」凱低聲問道。

「可能會，我們往牛津街走吧，走到大馬路上應該就安全了。」

他們朝那個方向走，艾琳思考著她的人生在這幾個月以來起了多大變化。她原本是個漂泊不定的圖書館員，隨著獲派任務在不同平行世界間遊走，好爲她所效命、位於各次元間的大圖書館蒐集書籍。而現在她是駐地圖書館員，在這裡建立了固定基地，擁有可敬的助手，甚至還交到了朋友。穿梭不同世界是無法維持友誼的，尤其是她有半數時間都得僞裝身分。可是現在在這個世界裡，甚至有人（例如韋爾）知道她的眞實身分並接受了她。

而且老實說，她樂在工作。能夠快速有效地完成大圖書館的要求，很有成就感。從特定世界提供獨特的書籍給大圖書館，也有助於穩定那個世界，藉由強化與大圖書館的連結來維護它在秩序與混沌之間的平衡。不過這份工作也很刺激——雖然這不是最精確的形容詞。上個月他們必須潛入愛丁堡地底一座滿是自動機械的迷宮，搶救伊莉莎白・巴托里的《玫瑰女王》佚本。今天他們毫無阻礙地溜進一場拍賣會再溜出來（下毒未遂只是不重要的細節）。艾琳不確定明天會遇上什麼事，但很有趣的機率很大。

「啊，」他們經過一間酒吧後繞過街角，走在一段陰暗馬路上，這時候凱似乎微微得意地說。「我就知道——有人在跟蹤我們。」

艾琳轉頭，瞥見他們後方的街角處有兩個男人。「夠機伶。只有那兩個人嗎？」

「至少還有一個人。我想他們打算繞到前面去攔截我們，如果我們走伯維克街的話。」凱皺起眉頭。「我們要怎麼做？」

「當然是走伯維克街啊，」艾琳斬釘截鐵地說。「否則我們要怎麼搞清楚狀況？」

凱斜睨著她，乙太燈光使他的側臉像是線條銳利的大理石雕像。他瞇起眼，眼珠烏黑，與肌膚形成強烈對比。「妳會讓我來處理嗎？」

「我會讓你打頭陣。」艾琳說。「負責分散他們的注意力，我來收尾。」

他點點頭，接受了命令。她不打算和他並肩對抗街頭流氓。畢竟他是龍族，即使現在是人形，他也能跳到半空中踹人的頭。而在這個倫敦她得穿著長度及踝的裙子，實在不適合又跳又踢。

凱的龍族身分讓事情複雜許多。他是很有用處的助手，擁有超越普通人類的能力，但這也表示他很有主見和偏見。他毫不掩飾對屬於混沌一方的妖精極度反感，這很尷尬，因爲妖精是這個世界的主要居民。雖然他並不願意詳細說明他自己的出身，但散發著龍族王室的傲慢。憑艾琳的經驗，她知道這一點可能——不，應該說勢必——會帶來麻煩。但是此時此地，他是最優秀的後盾。

時間已經很晚，伯維克街的市場和布店都打烊了，除了乙太燈的光芒之外，整條街一片漆黑。現在正是跟蹤者出手的好時機。

那兩個人彷彿收到了暗號，開始拉近距離，同時前方街角後方走出第三人。他的衣著很邋遢，大衣袖口破破爛爛，衣襟敞開，露出頸部打得很鬆的寬領結，底下是有幾顆鈕子沒扣的襯衫。他把鴨舌帽壓低，使眼睛籠罩在陰影中。「你們給我站住。」他咆哮。

凱和艾琳站住了。

「好，我們可以把大事化小，」混混說。「也可以把小事化大。我和我兄弟並不是非得弄傷你們不可，懂嗎？」

「唉唷！」艾琳驚呼一聲，想讓自己顯得不具威脅性。「怎麼回事？」

「只是一點必要的暴力而已，小姐。」男人說。他向前跨了一步。她聽到另兩人加速由後方接近。「如果妳可以離這位年輕紳士遠一點，我和我兄弟就沒有理由煩妳了。」

一定是因爲袋子在凱手上。梅藍寇特不可能來得及警告他們她可能有特殊能力。嗯，艾琳對任何優勢可是來者不拒。

「那你們又有什麼理由來煩我？」凱詢問。他把袋子傳給艾琳，她退後一步，靠向街道一側，好讓出空間給他施展拳腳。她用眼角餘光看到樓上窗戶有光亮熄滅，還有一些窗簾被人悄悄拉開。一時之間，她好像看到對面那排屋頂上有東西在動，但她不是很確定，而且地面上的危險更迫切。幸好她對讓凱獨力應付三個街頭混混有十足信心，他搞不好連一滴汗都不會流。

他們前方的男人從口袋摸出一根看起來很沉的短棍，放在手裡掂著重量，一副經驗老到的樣子。看來是受過訓練的街頭紳士，比從附近酒吧隨便找來的流氓強一點。

艾琳轉頭看著從後方接近的兩個人。現在他們的步伐由小步快走轉換成大步慢跑。她這下可以藉燈光把他們看得更清楚了，他們的臉頰長滿茂密鬍鬚，兩道濃眉在鼻梁上方相連，而他們的指甲絕對不像正常人。

狼人。她沒料到會遇上狼人。

雖然這個平行世界的法律並未針對狼人，但除非剛好很有錢，否則狼人的社會地位會被綁定在勞力活和偷拐搶騙的下流階層。在大城市裡，狼人常會組成擬似家族、成群結隊，包辦工廠或碼頭的所有輪班制粗工，或直接幹起收保護費的勾當。艾琳從來沒試著弄清楚住在鄉下的狼人都在做什麼，也許過著健康的戶外生活，每天只是抓抓兔子，不過她挺懷疑的。

幸好在滿月的日子，要傳播狼人疾患要花上很長時間和很多「濕吻」，所以狼人帶來最大的危險並不是感染人類。但他們比普通人更強悍，而且在鬥毆時，除非你打算對他們下重手，不然很難讓他們慢下來。

「我們要你剛才傳給那位小姐的袋子。」第一個人——或該說狼人——粗魯地說。他舔舔嘴唇，舌頭長到讓人不太舒服。「然後你要帶一個小小口信給你的雇主，你應該懂我的意思吧。」

「我不建議這麼做。」凱邊說邊把右腳往前滑，艾琳隱約認出這是一種武術姿勢，只是不太明顯。「麻煩各位紳士告訴我是誰雇用你們的——」

他後方的兩個人突然往前衝，伸手要抓凱的手臂。但凱顯然已經料到了，他流暢地往後抓住他們的手腕，然後藉助他們自己前衝的力量把他們狠狠往前甩。接著他又把他們往回拽，兩人都差點摔倒。其中一人罵了一句髒話，另一人沒吭聲，但舔了舔嘴唇，露出不懷好意的眼神。

「喔，原來是個身手快的。」第一個人說。「兄弟們，圍住他，我們來教教他禮貌。」他邊說邊往右挪，靴子在路面上拖行，不過他還沒向凱移動。

「我還是想知道是誰派各位先生來的。」凱說。他的姿態仍然很放鬆。他的眼光始終盯著三人中的頭頭，不過艾琳相信他也在留意另兩人。她有時候會忘記他曾在高科技賽博龐克世界裡度過一段類似罪犯的生活。他可能很習慣應付，甚至還很懷念這類衝突場面呢。

「我想也是。」凱左邊的那人吼道。他更往旁邊站，離艾琳在牆邊的位置又近了一點，他想繞到凱後頭去。「可惜你只能和他們說——」

凱趁他分神的一瞬間行動，轉身朝他連跨兩步，握起拳頭直擊對方肚子；對方悶哼一聲，踉蹌後退。凱張開手掌拍擊男人頸部側邊，他的表情十分專注，全副心力都放在正確攻擊上。這一掌的力道震得男人跌跌撞撞往後退，張開的嘴裡飛出唾沫。狼人喘著粗氣，頹然跪倒在地，毛茸茸的拳頭撞向地面，眼神朦朧，拚命想保持清醒。

另兩人都衝向凱，從喉嚨深處發出嗥叫聲，其中一人試著近身牽制凱，讓第一個人能用短棍攻擊。整個戰況急轉直下，變成一場大亂鬥，拳頭急速揮動。艾琳看到凱單膝跪地，皺眉上前幫忙。但是第一個混混搖搖晃晃地站起來，一把抓住她，有著長指甲的毛茸茸手指扣住她的上臂。「現在妳乖乖大聲哀叫，讓那位紳士能聽見。」他開口。

艾琳迅速低頭瞥向他的腳。他穿著靴子，繫著又長又重的鞋帶。這樣可以。「**你的兩腳鞋帶綁在一起**。」她告訴他，感覺語言的重量壓在喉間。

她是圖書館員，而在這種時刻，這非常有用。世界聽到她說的話，就會改變自己來回應。她可以讓酒沸騰、讓門開啓、讓飛船下降、讓動物標本活過來——以及更糟的事。或者就現在的狀況來說，她可以讓一雙鞋的鞋帶綁在一起。

「什麼?」混混問道，他的困惑在她意料之內。

她抓住他的手臂用力拉，但是混混斜著眼露出得意笑容，手仍牢牢握住她，並朝她跨近一步——然後跌了個狗吃屎。他兩腳的鞋帶綁在一起了。

艾琳趁著他跌下去時很有效率地劈開他的手脫困。要是她在打鬥時沒辦法照顧自己，就沒辦法當個稱職的外勤探員。這時候混混在地上狂亂地擺動手腳，所以艾琳用力踢他的腎臟部位。她踢第二下時，他不再扭動，把力氣用在呼吸上頭。等我們要閃人時，少一個追兵了。她嚴肅地想。

她身後的打鬥聲響化為沉寂，她望向凱。他有點多此一舉地拂著大衣袖子上的灰塵，另兩個受雇的混混則癱在他身旁地上。其中一人的手臂以不自然的角度扭曲，另一人則在流鼻血。街道上方的窗簾不再顫動，屋頂上一閃而逝的影子也不見了。梅藍寇特一定決定該設下停損點了。

「也許拿短棍的男士會好心說明一下。」艾琳提議。

凱彎下腰，拉第一個狼人站起來，讓他靠著牆。狼人的指甲縮了回去，臉上的毛髮也回復成像是很久沒刮鬍子的普通人類長度。「既然我們已經通過了初賽，」凱說。「是不是可以好好談事情了？」

混混一邊咳嗽一邊悶哼一聲。他小心翼翼地抬起手伸向自己的臉，確定凱不會阻止他，才放心地抹掉血跡和唾液。「我得說，你比我預期中厲害一點，先生。」他喃喃道。「好吧，只要我們都同意不會有正式投訴之類的事？」

「絕對只限私下對話。」凱向他保證。「好了，也許你可以回答我朋友的問題了。你是誰？什麼人派你來的？」

「我會老實告訴你，先生。」狼人說。他戳了戳自己的肩膀，皺了一下臉。「老天，你踢人真夠狠的。我們在老天鵝遇見一個女的，老天鵝是離這裡三條街的一間酒吧。她說你會和一位女性朋友走這條路，還向我們描述了你們的外貌。她說她想要你的袋子，並警告你別管閒事。不過她不想要弄死你們兩個。原訂計畫是我們先保管好袋子，等她來找我們。」

艾琳點點頭。「你能不能多說一點雇用你們的女人有什麼特徵？」

他聳聳肩，然後又皺起臉。「很體面的女士，錢包滿滿，但不是容易下手的目標。帶了把陽傘，袖裡藏著一把刀。穿著晚裝大衣、帽子和手套，都不是很搶眼的款式，不過品質一流。她絲巾上的別針看起來是黃金做的，但只是目測。她帶了一個男的當保鑣，不過發號施令的人是她。帽子底下的頭髮是黑的，眼珠也是黑的。我沒見過她。」

「她是外國人嗎？」凱若無其事地問。這是比較隱晦的問法，實際上的意思是：她會不會來自列支敦斯登大使館，也就是當地的妖精巢穴，也就是與韋爾有仇的席爾維大人大本營？

狼人搖搖頭。「就算是，也不明顯。她講話很正常，口音很優雅，就像你們兩個一樣。」

「那跟著她的男人有沒有什麼引人注意之處？」艾琳不放棄任何一絲希望。「或是她的絲巾別針？」

「嗯，我再看到他的話能認得出來，小姐。」混混說。「但我又不是妳的韋爾先生，只要看人家一眼就能告訴妳……」他顯然及時修飾了本來想說的話。「他鞋子上的泥巴是在哪沾到的。至於她的絲巾別針嘛，造型是一雙互握的手——沒什麼特別的。」

太合作了。艾琳轉頭看凱。「他沒有說出全部的事，逼他開口。」

凱跨向前，狼人向後縮。「等一下！你說你不會傷害我的！」

「其實他沒說過這句話。」艾琳集中精神。她可以用語言調整他人的認知，效果並不持久，可是在適當時機和地點還滿有用的。她對狼人說：「在你的認知中，我的朋友眞的很可怕，他會不擇手段逼你說出眞相。」

亂動別人心智有些道德上的疑慮，但艾琳安慰自己，這麼做應該比暴力逼供來得好一點。

凱還沒走到狼人面前，狼人就整個蜷縮起來，讓脖子曝露出來。「好啦、好啦！」他叫道。「我們跟著她到酒吧外頭，看到她搭特約計程車到列支敦斯登大使館，要和她的丈夫碰面……這是她告訴司機的話。然後司機叫她『夫人』！」

這些資訊有用多了。雖然那女人未必是貴族，但大使館裡有資格讓人這樣稱呼的女人也不可能很多。

「可是你能確定這是眞的，不是故意講給你聽的？」艾琳問。

雖然居於劣勢，狼人還是不禁露出得意表情。「別擔心，是眞的，妳知道爲什麼嗎？因爲我的夥伴喬治認得那個開計程車的傢伙。他固定幫大使館開車。就算她想唬弄我們，司機也是眞的。」

「他的名字？」艾琳犀利地問。

狼人遲疑了一下，看了看凱，決定妥協。「弗拉德．佩特洛夫。」他喃喃地說。「我知道的就這些了。」

聽起來是實話。現在他們手上有名字可查了。「我想這位紳士已經全說出來了。」艾琳對凱說。

「我也這樣覺得。」凱轉回頭看混混。「不過我們還是別再見面的好，你說呢？」

「先生，你說了算。」混混欣然同意。「就像我老娘常說的：『絕口不提，雨過天晴。』」

凱懶得問他這句俗語是什麼意思，他往後站。「晚安。」他說。他伸出手臂讓艾琳挽著，然後兩人一起離開。沒有人再跟蹤他們。

他們繞過街角。「妳有什麼想法？」凱輕聲問。

「水準很低，」艾琳回答，看到凱點頭附和。「而且毫不在意雇主身分。算他們運氣好，他們新雇主的攻擊目標不是什麼惹不起的人。還有她吩咐他們先保管袋子，『不要聯絡，我會主動找你們』，表示她眞的不希望他們接觸她。」

凱又點頭。「但我覺得不像是席爾維幹的，即使他對史托克的書有興趣，雇用混混也不是他的作風。那位神祕女妖精知道我們會帶著袋子離開拍賣會——所以一定也是從拍賣會出來的。也許是梅藍寇特的金主。」

艾琳不得不同意關於席爾維的部分。席爾維——或如果非得用尊稱，該說席爾維大人——若是眞的覺得要來硬的，他更可能會安排手持馬鞭和細劍的決鬥者，或是派刺客在三更半夜偷襲他們的住處。「主謀是另一個妖精比較說得通，」她說。「但時機未免太湊巧了。我不確定有人可以出席拍賣會，然後和我們同時離開，還能雇用那些狼人來攻擊我們。」

凱皺著眉頭思考。「她可能提早離開，先雇用狼人來攔截——以防我們把書買到手。」

「的確。」他們已經快要走到牛津街了。「但這種做事方法有點亂無章法，而且眞的很草率。」

「我知道換作是妳一定更有條理。」凱獻殷勤地說。

艾琳斜睨他一眼。

「我是指就事先計畫好的行動而言，」他急忙補充。「妳會擬出井然有序又有效率的計畫，不會寄望剛好遇上的一群流氓能把事情辦好，否則將輸得一敗塗地。我是在讚美妳，艾琳，眞的。」不過他無法完全掩飾嘴邊的一抹賊笑。

「未雨綢繆勝過亡羊補牢。」艾琳堅定地說。「對了，剛才屋頂上有人在旁觀，素質比那三個狼人高。我看不清楚他——或她的長相。」她提到性別時若有所思。

「會不會是飛賊？」凱猜測地說。

「不無可能。」艾琳調整了一下面紗。「不過萬一那人的任務是要等狼人從我們手裡搶走袋子後，再接收袋子呢？」

「欸，滿合理的。可惜我們沒辦法抓住那個旁觀者問個明白。」

「等你擺平那三個傢伙後，那人就不見了。」艾琳說。「看來那位夫人和她手下眞的不想曝光。」

「不過他們失敗了，」凱得意地說。「我們問到了一個名字。」

他們從巷弄出來踏上牛津街，艾琳舉手招呼計程車。「不管計畫多麼天衣無縫，」她說。「每個人總有運氣不佳的時候。」

但她有種揮之不去的感覺，覺得今晚她和凱的運氣未免太好了一點。

第二章

隔天早晨，艾琳用了一點時間感謝這個世界的文明發明了蓮蓬頭。雖然在很多方面，它近似於許多平行世界的「維多利亞」時代（特色是有霧霾、馬車和用乙太作爲動力的車輛，以及缺乏即時通訊設備），在其他方面卻又該有的都有。環境衛生很不錯，可以隔離霧霾，有乾淨而充足的自來水，還有大量的茶和咖啡。她是得要忍受飛船、狼人和吸血鬼，以及沒電話可用的生活（這裡的人一用電話就會被惡魔附身），不過整體來說還不算太糟。霧霾還殺死了大部分蚊蟲呢。

然而在沖澡時她也沒閒著，她在思考。她得把史托克的書弄進大圖書館，越快越好，以免又有宵小覬覦。但她和凱也該要查一查那女人的底細。這事找韋爾準沒錯，就算只是一隻麻雀被暗算，那位大偵探都會知道。雖然艾琳或凱也可以去列支敦斯登大使館附近打探消息（在這個世界，列支敦斯登是妖精集中地），但卻可能打草驚蛇，讓獵物發現他們鎖定了她的位置。

凱在他們共用的書房裡伏案工作，拿著鋼筆在書商清單上振筆疾書。他禮貌地向她致意，不過注意力顯然不在她身上。桌燈刺眼的光線照得他的側臉線條很銳利，也讓他的黑髮顯得更有光澤。

艾琳提醒自己——住在一起是合理的做法。這樣她可以就近關照凱。在他們和大圖書館叛徒妖伯瑞奇，以及（因爲席爾維之故）倫敦的妖精圈結下梁子以後，她不想存有任何僥倖心理。而且和韋爾交朋友本身就有風險——尤其是他們會在工作上互相幫忙。凱和她都是成年人了，可以同居而不「逾矩」。

然而龍族在化作人形時，顯然會具有不可思議的英俊相貌（可能用俊美來形容更貼切一點）。凱有頭帶有藍色光澤的柔順黑髮，皮膚白得像大理石，眼珠深邃而烏黑，顴骨彷彿在請你撫摸。他的動作和體格都優美如舞者，而且是浮誇型舞者，他可以帶著你在舞池中旋轉，然後讓你下腰，他的身體壓向你，接著……

艾琳堅定地提醒自己：他也是她的學生、助手和責任。重點不在他有沒有意願——儘管他曾強烈表達過他確實有意願，而且還一再重提——或是她有沒有意願。重點在她有沒有權利順水推舟占他便宜。就目前來說，有他這個朋友和同事她已經很滿足，也很感恩了。

爲他人負責，表示不論好壞都要一肩扛起，她哀怨地心想。

「你準備好了沒？」她問。

「我只是在……」凱擺弄著手裡的筆。「我收到一封訊息。」他好不容易才說出口。

「誰傳來的？」這事顯然要花幾分鐘才能說清楚，艾琳在他對面坐下來，把手肘擱在桌上。幾個月前她的手受過傷，現在手上的疤痕和膚色形成強烈對比，在她的掌心和手指上交錯縱橫。

凱從一疊文件底下抽出一個卷軸，上頭的蠟封已經破了，緞帶也解開了。艾琳看到用黑色墨水寫的中文字，最底下用紅色墨水簽名。「我叔叔寫的，」他說。「我的大叔、我父親的二弟。他要我出席幾個月之後的家族典禮。」

「嗯，你當然該去啊。」艾琳立刻說。「我這裡沒問題，就算你離開幾天，或幾星期——那場聚會有多久？」雖然和一條龍住在一起，她對龍族的了解卻很有限，搞不好他們認爲家族聚會辦得好應該要持續好幾年。

「大概兩個星期左右吧。」凱意興闌珊地說。

艾琳努力揣測問題出在哪裡。「你是覺得現在的職位讓你沒面子嗎？」她問。

「不是！」凱回答的速度令她很滿意。「不是——而且要不是有我叔叔許可，我也不能做這工作。」

「所以他知道嘛。」

「不，那是另一個叔叔。」凱說道。「我父親有三個弟弟，我開始替大圖書館工作的時候，最小的叔叔負責擔任我的監護人。現在要我參加聚會的是大叔，家族裡輩分第二大的人。所以我當然應該順著他的意思出席。」

艾琳心想，要是這番對話還要延續下去，她就要叫他報上他們的名字，乾脆畫一張家族關係表算了。「那我不懂你在煩惱什麼。」她說。

凱在椅子上動了動。「我只是沒想到他們有辦法直接聯絡上我。任何邀請函都應該寄到我原本的監護人那裡，當然我每隔兩、三年會和他聯絡一下。但它卻這樣送過來——」

「它是怎麼送來的？」艾琳打岔，不讓他再繼續打迷糊仗。

「私人信使送過來的。」凱說。

艾琳思考。一方面來說，這表示有些龍知道凱的住址，連帶也知道她的住址。另一方面來說，這也未必是壞事。「我還是不懂你爲什麼這麼排斥。」她說。「如果等到你下一次聯絡他們的時候，你早就錯過這次的家族聚會了。」

「妳不懂啦！」噢，也許終於要說到重點了。他現在發出青春期王子的悲歎，或至少也算是大學生王子的悲歎——一個遠離家人、享受著他原本沒察覺的自由空氣的王子。也許對年輕龍族而言，花幾年探索平行世界就像一般學生出國度假一樣——雖然可能不會像後者喝那麼多酒。「他們知道我在哪裡，搞不好隨時都會跑來看我。他們甚至可能不認同我做的事。」

「等一下，你剛剛才說你不覺得這份工作讓你沒面子，現在又說他們可能不認同。是因爲我們最近做的事嗎？」譬如出席罪犯辦的拍賣會、潛入溫徹斯特地底的審訊修道院，或是有一次他們得用詐術欺騙一位帶著絲路遊記造訪當地的哈薩克軍閥……

「我的叔叔們也許不能完全理解在大圖書館的工作有多複雜。」凱勉強承認。「我想他們認爲這份工作的內容只是研究和買書。」

艾琳眞想因爲虛耗時間而罵髒話。他們還得去找韋爾討論神祕女子的事，或是去大圖書館把史托克的書交出去。說服凱坦白他的家族問題，感覺就像站在快要被火車撞上的鐵軌上，還要捺著性子替人拔牙。雖然她得承認，至少現在沒有人在尖叫。「你被大圖書館招募時，不是和罪犯，還有地痞流氓混在一起嗎？你叔叔不知道嗎？」

凱的背整個挺直，臉頰驀然漲得緋紅。「艾琳，如果妳不是我上司，一定會後悔說這句話！」

「可是你確實和罪犯，還有地痞流氓混在一起啊。」艾琳不解地說，不過她還是很敬佩他在情緒激動時仍保持精準的文法。這種功夫一定是從小就打下了基礎。

「也許是這樣沒錯，」凱悶悶不樂地說。「但我的監護人不知道。以他的地位不用管這種小事。」

艾琳煩躁地揉了揉額頭。「但是你和他住在一起……」

「他鼓勵我涉獵當地的文學和藝術，」凱說，怒氣消退了一點。「我和當地的罪犯打交道完全不是重點。」

艾琳在心裡爲龍族的僞善力加了幾千分，然後深吸一口氣。「我們越扯越遠了。凱，你得參加這次家族聚會，否則不但失禮，而且他們可能會懷疑是我帶壞你，還故意讓你搬家。」她看到他的臉抽搐了一下。他沒想到這一層。

凱嘆口氣。「妳講話的語氣好像是我的長輩。」

「我可能確實是你的長輩。」艾琳說。她在大圖書館以外的世界活了超過二十五年，也就是在平行世界中正常老化了二十五年。而她在人生中不同時期待在大圖書館裡的歲月，加起來至少也有十二年，在大圖書館裡是不會變老的。「即使你是一條龍。」

「但妳覺得他們是怎麼找到我的？」凱問道，注意力又回到眼前的重點上，就像貓對心愛的玩具念念不忘。

「要我猜，我會說是我的直屬上司考琵莉雅傳了訊息給你的家人，讓他們不必擔心你。」艾琳站起身，開始找大衣。她並不樂見凱的家人突然出現在門口，但她能理解能夠說明他的行蹤，是必要的政治手段。「你要去找你叔叔時應該沒有交通問題吧？」

凱故意滿不在乎似地聳了聳一邊肩膀。「艾琳，我是龍族，並不用藉著大圖書館才能穿梭不同的世界，我憑自己的力量就可以輕鬆辦到了。」

她得承認這一點確實值得自鳴得意，是很厲害沒錯。圖書館員需要道具和程序；她沒辦法像凱一樣，直接從一個世界散步到另一個世界。「所有龍族都可以嗎？」她克制著嫉妒問道。

「只有王室可以。」凱說。「地位較低的龍可以短程旅行——具體情況很難用語言描述。」他看她舉手想問「短程旅行」是什麼意思，趕緊搶先補充說明。「如果王室龍族帶頭，其他龍也可以跟在後頭穿行世界。」

「了解。」她找到大衣，開始扣釦子。「我們該走了，都快十點了。」

「艾琳……」凱遲疑地說。「妳該不會是想甩掉我吧？」

她愣然地瞪著他一會兒。「什麼？」

「妳打發我去找家人，對我的態度像對普通的助手，妳好像不在乎他們可能命令我離開。妳……」他望著她，表情充滿渴望和猶豫。「如果妳要我走，我就走，但是……」

他不是在情緒勒索，他的話真誠而實在，她的心臟不由得揪緊了。她嘆了口氣，繞過桌子——完全比不上他的靈活，也沒那麼優雅，她只是個凡人——牽起他的手。他的手在她掌心裡握起來纖細而熾熱，修長的手指與她的手指交纏。「凱，難道你不明白，我這麼說全都是因爲不想失去你？你是我朋友，我信任你會成爲我的後盾，會爲我對抗狼人；會拉著我的手讓我垂吊離開飛船，會在我釘死吸血鬼時站在旁邊準備好槌子。我不知道什麼事會讓你家人把你帶走，而我不想給他們藉口這麼做。」

「妳是眞心的嗎？」他站起來，低頭望著她的臉，他的手緊緊握住她的手。「妳保證妳是眞心的？」

她可以順勢回答「是」，然後拋開理智，把手滑向他的肩膀，將他擁入懷裡。這幾個月來她一直努力避免這麼想，也避免落入這情境。「我向你保證，我並不想失去你。」她說。「你是我的助手，也是戰友，更是朋友。你難道不相信我嗎？」

對，別再要求更多了，否則我會做出後悔的事。

「我想相信。」他的嗓音沙啞。「只是——艾琳，我很害怕。」

「怕遇上強盜嗎？如果你覺得不安全——」

「不是啦！」他幾乎嗤之以鼻，他們之間的熱度冷卻了一點，像是突然有一股清風吹拂而過。「不是怕危險，不是擔心我自己。而是……一切。」他流利的口才和優美的詞彙都棄他而去。「妳、韋爾、大圖書館，一切的一切。我從來沒有忤逆過神聖的父王，從來沒有挑戰過長輩的權威。如果他們叫我離開妳，我該怎麼辦？」

艾琳很想安撫他，但她沒有簡單明瞭的答案，甚至也沒有複雜拗口的答案，她只能用力回握著他的手。「我們會想到解決辦法的。」她堅定地說。「一定會有辦法。就算我得從一百個世界裡的詩歌竊取靈感，來說服他們你正在進行有意義的研究生課程。總之一定會有辦法的。」

她不會失去他。

隔壁房間傳來劈里啪啦的爆裂聲響，像是小石子打在玻璃上。同時，艾琳感覺她在住處周圍設置的保護層受到一陣衝擊，像是用抽象的聽覺聽到一聲雷鳴。這股力量還沒有大到會破壞保護層，但施力者動作穩固而謹慎，不是隨意地亂施力。這絕對是發自混沌的力量。有人在敲門，他們想進來。

聲音來自凱的臥室。艾琳腦中閃過十幾種令人感到不愉快的可能，大部分都和昨晚的攻擊事件脫不了干係。

「什麼？」凱放開她的手，衝到門邊把門打開。「誰這麼大的膽子？」

他的房間異常整潔——衣櫥塞得滿滿的，地板空無一物，還有一張小桌子和同樣小的神龕，神龕上供著一炷香。房間另一頭的弓形窗完好無缺，但有一位風格浮誇的人士站在窗外，舉起手杖敲著玻璃。雖然剛才還沒有風，他的斗篷和外套卻迎風飄揚，一頭銀髮披垂在肩頭。他眼中閃著微光。

「凱，」艾琳捺著性子說。「席爾維大人爲什麼要站在你房間的窗台上？」

第三章

「讓我進去！」席爾維用手杖用力敲玻璃，製造出他們先前聽到的爆裂聲，不過玻璃完好無損。幸好艾琳和凱蒐集了極大批的書籍，因此這間公寓能支持大圖書館式的保護層；而妖精痛恨這類東西。雖然她要定期花心思去維護，但遇到這種時候，感覺上所花的工夫完全沒有白費。

「當然不行！」艾琳搶站到凱前面。「席爾維大人，你怎敢如此放肆？」

席爾維一手攀扶著窗戶的拱頂，一手用手杖頂端指著艾琳。他穿著包括了西裝和斗篷的完美晨服——高帽瀟灑地斜戴著，雖然他沒站直，而且有風，那頂帽子還是奇妙地穩穩待在他頭上。「難道妳想裝作不知情嗎？」

艾琳捫心自問，結論是她還算對得起自己良心，至少她沒想起任何和席爾維有關的罪狀。「對什麼事情不知情？」她質問。「而且你爲什麼要站在窗台上隔著玻璃大喊大叫？」

「自然是因爲妳不把窗戶打開啊。」席爾維說，他的語氣像在說「這不是廢話嗎」。「我來這裡的目的很單純，只是想私下找你們商量、商量，卻發現你們的住處把我拒於門外。我選擇低調行事，不想走大門，難道也錯了嗎？」

艾琳猜想後側的二樓窗戶確實比起大門要來得低調一點，不過並沒有差太多。「你想找我們討論什麼？」

「啊，看來妳不打算邀我進去了？」

「對。」艾琳說完戳了凱一下，阻止他說一些火上澆油的話。時間一分一秒流逝，她可沒時間陪妖精演戲。但是如果席爾維能回答幾個關於昨晚的疑問，不趁現在問就太蠢了。「選一個中立的地方如何？席爾維大人。這條街上有間咖啡店，我們五分鐘後去那裡找你。」

席爾維不置可否地聳聳肩。「也可以啊，小老鼠，那間店叫什麼？」

「柯蘭。」艾琳說，不理會席爾維對她的小小挑釁。她現在已經不會再被他的嘲弄激怒了。如果他以爲這麼簡單就能惹毛她，還是省省力氣吧。「快到倫敦扶幼院那裡，我們在那裡會合吧。」

席爾維用手勢表示默許，然後跳下窗台，優雅地降落在樓下路面上。有一名待命的男僕走上前接過他的手杖。

「我只是要確認一下，」艾琳說。「你沒做什麼應該要讓我知道的事吧，凱？」她不認爲他有，但最好還是先確認，別急著互相指責。

「很可惜，沒有。」凱找到他的大衣，披到肩上。「妳覺得和昨天晚上會不會有關係？」

「就他出現的時機來看，可能性滿高的。」艾琳說。「我們去弄清楚吧。」

和妖精打交道總是有一些麻煩。雖然他們外表看來和人類無異，其實卻是來自超越時空之地、能毀滅靈魂的存在，專把混沌導入平行世界。他們運用的一種手法是顛覆人們原本的生活和敘事線，把他們拉進變化無窮的故事。這麼做會削弱事物的現實感和自然秩序，直到當地居民不再能分辨眞相和虛構。到了那個地步，該世界就會被混沌的浪潮吞沒。就實際層面上來說，他們總是想在自己個人的敘事線中扮演英雄或反派，還堅持要你在他們的故事中軋一角，若非如此，他們根本不會搭理你。

這間咖啡店是一群勢利鬼聚集的場所，所以並不是艾琳的愛店。正因爲如此，它很適合進行可能會爆發衝突的會面——因爲最後她可能會被列入黑名單，永久禁止再上門光顧。

店外停了一輛計程車，車上有列支敦斯登的盾形紋飾，引擎發動著，不時迸射小小的乙太火花。司機坐在崗位上，雖然有高溫和霧霾侵襲，仍保持完美坐姿，但艾琳看到他的目光隨著她和凱往咖啡店移動。

「還不算太糟，」艾琳說。「至少席爾維沒有搭私人飛船大駕光臨。」

凱點點頭。「韋爾說他們生產了一種新款，體積甚至比博物館用的那種單人飛船更小。」

「你說的『他們』是指列支敦斯登？」

凱點點頭。「他說大家都在喊價要買，針對這項新科技進行的間諜活動多到快要衝破屋頂了。」

「就像飛船一樣？」他沒笑，艾琳嘆了口氣。「記住，」她喃喃道。「要有禮貌，講話要模稜兩可，別讓他有任何藉口小題大做。」

「我知道。」凱說。他挺直背脊，繞到艾琳後頭，讓她先進入。

所有貴婦都聚在一角，個個捧著咖啡杯交頭接耳，發出半是驚慌、半是著迷的私語聲。她們的注意力全都集中在席爾維身上；他在房間另一頭，懶洋洋地倚著一張空桌。由於席爾維是倫敦著名的花花公子，這種反應也不令人意外。他身後站著一名臉色蒼白、穿著灰色服裝的瘦削僕人，手裡拿著席爾維的手杖。

席爾維本人看起來隨興中不失瀟灑，喉間繫著寬領結，銀色髮絲披垂，深色皮膚在雪白的袖口和領口襯托下散發金色光澤。「啊，」他注意到艾琳進門而說道。「請過來一起坐吧。」他此話一出，咖啡店另一端的女人又熱烈地竊竊私語起來。

他們坐下來，凱和席爾維戒備地互相打量。

「咖啡？」席爾維詢問。「我推薦摻了波本威士忌的濃縮咖啡。」

凱看起來打算一口回絕，這是原則問題，不過他看了菜單後改口說：「好啊。」還露出微微笑意。

艾琳偷瞄菜單，原來那是最貴的咖啡。

「當然是我請客。」席爾維說。

「不好意思，席爾維大人，」艾琳搶在凱說出不得體的話之前說。「我們不能欠你人情。」妖精把這類事情看得很重。

席爾維聳聳肩。「不試白不試。」他說。「我保證請你們喝咖啡不算欠我人情，但我想這場聚會是會有用的。」

「有用？」凱說。「你根本還沒說要談什麼事。」

「我有口難言。」席爾維傾向前，他原本那副輕鬆的演戲態度似乎消失了，使他看起來頗爲正經。「如果有人問起，你們就說我們談的事和韋爾有關。我不反對你們把他的名字和我連在一起，不過實際上我是來討論你們未來的人身安全。」

「你在威脅我們嗎？」凱不屑地說。

「唉，那件事就讓它過去吧，」席爾維嘆氣說。「我總得設法吸引你們的注意力，我又沒有眞的想闖入你們家。」

艾琳皺起眉頭。「席爾維大人，你說你不是在威脅我們，那你想幹嘛？你是來向我們示警的嗎？」

席爾維朝身後使了個眼色。「強森，去拿咖啡來。」他轉回頭看艾琳。「不、不，當然不是，我們只是敘敘舊。因爲如果我是來向你們示警的，就等於違背了我不能向你們示警的誓言。我們對這一點應該都很清楚吧？」

艾琳和凱互看一眼。「當然，」艾琳圓滑地說。「我們只是一起喝杯咖啡。」她聽說過妖精得遵守誓言，但她還沒遇過妖精眞的受到這方面考驗的時候。如果席爾維剛才說的是實話，他們就有比原本預期中更值得擔心的事了。

「就是這樣。」席爾維看來鬆了口氣。「小老鼠，妳可別以爲我們喝個咖啡就表示我對妳動了眞感情喔，幾個月前妳搞砸了我的舞會，從我掌心裡搶走一本書，還忘了提妳是大圖書館的人。任何正規的禮儀手冊都會把妳的分數扣光。」

艾琳揚起眉毛。「我記得是你主動邀我參加舞會的，而那本書無論如何都算是有爭議的財產。」

「物權歸拾獲者所有，我相信法律條文是這麼說的。」凱得意地插嘴。

席爾維斜睨他，燈光映在他淡紫色的眼眸裡，讓雙眼閃爍發亮。「像你這種人應該更謹慎一點，」他說。「這個球界對你的族類來說不是很友善。」

艾琳舉起手阻止凱開口。「我們不是不來威脅那一套嗎？」她冷冷地說。

席爾維打量著她，同時他的僕人把三杯咖啡擺到桌上。「要在避免向你們『示警』的前提下，暗示你們可能處於極度危險中，還真極度困難。」他終於說。「我只是找你們喝杯咖啡，並且建議你們兩人出入都要小心而已。何不回到你們的大圖書館去度個假呢？」

在有明顯危機迫近時，躲回大圖書館是合理做法。當然，這要看席爾維說的話是不是真的可靠，而誰也說不準。

「席爾維大人，」艾琳邊說邊端起咖啡杯。「你是列支敦斯登大使，根據了解，你是倫敦所有妖精中力量最強大的；搞不好還是全英國最強大的。」這不完全是實話。她聽說不列顛群島的荒野中有其他生物──狂獵、妖精宮廷等等之類的──但感覺現在是拍馬屁的好時機。「但我們一直以來對立。我們什麼時候突然成了盟友，而我沒發覺？」

「和我結盟可能有好處喔。」席爾維粲然一笑，露出牙齒。他的牙齒潔白無比，隱隱約約有種鋒利感。艾琳發現自己在幻想，那些牙齒接觸到她的手腕、手背、脖子側面是什麼感覺……當然，他的動作會很溫柔；她能從他的眼神和笑容知道他會很溫柔，但同時也會握有支配力，能夠輕鬆而優雅地操控、駕馭……

他正試圖用魅惑力征服她。魅惑力是妖精最得心應手的工具之一，結合了幻覺和渴望，不知怎麼地可以鑽過所有意識防禦，就像最厲害的精神失常一樣。她感覺肩膀後側傳來一陣灼熱，那是她皮膚上的大圖書館記號在回應，她在椅子上坐直，輕哼了一聲。她希望自己剛才沒像花痴似地盯著他看。

「小老鼠，妳皮膚眞好。」席爾維說，笑容變得更燦爛了。

艾琳盡可能用最冰冷的眼神瞪他，在腦中回想以前學校裡最鐵石心腸、一板一眼的老師。「我複述一遍問題——如果此話當眞，你爲什麼要幫我們？」

席爾維擺擺手。「與其說我在幫你們，不如說我是在和別人作對吧。」

艾琳斜睨凱。他很輕地向她點了一下頭，表達謹慎的贊同。她望回席爾維。「而你當然不能進一步說明。」

「的確。」席爾維說。他啜了一口咖啡。

艾琳一定能找到方法利用這個局面。但是妖精不值得信任，這一點基本上算白紙黑字地寫在他們的社會契約中。他們在哪裡聚集，那個世界就會衰弱，會往混沌傾斜，她完全贊同凱，只要有機會就要阻止他們作亂。

「你的皮膚也很棒，先生。」她盡可能平鋪直敘地說。事實上他的膚質很完美，曬成十分恰到好處的金色，彷彿由內透出光澤，而且感覺很溫暖，引誘人靠上去撫摸——該死，他又在對她施展魅惑力了。她決定發動攻擊。「告訴我，『弗拉德．佩特洛夫』這個名字對你來說有意義嗎？」

「弗拉德．佩特洛夫？」席爾維看起來一頭霧水。他靠向後頭和他的僕人低聲交談，凱趁著他分神的時候，俯身在艾琳耳邊說：「那不就是他們昨天晚上提到的計程車司機嗎？」

艾琳點頭回應，席爾維這時候又重新傾向前。「嗯，」他懶洋洋地說。「我哪會記得大使館每個司機的名字？我也不知道妳怎麼會期望我知道，他獲派擔任關提斯夫人暫居本地期間的司機，而且她已經霸占大使館培養的所有線民了。天知道她要用他們來做什麼。客人有時候眞的很難搞，而且很難拒絕他們。說實話，如果妳擔心的都是這類雞毛蒜皮小事，我眞要無聊到淚流滿面了。」然而他的眼神發光，暗示她的確問對問題了。

關提斯夫人。雇用那三個混混的女人也是位夫人……但這點線索還不夠。艾琳腦中還有別的靈感在蠢蠢欲動。關提斯，西班牙文的「手套」。那女人的絲巾別針款式是一雙手……或是一雙手套？如果席爾維靠得住，艾琳現在又有一個名字可以追查了。如果他靠得住的話。這搞不好是手法精密的誘敵之計，背後還有更大規模的陷阱。她感到一陣煩躁。她需要獲得更多這位關提斯夫人的資訊。

「現在，言歸正傳，」席爾維說。「妳打算怎麼做？」

「問更多問題。」艾琳立刻說。「所以我們要走了。席爾維大人，我們就不陪你慢慢喝咖啡了。既然你沒警告我們任何事，我們也沒有任何理由謝你。」

席爾維點點頭。「對了，妳可以把這個當成進入我的大使館的邀請函，不限時間、隨時有效。」他伸手從大衣裡取出一張卡片，放在桌面上彈向艾琳。它在光滑桌面上滑行，還轉了半圈，準確地停在她面前。

那是一張頗有分量的奶油白卡片，每一個字母隱隱閃爍。卡片正面表列出席爾維的完整頭銜，字很小，才能把所有內容都塞進去。卡片背面沒有印任何字，只有一行手寫筆跡：持卡者獲准立刻面見我——席。

「你覺得我們需要這個？」凱越過艾琳的肩膀看，然後問道。

「我總是做好最壞的打算。」席爾維說。「所以至少會爲突發狀況盛裝打扮。」他站起身，披風一甩。「強森！我們不能讓關提斯大人久等。拿帳單來！」

「先生，已經結清了。」強森喃喃回答。

席爾維朝凱鞠了一躬，再朝艾琳鞠了一躬。他幾乎成功地抓住艾琳的手腕並親吻她的手，但她快了一步，向後退開，並且把名片塞進手提包。

「妳覺得如何？」席爾維一走出店門凱就急著問。

「他把我們留在這裡付小費。」艾琳說。「眞是老狐狸。」

「不是啦，除了這件事。他說要去找關提斯大人？」

「我們知道得不夠多。」艾琳皺眉說道。「而且原本的行程都被耽擱了，希望這不是正中他的下懷。凱，我要把史托克的書送回大圖書館，順便查一查關提斯夫人，或是關提斯大人的底細。如果他們是著名的圖書館員之敵，也許記錄中會有他們的名字。我要你向韋爾說明最新情況，問問他知道什麼、有什麼建議。我會去他家和你會合，應該不用花太長時間。」到時候她應該就知道，躲回大圖書館避難或是去另一個大陸度假，會不會是最好的選項。

「艾琳……」凱伸手按在她手腕上。「小心點。」

她露出苦笑。「嗯，我會的，你也是。就算我們沒有爲突發狀況盛裝打扮。」

第四章

艾琳把凱推進計程車時，他還在思索席爾維是否可能耍詐。他繪聲繪影地描述著他們兩人被席爾維引導陷入妄想症，結果變成連環殺手，最後還造成手刃親愛之人的悲劇。艾琳暗自提醒自己，要查清楚凱是從哪裡看來《瘋狂理髮師》的故事大綱，然後她要為他導正視聽。

妖精確實喜歡構築複雜而誇張的情節，還樂於把周遭每個人都拉進故事線扮演某個角色。艾琳早就接到這方面的警告，也曾不只一次避免被拉進故事。但的確，這個世界因為有妖精存在，混沌程度高到令人不舒服，而因為現實有可能遭到扭曲，也可以說不安全。妖精侵襲這個世界，（套用凱的說法）就像蟲子侵襲古老的墳墓。

但是昨晚有人攻擊他們是千真萬確的事實，而席爾維的警告感覺上也是真心誠意。艾琳想到自己待在大圖書館的時候，凱會和韋爾待在一起，就覺得比較安心。她是信任凱；只是沒有把握他會不會做出什麼莽勇之舉。

由於她無法像龍族一樣自由穿梭不同的世界，得使用指定的大圖書館門戶來進入它的領域。而目前由這個平行世界通往大圖書館的主要穿越口，位於大英博物館、前任駐地圖書館員的辦公室裡。經歷一連串不幸事件後，它現在成了一間儲藏室，表示她得特地申請進入。而特地申請進入是會留下記錄的，所以她現在得採用風險稍微高一點的交通模式。

身為圖書館員，其實只要有數量夠多的書籍或類似媒體，就能夠連結大圖書館。就艾琳要做的事來說，她還需要一個可以不受打擾地待半小時以上的地方。位於馬勒特街的議會大樓圖書館離她的住處很近，走路就可以到，很符合需求——而且她先前辦過學生證，所以進去不成問題。

她回家拿了史托克那本書，便前往圖書館。這座圖書館人有點多，不過艾琳輕而易舉地找到一條小走廊，用語言迅速而輕聲地說：「鎖，打開。」打開禁入區域的門鎖，進去後再把門鎖上。屋內的牆壁擺滿一排又一排的皮革精裝書，由於只有一顆搖來晃去的燈泡散發微弱的乙太燈光，很難看清楚書名。書架和地板上累積的灰塵，顯示這個區域不常使用。她兩個星期前來探過路。

她走到第一間儲藏室門前，放下公事包，拿出一小瓶墨水和鋼筆。這是她新學會的技能，是在成為駐地圖書館員時才獲得傳授的。（她對此仍然憤憤不平。要是能早一點學會該有多好，那表示他們還藏著多少其他好東西沒教她？）

一般而言，要製造通往大圖書館的臨時門戶時，圖書館員要用語言唸出特定句子，並利用強而有力的進出點（例如有大批書籍的地方）來建立連結。這道門戶維持的時間足夠讓探員通過，接著他們必須讓連線關閉，兩個地方會不再同步。而最近，上級教導艾琳用書寫形式使用語言，可以讓連線狀態維持得更久一點。久到夠讓她進入大圖書館後辦一些事，再從同一道門戶回到同一平行世界的同一地點。

她小心翼翼地單膝跪地，在門把上方描畫出大寫文字：這扇門通往大圖書館。直接把字寫在門板中央的效力一樣，但她喜歡低調一點。

她寫完最後一個字母後，感覺現實突然波動了一下，她的能量陡降，以驅動連線。她保持跪姿，將心念集中在呼吸上，直到呼吸恢復平穩，然後她把筆和墨水收好。她可以看到語言文字在木板上漸漸乾掉，而且已經開始在褪色了。它們可以維持半小時左右，她的時間並不充裕。

「打開。」她說，將這個詞在語言中該有的抑揚頓挫完全表現出來，字尾很特殊，表示這扇門得要通往大圖書館。

而它也遵從了命令。

艾琳跨入一間較為暖和、天花板挑高的房間，牆邊懸掛著紅白相間的拼布被。天花板上有許多白熾燈泡散發白光，但柔軟的棉質被子緩和了光的刺眼，讓整個空間沒那麼令人不舒服。

她好奇地掀開牆上的一條拼布被，後頭是滿滿書架，放眼望去，書背有英文、瑞典文和德文，書名包括《草原上的小屋》、《新哥登堡俠義故事集》和《北美洲的符文石》等等。她猜不透為什麼要用被子遮住這些書。不過話說回來，大圖書館的建築方式和裝飾風格常常沒有道理可循。

她走出這個房間，看到房間門上的黃銅名牌寫著：B－133－北美文學－二十世紀－第五區。不是她認得的房間。她發現自己現在所在的走廊，不管地面或牆壁都鋪著藍白相間的大理石磚，百葉窗窗板緊閉，不過那些窗子原本就做得很高，讓人沒辦法往外看。她右邊有一道往下的樓梯，左邊則是彎向另一個方向的走廊。

從隨機穿越口進到大圖書館的問題就在這裡——嗯，應該說其中一個問題。那就是你無法確定會從哪裡冒出來。她現在需要盡快找到有電腦的房間，查一查關提斯夫人（也許還有關提斯大人）的底細。她也需要附近區域的大圖書館地圖，好確認哪裡牆壁上有收信口——這算是大圖書館的內部郵件系統，讓她把史托克的書交出去、正式完成任務。她沿著走廊快步走去，一邊留意著周圍裝潢，如果以後再經過這裡才會認得。白色大理石磚中嵌著的藍色圖案，看起來像深藍色墨漬，她有點手癢，想去摸摸看會不會暈開。

我還是太容易分心了。

再轉了兩次彎以後，她來到兩扇門前；兩扇門間有個收信口。她鬆了口氣，打開公事包，把裝有那本書的信封袋投進去。完成一項任務了。現在她可以開始認眞查資料。

她左邊那扇門的名牌上寫著：B－134－比利時圖像小說－二十世紀－第一區。她推開門往裡瞧，慶幸地看到桌上有一部電腦。椅子上有一隻過重的橘貓蜷成一團在假寐。她幾乎沒多看擺滿書籍的書架一眼——以及瀏覽器首頁不時會跳出來的飛向月球火箭或一群矮小木乃伊——直接把貓推下椅子（附帶喃喃道歉），然後坐下來登入系統。

她瀏覽個人電子郵件列表，判定沒有重要郵件，因此直接略過。她的導師考琵莉雅沒有寄信來，父母也沒有。除此之外，任何人寄的信都可以等有空再看。

於是她叫出百科全書功能。這個軟體的初衷是集合在各個平行世界出外勤的圖書館員蒐集的資訊，彙聚成通用性的概要手冊。就實務上來說，這套軟體只能說聊勝於無，資訊內容零零落落——因爲妖精和龍族常常使用假名，眞的很不利於建檔。

她輸入：關提斯。

有一筆記錄，日期遠在二十年前。艾琳忍住興奮，沒有比出握拳動作，只是用滑鼠點進去。

力量中等的妖精。男性，通常宣稱自己是貴族，並自稱「大人」。具有穿梭不同世界的能力。他的原型包括：力量、操弄、控制、統御。讀者應該注意到他的姓氏是西班牙文「手套」之意，這表示他傾向於謹慎行事並慣於操控。

艾琳看了一下這條記錄的作者叫什麼名字。拉達曼迪斯。他的狀態標示爲「已故」。該死，沒辦法再問個詳細了。

相遇地點在G－112。〔伽瑪型世界，表示魔法和科技並存。〕當時該世界爲中立，混沌和秩序的力量皆有。關提斯在煽動貴族推翻神聖羅馬帝國皇帝，另一名力量強大的妖精阿眞特則支持皇帝。在兩方勢力角力的過程中，帝國傾亡，由一位龍族公主支持的拜占庭神權國家崛起──

「阿眞特？」艾琳感覺到自己的眉頭越來越皺。畢竟這只是語言上的小小轉換技巧而已：阿眞特就是「銀」，和席爾維一樣……

──到了那個時候，兩名妖精都已離開該世界，我相信是他們族類中更高階層者出手管束他們。我個人不曾再遇過那位紳士……

艾琳快速瀏覽文章剩餘部分。沒什麼有用的資訊，只有少許筆記，觀察到關提斯顯然很愛操弄他人，可是也很容易爲了賣弄才智而分心。這類詭計大師會在詭計進行到一半時，又想到新的詭計，最後忘記他的原始目標是什麼。

她突然靈光一現，趕緊查詢拉達曼迪斯是怎麼死的。他在聶伯河使用潛水鐘進行水下作業時出了意外。當時俄國正在革命，而他想要取得幾本史詩。也許他的死和關提斯沒有關聯。也許。

她嘗試用不同語言的「手套」和「銀」來當關鍵字查詢。用俄文查的時候運氣不錯，找到一百年前有個叫夕利布羅王子的妖精，他和一位波恰卡大人有過節（後來夕利布羅贏了）【註】。在他們爭鬥期間，寫下這筆記錄的圖書館員從黑聖母大教堂地底洗劫了一批禁書。關於那兩人的描述不算很具體，不過絕對有參考價值。

她清楚地意識到時間正一分一秒流逝。她很快地寫了一封電子郵件給導師考琵莉雅，把重點大致提了一下，並詢問這位較年長的圖書館員知不知道什麼相關資訊。艾琳並不是每日匯報的人，但如果考琵莉雅有可能知道什麼內情，不趁機問她一下未免太蠢了。

好了，目前爲止只能做到這個地步了。她的頸後有種麻麻癢癢的緊張感，感覺像忘了什麼事，或沒注意到什麼重點而心慌意亂。她要盡快和韋爾說上話。圖書館員的工作確實三不五時就會面臨死亡威脅，但她不喜歡這種體驗。她並不清楚當前的威脅到底有多大。原本單純的買書、搶劫未遂事件，似乎牽扯出各種新發展。她完全不知道事情可能惡化到什麼地步。她關掉電腦，回到她的出口——她已經在這裡待了二十五分鐘。今天晚一點或是明天，她要再回來一趟，看看考琵莉雅怎麼回覆。

艾琳跨出大圖書館回到真實時空，感覺背上烙印一陣刺痛。（其實有一派說法是大圖書館才是唯一的「現實」，所以她進入的是非真實時空。不過這是哲學辯論的主題了。）門在她身後牢牢關上，她仔細察看，看到她寫的文字僅剩的一點墨跡也淡化融入油漆。沒有留下任何痕跡，木頭上連一點墨跡或污漬都沒有。

她成功地往返大圖書館，沒讓任何人發現。她忍不住有點竊喜，因爲她再一次——應該怎麼說來著？——全身而退。擔任一個超次元大圖書館的祕密探員眞是太棒了！

洋洋得意的情緒只延續到計程車彎到貝克街的時候。車子開到韋爾住處時，她看出樓上的窗口並沒有透出燈光，表示他出門了。雖然還不到中午，但因爲有霧的關係，天色昏暗，路燈和住家的燈具都點亮了。她付了車資，匆匆走向門口。

來應門的是管家，她是位沉著鎮定的中年婦女，花白的頭髮挽成一個硬如石頭的圓髻。「女士，有何貴——喔，是妳啊，溫特斯小姐。韋爾先生交代，如果他外出時妳來了，請妳等他一下。」

艾琳的心一沉，事情不太對勁。她還不知道哪裡出了問題，但就是有不祥的預感。「妳知道他去哪了嗎？」她問，一邊跨進門檻並把門帶上。

「溫特斯小姐，他一大早就出門了，倫敦警察廳的人找他去。」管家邊說邊接過艾琳的帽子，再幫忙她脫大衣。「大概一小時前，妳的朋友石壯洛克先生來過——」

艾琳在心中推算，這麼說來，他們和席爾維討論完之後，凱應該就直接過來了。

「——結果有人在門口等他，我聽到幾句交談內容，那人說韋爾先生傳了口信，約他在東區見面。然後他就走啦。後來韋爾先生回來，我告訴他這個狀況，他就急急忙忙地去東區了。他特別吩咐我，如果溫特斯小姐妳來了，要請妳等他回來。他很嚴肅地說，如果妳不等他，他不能擔保會有什麼

譯註：俄文中，夕利布羅（Serebro）爲「銀」，波恰卡（Perchatka）爲「手套」。

後果。」

在這女人嘮嘮叨叨的整個過程中，艾琳一直點頭回應，但其實她的喉嚨越來越乾。有人把凱引誘到別處去了，韋爾去追他。她想要立刻跑出屋子，招一輛計程車載她去東區。

不過她的理智指出，東區範圍很廣，而且韋爾明確要求她在這裡等。她的手緊握成拳，但設法讓表情保持平靜。「當然，我會等韋爾先生回來的。他有沒有說他要去東區的什麼地方？」

管家搖搖頭。「小姐，妳也知道他的作風。我給妳泡杯茶，讓妳邊喝邊等吧？」

大門被人猛力推開。「不用泡了。」韋爾在她後方說。

艾琳轉過身，看到韋爾憑著一百八十公分的身高俯視著她。他的服裝一如往常樸素，不過仍然是得體的紳士行頭，而且用的是最昂貴的布料。（難怪他和凱一拍即合，他們都只穿最好的衣服。）他的黑髮被風吹得往後撥，臉部輪廓看起來比平常更像老鷹。「溫特斯小姐，妳剛才去哪了？」他質問道。

「去一間圖書館，先生。」艾琳說。她克制著不用嚴厲的語氣說話，可是已經很接近了。「我派凱來找你，他人呢？」

「被綁架了，溫特斯小姐——就在妳去圖書館的時候。」韋爾成功地在這句話裡灌注了大量的指控意味和單純的憤怒。「我想知道妳認為該怎麼辦。」

她胃裡蟲一般的罪惡感——我才讓他獨處五分鐘，他就被人綁架了——撞上韋爾的酸言酸語，突然間爆發成怒火。「當然是救他回來啊！你怎麼敢——」

管家大聲咳了一聲，艾琳和韋爾都轉頭看她。「韋爾先生，我把您的茶送上樓吧，」她堅定地說。「小姐也來一杯。看來你們有正事要談。」

「喔，好吧。」韋爾毫不優雅地說，然後踩著重重腳步上樓，艾琳緊跟在後。

我錯了，她腦中掠過這些思緒。那不是針對我們發出的威脅，也不是針對我的威脅，而是針對凱的威脅，結果我還放他一個人，害他被抓了。

第五章

韋爾走到弓形窗前，望著樓下街道。他的房間還是亂得不像話，不過有一塊區域沒有灰塵，顯然是艾琳到達之前管家努力清掃的成果。他沒有回頭，直接對艾琳說：「溫特斯，抱歉，我剛才那麼說有失公允。」她很慶幸他恢復使用平常對她的稱呼，而不是疏遠而正式的「溫特斯小姐」。

艾琳撥開電燈開關，把門關上。她扠起手臂。「我接受你的道歉。」她兇巴巴地說。「現在我們應該來討論該怎麼把他弄回來了。」

「妳不像一般女性那麼感情用事。」韋爾說。他轉過身來，深思地望著她，這種眼神比他先前的怒瞪還要令她困窘。

「感情用事對現況有什麼幫助？」艾琳問。她的憤怒和自責在腸胃中緩慢翻攪，但她要利用這些情緒，不讓它反過來控制她。「我們能不能別再浪費時間了？凱現在可能身陷險境啊！」

「可能吧。」韋爾贊同。他的怒氣似乎慢慢消退了，正如同她的怒氣在上升，此消彼長。他用手勢示意她坐下來。「但是在情緒衝動下貿然行動，缺乏完整的資訊，就會像我剛才一樣不明智。拜託妳，溫特斯，先坐下吧。告訴我妳知道什麼，顯然妳確實知道什麼。」

艾琳坐下來，雙手交疊放在腿上。「你對關提斯這個姓氏有什麼想法？」她問。「也許和妖精有關，也許和席爾維有關。」

「唔。」韋爾快步走向他其中一本大剪貼簿，鼓鼓的，塞滿剪報和整理過的筆記，他拿起來翻著。「格蘭特，柯芬園暴動和洪災。哥尼爾，香水殺人女魔。關提斯……關提斯——沒有，這裡沒有記錄。名字我是聽過，他和他太太剛從列支敦斯登來到倫敦不久，不過我還沒有掌握關於他們的確切情報。」他砰地闔上剪貼簿，重重坐到艾琳對面的椅子上，把修長的身體往前傾，聚精會神地看著她。「溫特斯，多說一點。」

艾琳快速講了一遍這兩天以來發生的事：拍賣會、打架、神祕的旁觀者、席爾維的警告和她自己的調查。她幾乎沒注意到管家來過，也沒注意到管家端給她的茶。她專注地把每一項資訊都提供給韋爾，不放過任何他可能用得上的細節。雖然她自有盤算，如果必要的話會到這個世界以外的地方去找人，不過韋爾是本地專家，她需要他的專業能力。

他聽她說，在她說完前只打岔問了兩個問題。然後他點點頭。他的手環住茶杯，但一口都沒喝。

「換你了。」艾琳說。她的怒氣消退了一點，現在把焦點放在長遠一點的計畫上。「我想你剛才回來前是在找凱吧，請把你知道的都告訴我。」她知道韋爾身為倫敦首屈一指的私家偵探，通常這句話是他對客戶說的台詞。他也發現了，他撇了撇嘴，幾乎像要笑出來。

「妳說對了，溫特斯。」韋爾把一口都沒喝的茶放下。「今天大清早就有人找我出門，要討論一個我不方便多談的案子。然而我發現其實我不必出席，不管督察出於什麼因素找我過去……」他皺起眉頭。

「你覺得是有人故意把你引開？」艾琳臆測道。

韋爾點點頭。「根據後來的事件判斷……總之，我回家之後發現石壯洛克已經來過了，有個流浪兒在門口等他，還要他改去東區一個地址。幸好我家門口附近有個書報攤，老闆聽到了他們的對話。我跟著前往同樣的地點。」他低頭看著自己的手。「我去晚了。」

「到底發生什麼事？」艾琳性急地問。

「請妳了解，我是事後拼湊出事實的。」韋爾的語氣像強酸，但這次是針對他自己的苦澀。艾琳發現他顯然和她一樣自責，不過他其實沒有理由自責。「要追蹤他的行蹤並不難。他剛抵達他以爲我會在那裡等待的地址，就有另一個人——僞裝成倫敦警察廳的警察——要他改去將近一公里外的另一個地址。這個地址是間倉庫，那個人說我在那裡調查凶殺案。石壯洛克前往倉庫途中，被引誘進入一條小巷弄，因爲他看見有人明目張膽地在攻擊一個無助的受害者。在人數優勢、妖精魔法和藥物的綜合作用下，他被擊倒並失去意識。然後他就被帶去了——別的地方。」

「還眞是迂迴的路徑，」艾琳深思地說。「爲什麼不直接叫他去他們要下手的地點呢？或是乾脆在計程車裡壓制他？他在車上並沒有空間可以施展拳腳。」

「溫特斯，讓路線迂迴可能正是重點所在。」韋爾若有所思地盯著不遠不近的地方。「想要追蹤他行蹤的人，在上述任何一個地點都可能跟丟。」當然他不需言明：除了我。「不過重點是，根據我蒐集到的證詞，現場有兩個人的描述可能符合關提斯夫婦。其一是中年男子，身高比我稍矮，有灰色頭髮和鬍子。他的服飾很高級，語氣威嚴。女人是黑髮，身材苗條。她的衣服外面罩著一件斗篷，看起來很有『異國風』，不過我的線人說不上來爲什麼。」

「他們兩人都戴著手套嗎？」艾琳問。

「對。」韋爾慢吞吞地說。「兩人都戴著手套。不過平心而論，富貴人家大多會戴手套。」

艾琳點點頭。這倒是眞的，不過感覺起來還是値得注意。「他們把凱帶去哪裡了？」她問。

「問題就出在這裡了，溫特斯。」韋爾看起來心煩意亂。「有人護送那女人坐進一輛在旁邊待命的計程車，我拿到了她吩咐司機前往的地址，我打算再去查個明白。但那男人——顯然他透過某種妖精途徑離開了倫敦，而且他把凱也帶走了。」

艾琳擱在腿上的手緊握著，把裙褶抓得皺成一團。「你該早點說的。」她說。她的思緒拚命兜圈。要怎麼追蹤他的下落？要怎麼跟過去救他？

韋爾嘆了口氣。「溫特斯，我們留著下次再怪罪彼此吧。我現在要知道妳能用多快的速度找到他和救回他。只要我們有辦法，就不能讓他陷在他們手裡。」

對韋爾來說，這已經是很情緒化的反應了，以他語氣的迫切程度，換作是別的男人，早就站起身在房裡走來走去了。艾琳知道凱自認爲是韋爾的朋友，但她沒想到韋爾也把凱當作朋友。

話說回來，她是最沒資格數落別人感情壓抑的人。「我能想到三種主要的調查方法。」她思考了一下之後說。「第一，追蹤關提斯夫婦在倫敦這裡的動靜。即使關提斯大人把凱帶去別的地方，我們還是可能從那女人身上查到一些線索。第二，我回大圖書館去再查查還有什麼資料——再不行的話，我還可以聯絡凱的家人。」

「怎麼聯絡？」韋爾問。

「我可以查出他的叔叔——也就是他的監護人——住在凱當初被招募的世界裡的什麼地方，然後親自過去問他曉不曉得什麼情報。」艾琳並不喜歡這個主意。誰都不愛收到壞消息，她懷疑龍族比大部分人更不能接受。但如果有人能找到失蹤的龍，那可能就是另一條龍了。

韋爾點點頭，接受她的說法。「我猜第三種方法是去問席爾維？」

「我並不喜歡這個方法。」艾琳哀怨地說。「除非你能想到什麼向他施壓的辦法？」

「這值得考慮。」韋爾從椅子上站起來，躁動地在房間裡走來走去。「根據他稍早之前如此隱晦地向妳示警看來，他可能已經承受著另一方面的壓力。這是值得調查的另一件事，不過——」

有人在敲門。「韋爾先生？」管家說。「有你的信。」

韋爾嘆了口氣。「大概是請我幫忙的不重要信件。失陪一下。」

艾琳對著自己的手皺眉，考慮著各種選項，同時韋爾的咚咚咚腳步聲沿著樓梯往下。身爲圖書館員並不會自動擁有跨界追蹤別人的能力。她可以藉由大圖書館從一個世界進入另一個世界，但她必須知道凱被帶到哪一個世界。

樓下傳來一聲驚喊。「溫特斯！趕快過來！」韋爾喊道。

艾琳提起裙襬，衝下樓梯找他。他站在門口，小心地用手指捏著一個信封和一張紙。他面前有一個土黃色頭髮的送信小弟，身穿旅館制服，縮著脖子站在那兒，顯然後悔沒來得及開溜。「這傢伙有消息。」

「什麼消息？」艾琳質問。

「告訴我們你這封信是哪來的。」韋爾的雙手緊綳，指節和肌腱的線條都浮了出來——但他捏著信紙的力道卻很輕柔，指尖只略微接觸信紙邊緣。

送信小弟緊張地潤了潤嘴唇。「先生，我在薩沃伊飯店工作，住在我們那裡的一位男客人要我送信給你。」

韋爾點點頭。「他的名字和長相如何？」

「他沒有透露名字，先生。」男孩說。韋爾忍住嘆氣。「不過他是位紳士，有留鬍子。」

韋爾嘆氣。「好吧。給你。」他摸出一枚半克郎硬幣拋給男孩。「謝謝你花時間和力氣送信，你可以走了。」

「就這樣放他走好嗎？」艾琳看著男孩一溜煙跑走，輕聲問道。

「如果需要，我找得到他。」韋爾自信滿滿地說。「妳看出他的制服很合身嗎？那確實是他的衣服，不是偷來喬裝的道具。還有他袖子上有五顆釦子。他是薩沃伊飯店比較資深的男孩，之後可能有機會升遷爲侍者。今天一上午下來，他的手套還是很乾淨，鞋子也剛擦亮。但他沒辦法向我們描述得很詳細，只知道那傢伙有鬍子，舉止像個紳士，這大概就是他爲什麼還是只能擔任送信小弟的緣故了。上級會期待高階職員即使不掛在嘴邊，仍能注意到更多細節。」

艾琳點點頭。「信上說什麼？」她問。

韋爾舉起信紙讓她看。「不要摸，」他提醒她。「我還要檢查一下。」

這信紙顯然很昂貴，上頭用黑色墨水手寫草寫字跡：

凱回到家人身邊了。不用期待再見到他。這是唯一的警告。

韋爾將信紙對著燈光。「沒有浮水印，」他說。「紙質和信封一樣。我需要更充足的光源來仔細檢驗。」逕自往樓梯上走去。

艾琳跟上去。「這是冒牌貨，」她說。「不可能是他家人寫的。」

「噢？妳確定嗎？」

「完全確定。我今天早上才看過他家人的信，寫在卷軸上，而且是用中文。根本不像這封信。而且就算凱的家人來帶他回去，也不會用綁架的。」她能夠想像凱表示抗議，但她想像不出他會被打倒在地、用蠻力帶走。「再說，你已經說過證據顯示他被綁架時有妖精魔法涉入，而有自尊心的龍族是不可能和妖精合作的。最重要的是……」

「嗯？」韋爾喃喃地問。他一屁股坐到實驗桌前，用放大鏡檢視著信紙和信封。

現在艾琳在房間裡來回踱步，努力思考。「如果這眞的是一條龍做出的——也許那條龍覺得凱在自貶身分，竟然和人類、和我們合作……」還不只如此，他還和我們當朋友。「任何懷有這種想法的龍，根本不會費事寄信來，不管是寄給你或我。」她好奇自己的住處會不會也收到了同樣的信，現在沒時間回去確認了。「他們根本不會把我們放在眼裡。」

韋爾在專心檢查信封，頭也不抬地說：「他們都是這麼想的嗎？」他的語氣聽來純粹是學術上的好奇，但他偏著頭的姿勢，隱隱顯示他也有類似的自尊與傲慢。

當然了，他可是伯爵，而且是英國人。最重要的是，他是倫敦最偉大的偵探，區區龍族怎麼能比得上他呢？

「我遇過一條這樣的龍，但他表現得謙恭有禮。我猜他算是有某種程度的……」她一邊坐下一邊思索著貼切的形容詞。「高貴人物的道德義務吧。像他們那種高貴人物，是不會讓較低階層的人陷入不必要的沮喪。」

「我們可真幸運啊。」韋爾把椅子轉向她。「沒有浮水印。」他重複先前的結論。「紙質非常高級，但要進一步調查才可能追查來源。這個筆跡我不認得，此外，我不敢自稱能透過筆跡分析性格，但這個筆跡的風格顯得緊繃而平淡，我猜寫字的人是想掩飾他或她平日的筆跡。信封上沒有蠟封章，所以沒辦法從這方面找線索。妳有什麼想法？」

「我的想法較著重在內容，而不是外在條件，」艾琳伸手討信，韋爾遞給她。「還有最終結果上。就算我們原本沒發現凱被綁架了，當我們收到這封信，也一定會察覺事有蹊蹺。我猜這是一面可以否認的紅旗。」

「紅旗？」韋爾詢問。

「代表警訊，提醒我們出了狀況，而示警者又不必承認是他向我們示警。」

「啊，」韋爾點點頭。「那自然是席爾維大人了。透過一個有鬍子的男人寄出這封明顯的信，指引我們正確的方向。」

艾琳也點點頭。她的肩膀很緊繃，在腦中重新檢視可能的線索。他們已經釐清了目前蒐集到的所有資訊，也就表示她終於可以行動了。「我們得開始做事了，」她說。「我要回大圖書館查資料，並且設法找到凱的叔叔的聯絡方式，不曉得他們能不能確認他的位置。而你呢——」

「當然是去查關提斯夫婦的底細。」韋爾站起身，伸手拉她起來。「既然要查，也會連席爾維大人一起查。如果那傢伙在打什麼歪主意，我會知道的。我們要在哪裡碰面？」

「他們大概會監視我的住處，」艾琳懊悔地說。「現在也一定在監視這裡。」隨著她腦筋轉過來，她皺起眉頭。「如果凱是在你的大門外被人攔截走的，表示他們絕對在監視這裡，表示他們可能知道我們兩個現在在這裡交換心得。」

「噢，這是當然。」韋爾贊同。「不過我們分頭進行應該有用——妳覺得妳能走到附近的圖書館嗎？」

「希望可以。」艾琳堅定地說。他並沒有預設他必須護送她以免她遇上麻煩，或是直接提議要護送她，讓她頗爲滿意。她眞心認爲能博得他的尊敬是很珍貴的事。「我不知道我會花多少時間。我知道事態緊急，但萬一很難聯絡上凱的叔叔……不然我去倫敦警察廳找你如何？」

韋爾皺眉想了一下，然後點點頭。「去找辛督察，他還記得妳。」艾琳也記得他。辛督察可能是倫敦警方中與韋爾關係最密切的盟友。「如果我有任何訊息，我會在他那裡留言，妳也可以比照辦理。」

他仍然拉著她的手，事實上他似乎已經忘了自己還拉著她的手。「妳要自己當心，溫特斯。」他說。「我們的敵人似乎有備而來。要是我能夠陪妳去的話，我會——」

「但是你在這裡能查到的事更重要。」艾琳打岔。她眞的很樂意有他作後盾，管他那些把陌生人帶進大圖書館的規定。她說的是眞心話，他們需要知道關提斯夫婦在這裡耍什麼花招。「我們分秒必爭，我對你寄予厚望。」

他的笑容不明顯，卻千眞萬確。「那我們最好別讓石壯洛克久等。」

第六章

在艾琳走去大英圖書館的路上，沒有任何人想要綁架她，讓她幾乎詫異，甚至有點失望。要是真的有人想綁架她，她至少能更了解現在是什麼狀況。

不過並沒有神祕雙座小馬車等著擄走她、帶去什麼不明地點，沒有蒙面歹徒拖她進陋巷，連稍微能派上用場的事都沒有。因此穿過一間間房、走向通往大圖書館的主要通道時，她情緒十分惡劣。

連到大圖書館的穿越口設在一間原本是辦公室的小儲藏室裡，幸好附近剛好沒有訪客，沒人看見她進去。她只花了幾秒就在進門後用語言鎖上門，然後快步走向穿越口的門。它看起來像置物櫃，而且對其他使用者來說，確實只是個置物櫃。但它固定連結到大圖書館內的某一扇門，而艾琳握有語言之鑰。

「**通往大圖書館**。」她說，隨著說出的話在空氣裡傳送出去，她感覺到了連線。她拉開門，迅速跨進去。

位於大圖書館那一側的門是裝有鐵門的沉重門板，她進入後，那扇門喀噹一聲關上。房間另一頭的門邊仍然掛著許多海報聲明：「高度混沌侵襲區」、「未經核准不得進入」，以及「保持冷靜速速遠離」。艾琳看到第一張海報上的「高度」兩字，不禁皺起眉頭。她上一回走進這道門是幾個月前的事，那時海報上顯示的還只是一般混沌的侵襲程度。

這該不會和凱失蹤的事有關吧……她希望不是。

有人用這個房間來儲放其他書，除了原本就擺滿書的書架，現在滿地都是一疊一疊的黃色書皮平裝書。艾琳得把裙襬裹在身上，小心翼翼地走向出口，以免造成山崩。

離她最近的電腦室，在她左側第二道門。目前是空的，因此她坐進椅子登入帳號，劈里啪啦地打了一封簡短的電子郵件給考琵莉雅：凱失蹤了，狀況不明，請求立刻會面。艾琳。

才過不到五分鐘她就收到了回信。這段時間她只查了「龍族，協商」這組關鍵字，不過還沒什麼進展。回信寫道：獲准使用速移。左手邊第一個彎道，向上三層樓，密語是「一致」。考琵莉雅。

艾琳登出帳號，把裙襬撩到膝蓋高度，開始拔腿狂奔。速移耗能很高，維持開啟的時間不會太久。考琵莉雅認為需要授權使用這項功能，令她不安。

衝上三層樓後，牆上貼滿裝飾藝術風格的壁紙，以時尚風格凸顯出速移間的位置。速移間的門是厚重的橡木門，夾在兩尊長袍女的迷你石膏雕像間，看起來非常突兀。那扇門不大，勉強夠讓一個人帶著一疊書通過。

她走進門內，把門關上。這裡沒有燈光，也沒有聲音，只有灰塵氣味。她向兩側伸出手，扶著牆穩住身體。

「一致。」她用語言說。

她周圍的空間搖晃震動，像是送菜升降機被人用高速往好幾個不同方向拉扯。她閉上眼睛，一心一意忍著不要吐出來。

咚一聲，速移間抵達目的地了。艾琳先緩了口氣，才推開門跨出去，進入一間燈光充足的房間。

這是考琵莉雅的私人書房，艾琳身爲考琵莉雅的入門弟子和助理，曾在這裡度過許多時光，因此對它很熟悉。房間裡最吸睛的物體是巨大的桃花心木書桌，它呈弧形，像個大型的U，很方便在桌面上鋪開大量文件。不難想見，牆邊擺滿書架——不過其間懸掛著好幾個黃金和木頭材質的沉重斯拉夫聖像，將連成一片的書海分隔開來。艾琳注意到外頭是晚上，書房的燈光透過弓形窗照出去，刺眼地點亮了外頭雪景。房間裡通常有幾張多的椅子，現在卻不知搬到哪裡去了，表示考琵莉雅占據著她書桌後頭唯一的椅子。

艾琳站在她面前，心想自己的心情是不是應該像女學生向老師報告，或是像懺悔者向審問官報告。換言之，她覺得自己要戰戰兢兢才對。

考琵莉雅看起來則一如往常地沉著冷靜。她頭上披著深紅色頭巾，只有額頭處露出一點白髮。她今天穿了一件深褐色絲絨質料、樣式簡單的無袖長袍，使她木頭雕成的左手臂一覽無遺。木頭顏色是灰黃色的橡木色，和她另一邊正常的右手臂很接近，不過質地完全不同——她的木臂充滿接頭和齒輪。「很差勁的報告，」她帶著微喘的呼吸聲說。「除非妳眞的只知道妳告訴我的事。」

「我故意只和妳講重點，」艾琳堅定地說。「由於事關重大，我想妳會想聽我親口報告細節。」

「相對於寄出一封任何人都可能看到的詳細電子郵件，是嗎？」考琵莉雅詢問。

「這可是妳說的，」艾琳回答。「我沒有說喔。」她們兩人上回見面時，考琵莉雅選擇不提凱是龍族出身這項具有爭議性的話題。艾琳不確定，實際上是所有高層人士都知道這項事實，還是基本上這仍是機密。

考琵莉雅舉起有血有肉的那隻手，揉了揉額頭。「那就告訴我妳知道什麼吧。」

艾琳快速講了一遍細節。當然，她必須提到韋爾也參與的事。不過考琵莉雅已經知道韋爾是誰，也知道他對大圖書館的了解程度高到令人不安。在某幾個時間點，考琵莉雅微微頷首——包括凱的家人寄邀請函、席爾維大人向他們示警、關提斯夫婦，以及韋爾對那封（表面上也是凱的家人寄的）信的評語——不過除此之外，她只是默默傾聽。

最後她發話了：「好個曖昧不明的狀況，用這個詞來形容很貼切。妳的想法是？」

「那封信是假的。」艾琳直白地說。「不光是格式，而是如果它出自凱的家人之手，我認為應該會更有獨特的風格。從他對他們的形容來看，他們是王室，王室不會浪費時間寄些『不用期待再見到他』的瑣碎警告信。他們若非完全不把平民放在心上，就是會旋風式地出現，大發慈悲告訴我們，我們再也無權與他相處了。所以這甚至稱不上是像樣的誤導手法。」

「然而妳還是來到這裡，」考琵莉雅道。「還是在打聽他家人的事。如果妳這麼確定那只是誤導，何必隨之起舞？」

「因為我們得找到他。」艾琳說。她把手揹到身後，掩飾她握拳的動作。「如果韋爾能追蹤到關提斯夫婦下落，或不管幕後主使者是誰，那當然很好。但如果沒有進展，我們該怎麼找到他？我對他有責任。」這句話懸在空中，像一句承諾。「而且既然他是在我的保護下被綁架，他的家人可能會要我們負責。」

考琵莉雅把兩手指尖貼合聳起，一邊是肉、一邊是木頭。「的確，大圖書館絕對不希望和凱的親族結仇。」她贊同地說。「龍族的報復非同小可，颶風、暴風雨、海嘯、地震……我曾親眼目睹一個世界就這麼毀滅，而且我自己也差點送命。所以說，妳要我怎麼幫妳？」

艾琳振作一下，把腦中一些非常不賞心悅目的畫面推到一邊。她已經耗太久了。「我需要我們這裡關於關提斯大人的所有記錄，我指的是不在公開檔案裡的記錄。而且我猜大圖書館對凱的家人的了解應該比我深吧，凱有沒有可能真的是被他們帶走了？」她突然有了一個想法。「或是和他們關係密切的人幹的？敵對陣營？或是太想討好主子的僕人？」

「唔，很中肯的疑問，十分我給妳打九分。」考琵莉雅思考，目光始終緊盯艾琳。艾琳不敢移開視線。「他的近親不太可能綁架他，或是留字條說他走了。做這些事對他們來說可能有失身分。不過任何王室都有下屬、晚輩等等，大致來說，有些人會太過熱中於『揣摩上意』。也許其中一人……而且龍族也有分派系，不是每個派系都是保王派。」

艾琳嘆了口氣。又增加一個不確定因素。「所以我不能確定他們有無涉案。」

「對，」考琵莉雅說。「妳不能。或者該說我們不能。還有，我們也沒有任何祕密管道能以大圖書館的立場詢問他們。」

艾琳微微側著頭。「『不能以大圖書館的立場』？不過如果是以私人立場呢？難道沒有某個人，他朋友的朋友可以問到……」她滿懷期望地讓句子懸在一半處。

考琵莉雅搖搖頭，堅決表示不行，但眼神有點防備。即使他們不能在這件事上派上用場，但顯然確實有人的朋友的朋友很有辦法。

「當然沒有。」艾琳苦澀地說。她知道結論會朝什麼方向發展。「就算有人能聯絡龍族，那人必定是大圖書館高層，沒辦法用個人名義行動。而這件事又不能把大圖書館牽扯進來，對吧？」

考琵莉雅兩手一攤。「沒錯。這個狀況下只有一個人可以問……」

「好啦、好啦。」艾琳看到考琵莉雅因爲自己的口氣而瞇起眼睛，她試著讓自己冷靜一點。「好啦。那個人就是我。」*把頭伸進龍嘴的人，在事情出了差錯時得一肩扛起。*「但我想先問一個問題。一個概略的問題，然後才能研究細節。」

「妳當然可以問。」考琵莉雅謹愼地說。「但如果我不回答，並不是因爲故意要刁難妳。」

艾琳點點頭。「那我用最籠統的方式問吧——爲什麼要帶凱進大圖書館？我是認眞的。妳明知道凱的身分，爲什麼還是找他進來當實習生？還有爲什麼把他分配給我？」

這場對話應該出現在百葉窗關閉的窗戶或厚重的天鵝絨窗簾後頭，在這麼開闊的空間討論感覺不對。不但不對，而且太公開了。

考琵莉雅低頭望著桌面。「在凱之前，還有別的年輕龍族來過這裡。」她慢吞吞地說。「是沒有人像他出身這麼高貴，不過——確實有別的年輕龍族來過，而且大家都會禮貌性地當作不知道。即使負責把他們安插進來的人，也認爲自己做得神不知鬼不覺。這方面有祕密協議，有雙方的共識。目前爲止還沒有任何龍族選擇留下來，並宣誓成爲圖書館員。坦白說，我也很懷疑凱會是例外。這不符合他的天性。」

艾琳點點頭，接受她的說法。「但爲什麼挑中我？」

考琵莉雅遲疑了一下，對她自己點點頭。「因爲，」她用語言說，表示出口的一定是實話。「**我們認爲這樣安排對你們兩個都好。**」她切換回英語，再度抬頭看艾琳，「我目前能告訴妳的就這些了。」

「爲我們好？」艾琳不以爲然地說。現在哪有時間玩這種打啞謎遊戲？她是兩個圖書館員的孩子，這是很不尋常的家庭——難道正是因爲如此，她更適合應付龍族嗎？她想不透原因。

考琵莉雅聳聳肩。「我們盡量做出最好的決策。妳對他有反感嗎？」

「反感？哪一方面？」艾琳故意拖時間。她知道自己在迴避問題，但她不確定考琵莉雅的意思。

「他有沒有冒犯過妳？」考琵莉雅的問題像子彈射向她。

「他簡直就是禮貌的化身，」艾琳說。「妳也知道。」

「他有沒有傷害過妳？」

艾琳回想凱的眼神，他的遲疑、他的誠懇。他想要保護她，可是實際上是她有責任保護他。「沒有，妳明知故問。現在眞的有必要來這套嗎？」

「我要確定妳沒有理由想甩掉他。」

「老天爺！」艾琳爆發了。「妳如果信不過我，那還有什麼好談的？再說，在妳眼裡我沒這麼笨吧？要是想綁架他的人是我，現在還會在這裡向妳報告嗎？」

「我總得確認一下。」考琵莉雅說。她在椅子裡換了個姿勢。「妳想過可能會面臨什麼場面嗎？」

「嗯，想過。」艾琳說。考琵莉雅暗指她可能與凱的失蹤案有關，仍然令她餘怒未消，但她設法控制住脾氣。如果凱身陷險境，每一秒都不能浪費。「場面很可能不會太好看。正如妳剛才所說，那些龍可能很生氣——而且可能會把氣出在我身上。」

「而且大圖書館可能必須默許。」考琵莉雅提示道。「如果我們裁定妳要為他負責，而龍族又要討回公道，我們可能得免除妳的職位。」

一陣寒意沿著艾琳的脊椎往下竄。「不會吧。」她說。但這是噩夢般的眞實，是她所能想像最壞的境況。「大圖書館的印記是去不掉的。」

考琵莉雅流露出遺憾的眼神，表情卻堅硬如石。「親愛的艾琳，我們不能冒險地因為一條龍——或一名圖書館員——而開戰。妳把駐地圖書館員的工作做得很出色，可是如果情況惡化，總要有人承擔罪名。」

「我了解了。」艾琳口氣呆板地說，不去理會胃裡像有個冰塊的感覺。「我們開始談正事吧，我要怎麼聯絡上他的家人？」

「最簡單的方法是去我們招募他的那個世界。」考琵莉雅說。「他有沒有告訴妳它的名稱？」

「只說是伽瑪型。」艾琳回答。「他說是高科技配上中等程度魔法。可以在那裡找到他叔叔嗎？」

「如果妳運氣好的話。至少可能找得到他叔叔的家眷。據我所知，他在那裡開了一間公司，用的名字是柳國恩。」她等著艾琳點頭表示理解。「我們通往那個世界的穿越口——對了，那個世界是G－51——出去的位置在海德堡的帕拉提納圖書館遺跡裡。根據兩、三週前的最新報告，柳國恩人在歐洲，所以運氣好的話，妳不用跑太遠去找他。我聽說那個平行世界的高速鐵路十分先進。」

「我們在那裡的同事是誰？」艾琳問。「那裡應該有駐地圖書館員吧？」

考琵莉雅點點頭。「她叫紫姬。不過我希望妳不要聯絡她——我們最好還是盡量避免向任何人解釋凱的狀況。」

「如果我走出穿越口的時候，她就坐在那裡，那可就尷尬了。」艾琳說。她能理解考琵莉雅的考量，不過要是立刻就有人幫忙她穿越陌生的歐洲，她會輕鬆很多。還有衣服問題，錢的問題。

「要是妳眞的遇到她，就編一套說詞吧。」考琵莉雅哼了一聲說。「如果妳想不到更好的藉口，就說妳是去替我買書的。怎樣？還有別的問題嗎？」

「有，關提斯。妳知道他或他們的任何事嗎？」

「很可惜，我不知道。」考琵莉雅顯然因爲被迫承認自己的無知而不快。「我會再查資料，不過可能要花點時間。我也會打聽一下有沒有人知道正在進行，或該說扯得上邊的妖精權力鬥爭事件。」

艾琳還有一件事想問。「在那裡，妖伯瑞奇可以接觸到我嗎？在G－51？」

也許現在不是擔心個人恐懼的時候，不過她非問不可。妖伯瑞奇是噩夢中的人物，大圖書館歷來力量最強大的叛徒——他也是殺人魔和討厭鬼。幾個月前她曾和他正面衝突，結果她贏了。所以他被隔絕在韋爾的世界之外，而且也不能進入大圖書館，但是一想到要去一個他可能找得到自己的地方，就讓艾琳打從骨子裡發寒。她手上的傷疤也用疼痛回應這個想法。他會殺人這件事已經夠糟了，更可怕的是他在殺人之前所做的事。

考琵莉雅若有所思地望著她，艾琳心想自己是不是將聽到讓她能堅持完成任務的善意謊言。最後考琵莉雅說：「就物質條件來說，他的確可能進入那個世界。不過他沒有門路追蹤妳的行蹤，也沒有理由認爲妳在那裡——」

「除非綁架凱的幕後主使者就是他。」艾琳提出想法。

「如果眞的是他，」考琵莉雅加重語氣。「他應該會連妳一起綁架才對。提出這個假設，十分得八分，但是忘記了奧坎剃刀原理，過度延伸各種可能，十分只得四分。言歸正傳，正如我說的，妖伯瑞奇沒有理由認爲妳會在那裡。再加上那是個高秩序、低混沌的世界，不是妖伯瑞奇之流愛去的地方，他比較喜歡和妖精打交道。也許正因爲如此，喜歡秩序的龍族才會經常在那裡活動。除了大圖書館之外，沒有任何地方徹底安全，但那裡應該是相對安全的地方。」

艾琳點點頭，內心卻仍籠罩著恐懼的陰影。「說得有道理，」她說。「謝謝妳。」不過她知道妖伯瑞奇仍會在噩夢中糾纏她很長一段時間。

「我想妳可以暫時不用擔心這個問題。」考琵莉雅乾脆地說。有座鐘在看不見的書架深處整點報時，她和艾琳都望向聲音來源。時間正在流逝。考琵莉雅轉回頭看艾琳。「妳聯絡上凱的家人後打算怎麼做？」

「隨機應變吧。」艾琳堅定地說。她深吸一口氣。「如果情況允許，我會聯絡妳。」

「妳能放棄自己做決定的想法嗎？」考琵莉雅露出冷笑。這笑容顯露出她的年紀。她平常安詳的表情讓人看到老人的優雅，而現在這一瞬間，她看起來像個充滿挖苦、挑剔意味的骷髏頭。

「凱的安全是首要考量，我希望照『自己的方式』辦事的想法，絕對不會妨礙這項原則。」艾琳說。她上前一步。「妳把他交給我照顧，我對他就有責任。讓我去履行職責吧。」

她這番肺腑之言似乎將書房震懾得一片死寂。考琵莉雅靠向椅背，臉上仍掛著笑容。「所以妳是出於責任感而要去帶他回來，」她說。「沒有別的理由。」

「妳眞的有必要這樣嗎？」艾琳惱火地說。「我要去Ｇ－５１了。」

「如果我要妳用語言回答我呢？」考琵莉雅問。燈光閃了一下，她們兩人周圍籠罩著黑暗，外頭的夜空雲層密布。

「**我會說此時此地，我爲什麼要找他回來，或是讓他回到家人身邊，從頭到尾，理由都是一樣。**」艾琳說。因爲確實都一樣。「**如果我問妳，妳爲什麼執意要試探我，妳會說什麼？**」

這個問句懸在她們之間，沒有獲得回應。考琵莉雅再度傾前，用電腦快速打了一串指令。「妳再搭一次速移，」她說。「它會帶妳到Ｇ－５１的穿越口。速移密語是『責任』。最後，還有一件事。」

「什麼事？」

「妳提醒我妳對凱有責任，以及伴隨責任而來的所有事。我也要提醒妳，我對妳有責任。我們都很清楚妳將進入險境，請妳務必小心。」

插曲一　被囚禁的凱

凱緩慢而痛苦地恢復意識，他全身都痛，感覺很不對勁。這種痛不是肌肉和關節拉傷的痛，也不是受傷的悶痛。感覺像是空氣對他來說有毒，而疼痛是生理反應。

他的姿勢也無法減緩疼痛。他面朝下趴在馬背上，雙手仍被銬在背後，他每吸一口讓他反胃的空氣，都會連帶嗅到馬汗味。他喉嚨間的項圈禁錮住他的力量，使他只能維持人形。他完全不知道自己身在何處，或現在是什麼狀況。但能察覺到自己在一個高度混沌的世界裡，他從沒到過令龍族這麼排斥的世界。

他昏昏沉沉、暈頭轉向，竭力克制著想閉起眼睛的衝動。他揣想如果被劫持的是艾琳，她會如何應付眼前情況。他斷定她會裝作昏迷，直到盡可能摸清楚所有資訊後再逃跑。

附近有水，到處都是水，即使這裡的水被混沌污染，他不能碰觸，不過他仍能感應到水的存在。好吧，蒐集到第一項資訊了。有人經過他身邊，他們穿著鮮艷的服飾，這是另一項觀察。他聽到別人說著義大利語。義大利語和水——這應該有某種意義，不過目前他沒有能力思考出答案。他勉強把頭抬高一點點，看看前方是什麼狀況。前面有另一匹馬，馬背上坐著一名騎士——綁架他的男人。

怒火在他腹中燃燒。他不會忍受這種待遇，他要——他要……

世界再度旋轉，他垂下頭，試著平穩地呼吸。兩匹馬停了下來，前面傳來說話聲。

「闗提斯大人，您比我們預期中早到。請問是不是出了什麼問題？」

「不是什麼大問題。」綁架者說。凱張嘴發出無聲的咆哮。「我們得稍微加快進度。內人之後會搭火車前來。『監獄』準備好了嗎？」

「準備好了，大人。我們很樂意接收您的俘虜。」

「這可不成。」綁架者的聲音透露確切的傲慢。「這條龍在進入牢房前歸我管，他項圈的鑰匙也由我保管。」

「大人，您信不過十人會嗎？」

凱用力咬著舌頭，努力集中精神。這番對話中一定有可利用的資訊。他努力再次揚起頭，再看一眼綁架他的人。那個妖精看來風塵僕僕，灰色皮草斗篷沾著塵土和雨水，但仍然威風凜凜，展現出貴族和領導者的傲慢。

「我信不過任何人。」闗提斯大人說。「放眼所有的世界，我只信任一個人，而她並不在這裡。當然，我十分尊敬十人會。但在我們的生活圈，大人物互相猜忌才是最自然的事。」他的嗓音變得渾厚，凱察覺旁人都停下來傾聽，因爲這妖精的氣場和言語而聚集過來。「我的朋友，我們正朝著更偉大的嶄新未來前進，我們要並肩作戰，直到把更多世界納入我們的統治。我不是在唱高調，而是提供你們——提供統治這片疆域的所有十人會成員——一片堅實可靠的機運之地。」他大動作地比了個手勢，指向遙遠地平線。「我們應該向前邁進，我們應該向龍族宣戰。一個個球界將臣服在妖精和我們的同盟腳下，就像小麥遇上了鐮刀。我們現在正進行的計畫，是第一場勝利，未來還會有更多勝利。

服從我的人將獲得讚頌，將成爲神！」

他的話極具說服力。即使凱被五花大綁，是束手無策的囚犯，還是感到一股衝動，想要點頭稱是、全盤接受這男人說的每個字——甚至自告奮勇。這不是席爾維大人愛用的那種引誘式魅惑力。這種魔法直搗人腦幹的命令/服從開關。凱對服從長輩和上級很熟悉，而這番演說試圖喚起同樣的直覺反應。龍族可以抵抗，人類則沒有那麼強的反抗能力。

方才周遭響起一片崇拜的低語，現在他們腳下的大地震動，驅動地震的是一波混沌力量，打斷了原本的低語聲。這波能量使得兩匹馬嘶鳴、甩頭、跺地，而凱也差點被震暈。附近的水也用顫動來回應，水波拍打著堤岸。

「我很抱歉，」關提斯大人說，不過聽起來毫無歉意。「我有時候會離題。希望你們的主子欣賞我的熱中。」

「當然了，大人。」另外那男人說。「但我想他們寧可您將滔滔雄辯留給適當的目標，而不是浪費在一般平民身上。」

「當然、當然。」關提斯大人圓滑地說，他的語氣中又有了命令的意味。

凱覺得呼吸困難，這裡的空氣瀰漫著混沌，像要堵塞住他的肺，而他又被困在這具軟弱的人類軀體中。他奮力抵抗，抵抗關提斯的聲音，抵抗滲透這個世界的混沌，這混沌簡直像輻射病一樣灼傷他。但是他找不到堅實的立足之地，他無能爲力。

他再度沉入黑暗。父王，王叔。他像祈禱一樣默想著，同時努力保持意識清醒。你們在哪裡？

韋爾。

艾琳。

救我……

第七章

難怪凱很快就適應了韋爾的平行世界，艾琳哀怨地想。這兩個世界的空氣污染同樣嚴重。主要的差別是，這裡的人在街上走動時不會用圍巾包住臉。他們可能很富裕，因此生活起居都待在有空調的私人建築、車輛、直升機和大莊園裡，要不就是窮得只能認命呼吸這種空氣——並且想當然地深受肺疾之苦。她看到閃爍的全像投影廣告在推銷利用你自己基因庫培養的人工肺臟。沒有一個廣告提到魔法，艾琳覺得這一點還挺有趣的。也許在這裡沒辦法結合魔法和科技，或是魔法是非法的。雖說她並不是沒到過類似的世界，但她真希望自己對這個世界能有最起碼的了解，哪怕花兩分鐘閱讀公家詢問處提供的手冊，也會很有教育意義。她得自行揣測在這種程度的科技世界裡，一般來說會有什麼問題：太多公共監視裝置，而且所有東西都是電子設備。

穿越口這一側並沒有人在看守，讓事情簡單了一些。這座圖書館很古老，遍布著灰塵、古董家具、花磚地板和木製拱門。它過去可能是她想像中令藏書家嚮往的輝煌聖殿，但現在已面目全非。使用老舊的穿越口就是有這個困擾，當初它設立的地點可能是座雄偉的圖書館或藏書地，可惜後來沒落了——而穿越口仍然會固定在那裡。隨著王公貴族得勢失勢，原本曾被統治者炫示的建築，最後會變成黯然失色的公共圖書館或博物館。就像這裡一樣。這裡有很多的圍欄和標示牌，清楚顯示這棟建築是向大眾開放參觀的。但她看不見任何駐地圖書館員的活動跡象，艾琳對此心懷感恩。這樣她就不必浪費時間解釋自己的來意了。

剛好有一群觀光客，她跟著他們走出建築，對這個世界來說長得不合時宜的裙襬在她腳踝邊飄逸。她覺得自己很醒目，但她裝作自己只是跟不上流行。結果她才剛踏進附近一條小巷子，就有人偷襲她，想要搶劫。這是刺激她情緒的最後一根稻草，她怒瞪著眼前這個作幫派打扮的年輕人。他正用一個散發電光的小型裝置指著她——那是某種像在說「嘿，我是支危險的電擊槍喔」的新奇玩意兒。

「麻煩你行行好，把那東西收起來。」她冷冷地用德語說。「否則我會讓你後悔莫及。我在趕時間，沒空陪你玩。」

「才——怪，妳多得是時間陪我玩。」男人回答。他上下打量她。「先從妳的身分證和信用卡開始吧，如果妳能從那身衣服底下找到它們。」

艾琳深吸了一口氣。她可以直接炸掉他的電子武器，但她不知道它在語言中的確切名稱。她聲音能傳送到的範圍內可能還有別的電子裝置，如果她使用泛稱，可能會影響到它們而造成危險——可能有點小題大做了。近身肉搏可能迅速有效，但她也許會輸。

至於第三個選項嘛……這樣使用語言很冒險，效果也很短暫，不過五分鐘也許已經足夠了。

「年輕人，」她用語言說，很遺憾自己沒能用更精確的詞彙稱呼他。「現在我在你的認知裡，是個極端危險的人。」

艾琳感覺她周圍的宇宙綳緊了，因爲那年輕人的腦內小宇宙，正試圖接受被她改變過的現實。她背上的大圖書館烙印像嚴重的曬傷一樣發痛，她的太陽穴也緊縮起來而引發頭痛。她的右側鼻孔流鼻血了，她抬起手把血抹掉。

她感覺到一瞬間的愉悅，心滿意足地看到男人驚恐地瞪大眼睛。她也看到他那極富藝術感的緊身牛仔褲胯下浮現一片深色污漬。「放下你的武器、身分證和信用卡，」艾琳再度用德語下令。「然後快滾吧。」

他像手指被燒傷似地鬆開武器，然後用顫抖的手從網布外套裡掏出一個皮夾，彎下腰放在地上。接著他退後幾步，顯然不想讓目光離開她身上，然後才轉身，用純粹惶恐的高速衝出巷子。

用語言操縱物質頗爲容易，但是有感知力的心智是會反抗的，而且最終總是會回復成原本的認知，並意識到自己的認知曾被竄改。等那男孩發現他被人耍了以後，會想要找她算帳。艾琳把武器踢到一邊去，然後拾起皮夾，一邊走出巷子一邊翻開它。她不理會路人異樣的眼神，只是暗自希望自己能換上當地的服裝。遇劫並不是計畫的一部分，不過她可以善加利用。

接下來就是標準程序了，由於她不用在這裡維持長期身分，事情便簡單得多。她上次在高科技世界行動已經是好幾年前的事了，不過她還記得基本原則。必要時使用語言調整監視器和銀行設備——並且不斷移動，在電腦系統備份資料重新設定後、有人注意到機器被動了手腳之前，趕緊遠離現場。

艾琳用語言對著嵌在牆上的信用卡機器講了幾句悄悄話，那個準搶劫犯的帳戶就被清空了，同時艾琳也替自己開了一個帳戶。趁著還沒有人來調查監視器和保全系統爲什麼失靈，她趕緊離開。她在當地一間平價服飾店買了牛仔褲和外套，而這身裝束讓她能走進另一間高級服飾店，買一套得體的套裝，看起來幾乎像樣到能去拜訪大富豪。準搶劫犯並沒有現身，不過突然來了大批警用直升機，發出嘈雜的警笛聲。她有點心虛地想，說服他相信她是個極端危險的人，會不會觸發了某種懸賞機制。算了，她懶得操心。

但是這一路下來，她始終有種嚴重的迫切感。她現在應該要已經見到凱的叔叔才對，她應該問他……

問他什麼？艾琳自問，並望著鏡中倒影。她的外表完全沒有洩露內心的混亂。她看起來必須很稱職，否則她能夠接近他的機率會大幅降低。凱的叔叔柳國恩是條龍。根據凱和考琵莉雅所言，也是地位崇高的龍，他在這個世界的身分是極具影響力的私人收藏家及成功商人。也許有些故事中，農家女可以用她們天生的謙遜和可人個性來漸漸吸引龍王的目光，但她可沒有幾年時間可以和他耗。

她檢視了一下自己。頭髮很整齊，套裝是不敗經典款，小尺寸平板電腦也恰恰好可以擺進她新買的手提包。她可以擔任兒童識字讀本裡的典型插圖模特兒：B就是和人家談生意的女商人（Businesswoman）。她的鼻血已經差不多停了。

她幾乎能嚐到自己的迫切，她準備好上陣了。

根據她用平板電腦查的網路新聞，柳國恩應該在馬賽。她有好一陣子沒使用這麼先進的科技產品了，不過她摸索了一下就找回了竅門。她查了一下交通選項。租直升機包機很貴，不過它是從德國到馬賽最快的方式。而且反正她用的也不是她的錢，現在她最不用擔心的就是錢了。

她前往機場，周圍滿是攢動的人潮。機場裡也是人山人海。一切都太鮮艷、太嘈雜、太刺眼，到處都閃著燈光和全像投影。她花了幾個月才習慣韋爾那個世界的生活模式，而現在這個地方在她看來很不對勁。她穿梭在人群中，臉上掛著僵硬的笑容，一等她坐上直升機，就直盯著平板電腦。她試著想像自己是一條很酷的鯊魚，直接切過海裡滿滿的人，但腦中的畫面一直自動轉換，把她變成一條鯡魚——即將被醃掉的鯡魚。

一小時後，艾琳的頭痛仍然未消退，她跨出一輛自動駕駛的計程車，來到馬賽近郊一棟孤零零的摩天大樓門口。它是這附近造型較爲典雅的一棟大樓，高雖高，卻沒有壓迫感；線條流暢時髦，卻不浮誇。雖然根據網路上的資料，這棟樓的資歷還不到五十年，卻散發出一種永恆的歲月感。這是許多公司的聯合辦公大樓，而那些公司中剛好包括一間藝術品出口公司——北海聯合公司。柳國恩是這間公司的非常務董事。這種安排很適合想要遠離大眾的目光，卻又抗拒不了來一點尊榮感的龍族。就連公司周遭的街道都很乾淨，而且人煙稀少。

「我叫艾琳．溫特斯，我有急事要找柳先生。」她告訴接待處的祕書。因爲不想太引人注目，她用的是法語。她就和大部分圖書館員一樣，語言在她受的教育中占有重要比例——既是爲了便於祕密行動，也是爲了能讀懂她要蒐集的文本。

櫃台後頭的男人外表滑順到像是用塑膠做的。他的頭髮有如用膠水黏在頭頂、閃著光澤的黑色帽子，臉則完全沒有表情變化。他的十指指甲都有小小的神經機械嵌入物在閃爍，他將手指滑過面前的螢幕操控著。「很抱歉，」他說；他操著一口完美的法語，聲音就和眼神一樣死板。「柳先生現在在忙，麻煩您把詳細資訊寄給我們——」

「事態緊急，」艾琳說。「否則我也不會站在這裡。」

「柳先生現在非常忙。」祕書重申。他掃視艾琳的服裝並確認她的富有和時尚程度如何，然後同樣迅速地判定她不是什麼重要人物。「雖然他會贊助投資機會，卻僅以私人推薦為前提。恐怕我得請妳離開了，女士。」

大廳空蕩蕩的，是個鋪著單調的黑色大理石地板、豎立著冰冷灰色石柱、會發出回音的地方。現場就只有艾琳和祕書兩個人。門邊有幾張看似脆弱的椅子，並無損於這個空間的肅穆氣氛。如果設計師的用意是要給客人一個下馬威，確實成功了。

艾琳抬起下巴。「我代表大圖書館，」她說，設法讓自己的聲音和祕書一樣冷靜平淡，「我想柳先生曾和我們打過交道。」就算沒有，這話應該也能引起他的注意。

祕書回瞪著她良久，然後垂下目光，再次用指尖操縱螢幕。

停頓。

螢幕閃了一下。「恐怕柳先生現在沒有空，」祕書說。「感謝您對敝公司有興趣，如果您要留言的話，我們很樂意擇日另行聯絡您。」

好吧，看來只能來硬的了，希望凱的叔叔願意聽她說話，而不是直接把她丟出窗外。艾琳傾向他。「在你的認知中，剛才你收到了許可，讓我上去見柳先生。」她輕聲說。語言在空氣裡嗡鳴，她的頭痛得更厲害了，但她老練地將這種感覺掃到一邊。她真正擔心的是這句話的效果持續不了兩、三分鐘，甚至幾秒鐘。對方質疑他們的認知受到語言影響的理由越多，效力就越有可能消退。

不過就眼前來說是有效的。祕書因為認為自己看到了什麼訊息，而詫異得猛眨眼。不難想見，他應該從來沒放任何人上去見過柳先生。「請搭電梯到五十一樓。」他說，手指又在螢幕上游移。「柳先生的私人助理芝蘭先生會在右手邊的辦公室等您。」

艾琳禮貌地點點頭，忍住冒到嘴邊得逞的笑，逕直走向電梯。電梯順暢地往上滑行，沒有發出半點聲音，內部空間像是用深色、不透光玻璃圍成的巨大洞穴。它大得足以容納一輛小貨車，以及一位富商、他的隨行團、一組保全，再加上一群鬧哄哄的記者。隨著電梯向上升，艾琳知道此時此刻有幾台監視攝影機在盯著她。就算祕書仍然認爲她獲得了許可，這棟大樓的保全系統可沒有被矇騙。

頭頂顯示器上的樓層數字快速變換。希望凱的叔叔——或至少他的私人助理——有足夠的好奇心，願意聽一聽她準備好的說詞。希望如此，而不是其他令人不敢想的結果。

電梯門滑開了，門外是一道走廊，牆壁和地板都鋪著光滑的淺色瓷磚。左側的大窗戶俯瞰下方的城市和更遠處的海洋。右側則有一扇沒有任何標示的門。

電梯門口還圍了六個人，有男有女，都穿著清一色的合身剪裁黑西裝、戴墨鏡。他們其實都沒有拿武器，但他們輕鬆的肢體動作流露出武術高手的氣勢，而且她懷疑他們身上有隱藏式槍套。不管她猜對了沒有，他們顯然很危險。

他們後方站著第七個人。她的灰色西裝明顯比他們貴上一個檔次，而且即使以這裡偏向中性的西裝趨勢而言，仍絕對是男裝剪裁。她的臉孔讓艾琳聯想到凱那種戲劇化的英俊。不是像時尚模特兒那種光鮮亮麗的完美五官，而是某種生命力旺盛到有點危險、只是暫時寄居在人類形體中的火焰的美。她的銀色長髮分邊分在右眉上方，呈圓弧狀延伸到頸背處，然後在背後傾瀉而下，形成直達臀部的長馬尾。她的袖口鍊釦和領帶都是霧黑色的。她打量著艾琳，眼神冰冷，隱隱聲明她是個掠食者。少了可以隱身其後的假身分，艾琳覺得有種可怕的曝露感。間諜從來不以眞面目示人，她已經很久——嗯，至少有二十年以上吧——都沒這麼做過了。可是現在凱可能命在旦夕。「午安。」她客氣地說。

「解釋一下這是怎麼回事。」穿灰西裝的女人說。

「請原諒我擅闖進來，」艾琳微微鞠躬，這種姿態既能表示尊敬，又不會太卑躬屈膝。她舉起手按在胸口，注意到自己的動作讓對方更加緊繃。「我叫艾琳，是大圖書館的僕人。」保持冷靜和自信，她提醒自己，妳是龐大勢力的代表，妳理所當然期望受到適當的尊重。

「的確。妳是這麼告訴樓下祕書的，而他也告訴妳吾主很忙。」女人偏了偏頭，讓人覺得她在嗅聞空氣。「我注意到妳身上沒有任何混沌力量，沒有受到那一類的污染。儘管如此，妳的擅闖仍然不受歡迎。」

「我剛才沒有機會向樓下的守門人詳細說明情況，」艾琳平穩地說。「有些事需要更多隱私。」

「據我所知，吾主敖順對於接受大圖書館任何成員的私人拜會，並沒有任何興趣。」女人狀似隨意地朝艾琳跨出兩步。「或許妳可以解釋一下？」

她提到他時用的是「吾主」而不是「吾王」，艾琳腦中擅長分析的區域注意到，她受的訓練發揮效果了。很親密的私人封臣式關係嗎？她似乎扮演著國恩私人助理的角色，雖說這可能不重要。而且敖順一定是凱的叔叔的眞名了，不是人類化名。「我最近和一個人一起行動，他自稱爲凱，在大圖書館學習，我負責指導他。他提到……」她該用哪個頭銜？「他叔叔可能在這個世界，使用柳國恩這個名字。」

「妳想利用這層關係得到好處？」

這語氣尖銳的提問讓艾琳握緊拳頭，她得強迫自己的手放鬆，隨著她恢復自制力，她能感覺到掌心一條一條的疤。「完全不是這樣。」她深吸一口氣，露出禮貌的笑容。凱非常重視禮節，在這裡應該也適用同一套規則。「但我有一件出乎預期的事，和柳國恩的姪子有關，需要向他稟報。我認爲最好通知凱的叔叔並尋求他的建議。請問你是芝蘭先生嗎？」

「是的。」那條龍——艾琳決定乾脆把這個人當成那條龍就好，因爲這只可能是一條龍——說。「妳說發生了一件事，確切來說是指什麼？」

「凱原本在某個世界受訓，擔任我的大圖書館助手，後來他離開了。」艾琳用和芝蘭一樣冷的語氣說。她決定把這條龍視爲男性。既然他自稱爲「先生」，她還有什麼好懷疑的？「他離開後不久，我收到一封署名他家人的信——說他回到他們身邊了。如果我在某方面冒犯了他的家人，我自然希望能登門賠罪。但如果事實上另有隱情，嗯……」她兩手一攤，注意到那六個應該是保鏕的人又緊張了一下。「我對凱負有責任，因此希望調查清楚。」

接下來是漫長的靜默。然後芝蘭左手比了個手勢，那一圈保鏕就退後了。「麻煩來我的辦公室談。」他說。

右側門後的房間不論空間或光線都很充足，地板和牆壁鋪著和走廊同樣的瓷磚。不過這裡的天花板高度是外頭走廊的兩倍。這層樓和上面那層樓一定是打通的，艾琳想道。房間中央有一張黑色花崗岩書桌，既吸睛又有魄力，顯然這就是它擺在這的用意。右側牆邊有更多窗戶，不過她很欣慰地看到左側牆邊擺了一組漂亮的書架，還有一座簡單而優雅的深色檔案櫃。在這個充滿電腦科技的世界裡，這座檔案櫃似乎有點格格不入。房間另一端的前方牆面上有一扇門。

芝蘭靠在桌子邊。「信的內容是？」他問。

「今天早晨——」沒錯，那才是今天剛發生的事，不是嗎？「——我工作完回到家，發現凱不在，我們本來說好要碰面的。」她不打算貿然說出「我們住處」，先等她多蒐集到一些龍族對於與人類同居的看法再說。「有人警告過我們可能會有危險，所以我很擔心。然後又有人送來這個。」她從手提包裡拿出信，連同信封一起交給芝蘭。

芝蘭用纖長的手接過去，他在讀信的時候，眉心浮現一條細細的紋路。那是憂慮的跡象，雖然掩飾得很好，但仍舊存在。

「後來我們共同認識的一個人，發現了凱被襲擊並帶走的證據。」艾琳繼續說。「我不知道現在確切是什麼情況，但你應該了解我很擔心。」

「如果是他家人做了這件事呢？」芝蘭問。他沒把信還她。

艾琳堅守陣地，直視芝蘭的眼睛。「我不這麼認爲。根據我對龍族的了解，他的家人不會寄這種信來。」

芝蘭沉默了，感覺太過漫長，久到讓艾琳有餘暇思考她是不是侮辱到他個人、凱的全家人或是整個龍族，以及這三種情況分別會帶來什麼後果。最後他說：「那麼妳來這裡的目的是？」

艾琳聳聳肩，試圖讓火藥味濃度上升的氣氛冷卻一點。雖然我不是龍族王室，她提醒自己，作爲大圖書館的代表，我還是可以和他的屬下平起平坐。「如果凱出了什麼事，我希望可以查明眞相。我很尊敬他。」我對他也有友情的關懷，有欲望，還因爲他老是提議上床而有點煩……她不知道怎麼說才能打動芝蘭，畢竟他是龍，不是人類。她面對他冷漠、無動於衷的眼神，發現自己竟爲之語塞。「我只想確定他平安無恙，我不希望他處於險境。」

那條龍的眼裡是不是有一絲同情？

「妳做了正確的決定。」芝蘭說。不，那不是同情，而是認同。艾琳如釋重負。「年輕女人，請不要因爲來向我們乞求幫助而難爲情。在這個情況下，這不但是正確的做法，也是聰明的做法。稍待片刻，我去稟告吾主。」

芝蘭走向房間另一端的門，艾琳垂下頭，克制著想跪地謝恩的衝動。他的威嚴和魄力令人很難忽視。就算他只是個僕役，也是地位很高的近侍。現在她可能終於要見到柳國恩本人了。不可否認的是，她背上像掛著一面牌子，寫著「消耗品」三個大字。

在芝蘭進去後便關上的門，此時又打開了。才過了不到一分鐘。表示結果不是大好，就是大壞。芝蘭站在那兒抵著門。「妳可以進來了。北海龍王敖順陛下准妳覲見。」

第八章

那扇門另一側的空間遠大於普通辦公室。艾琳戰戰兢兢地瞥了一眼，只看到幽黑而空曠的一片。她定了定神，這才看到了這個空間的邊界，亦即牆壁和挑高天花板，但第一印象仍然震懾著她。周圍的空氣似乎像暗潮一樣繞著她轉，把她往房間內拖去。

這裡沒有窗戶，牆壁和地板都鋪著同樣的深色金屬板，金屬板上有層層疊疊的弧形紋路，讓艾琳聯想到在博物館和照片中看過的海底金屬礦床。厚重的絲質掛旗等距懸掛，牆上有像火炬般熾亮的水晶。這些水晶散發著冰冷而不友善的光線，大房間的大部分空間都仍籠罩在陰影裡。她實在也沒有別的選擇，只能走向房間另一頭、坐在一座高台上桌子後方的人。

芝蘭走出剛才的門並把門關上，在她身後發出喀的一聲。「妳可以上前來了。」龍王催促著她。他顯然知道對於一個青澀的求見者，什麼時候該稍微提點正確的宮廷禮儀。

艾琳開始緊張地走向王座，她再也不能拖延望向龍王的時機了。當她鼓起勇氣望向對方時，她後悔莫及，因為她受到的驚嚇超過預期的程度。這條龍——北海龍王敖順陛下——根本不屑變成人形。

他的王座離鋪著大理石桌面的桌子還有一段距離，讓艾琳能清清楚楚地看到這位龍族君主。雖然這裡沒有光源，但他的力量本身就會發光，照亮他的坐姿。幾綹黑如縞瑪瑙的髮絲拂在他額前，但大部分的頭髮向後梳成一條長辮子。他的頭髮裡伸出兩支角，各有五、六公分長，看起來光滑而尖銳。

他的膚色不完全算黑色；而是深不可測的陰天烏雲那種明亮的灰黑色。艾琳雖然離他很遠，卻依稀能看出他的臉頰上有細小的鱗片紋路。他的指甲——不，應該說是爪子——和芝蘭的一樣保養得宜，只不過他毫不掩飾它們是爪子。他的眼睛紅得像新鮮的岩漿，卻讓人覺得冰冷而嚴酷。他穿著一件看起來很重的黑色絲質長袍，滾著白邊，還有精緻而繁複的刺繡圖案。

艾琳試著運用自己受過的訓練，把她看到的一切都記起來，因爲這樣能讓她找回一點自制力。此時此刻，龍王強大的氣勢已經快要把她壓得喘不過氣了。房內充滿敖順的力量，他正等著看她有沒有本事穿過這股力量走到他面前。

她挺起肩膀往前走，大圖書館烙印在她背上灼燒，雖然看不見，卻痛得要命。她突然發現自己愚蠢地回想起孩提時大人是怎麼教她要站有站相的。她該在什麼位置停下來？艾琳選擇停在王座前三公尺處，行了個九十度的鞠躬禮，維持了三秒鐘才重新站直。

敖順張開右手，朝她伸出有尖銳爪子的手指。「大圖書館的僕人艾琳，歡迎來到我的王國。」

感謝老天，我沒有犯什麼嚴重錯誤——目前爲止。「陛下，」她盡可能用平穩的語氣回答。「謝謝您仁慈地接見我，很抱歉我沒帶來合適的禮物。」她突然閃過一絲憂慮，畢竟拜訪他國要帶禮物是基本禮貌。

敖順低下頭。「我了解妳是倉促前來的，而且我對姪子安危的關心勝過任何禮物。」

艾琳聽懂他在暗示她說重點。「我已經告訴芝蘭——」她該用什麼尊稱呢？好吧，反正他是國王的個人助理。「——大人我所知道的情況了。陛下，我可能判斷錯誤，如果眞是如此，請恕罪。但我不能冒險放過另一種可能，那就是那封信是假的，而我讓凱身處險境。」

敖順示意她繼續說，艾琳快速講了一遍這一天發生過的事。

她說完後，他點點頭。「我知道了。妳和我姪子是不是有不足爲外人道的關係？」

艾琳眨眨眼，突然覺得這一刻很想仔細研究地板的設計。和凱這位恐怖的非人類叔叔討論他們之間的「關係」，還眞是難以啓齒。但他應該不會因爲我誘惑凱而把我丟出窗外吧——是嗎？尤其是我並沒有誘惑他。我費了很大的工夫不要誘惑他。可是她的臉漲紅了，她猜得出這樣會暗示什麼。她得說點什麼。「陛下，我們確實住在同一間屋子裡，不過如您所說，我們沒有讓外人知道。」

「嗯哼。」這聲音聽來不予置評，不過倒也沒有威脅性。艾琳試探地放鬆心情，希望自己剛才不是無意間許下了終身承諾。

「我想問問妳父母的名字和家世淵源？」敖順問。

「陛下，我父母都是圖書館員。」她回答。敖順聽了突然瞇起眼睛，她感覺肚子裡像結冰了一樣。她說錯話了嗎？「我母親選擇的名字是拉結爾，我父親則是劉向。」前者取自某個平行世界的神祕天使，後者取自另一個平行世界的歷史人物，亦即中國漢朝第一位爲國家藏書編纂目錄的學者；圖書館員就是忍不住要取個意義深遠的代號。「他們沒說過在加入大圖書館之前是叫什麼名字。」

「請包涵我的詫異之情。」敖順說。他的表情看起來不像詫異，比較像冷冷地提高戒備，不過艾琳絕對寧可接受詫異的說法。「我原先不知道宣誓效忠大圖書館的人也會有伴侶、也會生兒育女。我聽說你們全心投入工作，甚於一切。」

艾琳感覺紅潮再度爬上臉。「陛下，我個人是因爲他們才會成爲圖書館員的，我一向很崇拜他們的工作。」

敖順慢慢點頭。她還是參不透他的表情，她眞希望他和凱一樣化成人形。「這麼說來，妳是遵循著正統道路繼續服務你們的大圖書館了。」

她聽到背後那扇門打開又關上，發出細微的聲響，敖順對芝蘭說：「李明，照片拿來了？」

「是的。」芝蘭——還是李明？——說。艾琳微微側身，勉強能看到他站在一旁。他拿著一台很薄的平板電腦，螢幕在陰暗的室內發著光。

「艾琳。」敖順再次對她說話。從他嘴裡聽到自己的名字，感覺眞的很奇妙。也許是因爲他的聲音讓她想到凱，因而有些不安。「我們注意到有兩個人在這個世界觀察我的領土。我想知道妳有沒有見過他們。」現在他的態度有種紆尊降貴的意味，雖然說他本來就是王室。他眞的相信凱出事了嗎？她感到一陣不耐煩，還混雜著恐懼——她在和凱的家人閒聊時，他卻可能正處於極度危險中。

平板電腦並排顯示兩張照片。右邊是個站著的女人，她的黑色長髮在頸根處往後夾起，然後垂在一側的肩膀前，髮尾是蓬鬆的大波浪。她的笑容很親切，眼神中帶有極其細微的含蓄，使得她的笑容眞誠而不勉強。她的一邊肩膀上披著海軍藍的休閒外套，底下是一件白色無袖上衣搭配海軍藍七分褲。照片背景是一座舊港口或漁村的碼頭。她戴著白色薄棉布手套，長度直達手肘。

左邊是坐著的男人，戴著手套的手裡捏著一根雪茄。他坐在一間餐廳的桌子邊——根據室內裝潢來看，那是非常高級的餐廳。他蓄著修剪得很整齊的鬍鬚，嘴巴上方有一排小鬍子。他的髮色是鐵灰色，髮線略高，有個美人尖，修過的濃眉蓋在眼睛上方。他的服裝——西裝和絲質領帶，看起來和周遭場景一樣昂貴。

艾琳皺起眉頭。「這兩個人我都不認得，」她說。「而且我確定如果我見過他們，一定不會忘記。不過線報說凱被綁架的現場是有一個蓄鬍子的男人……」

「妳確定嗎？」敖順傾向前問道。「他們可能做了某種變裝。」

艾琳搖搖頭。「抱歉，但我不認得他們。可是請等一下。」她略作遲疑。「昨天晚上有人攻擊我和凱，是很微不足道的肢體衝突，當時是深夜，我們正要回家。」她停頓了一下，敖順點頭示意她說下去。「他們只是混混，不是什麼重大威脅。他們說是當地酒吧裡的某個女人雇用他們做這件事的。當時我覺得屋頂上好像有人在看——但後來我以爲只是我眼花了……」她意識到自己好像緊張得絮絮叨叨，趕緊閉上嘴巴。

敖順思考了一下，搖頭。「感覺不出有什麼關聯。不過你們經常遇到類似攻擊嗎？」

艾琳感覺室內溫度驟降了兩度，這不是象徵性說法。敖順的目光重重壓迫著她，她幾乎感覺自己頭上出現一面發光的標示牌，上頭寫著「帶壞我的姪兒」。「陛下，若有，也是有理由的。」

敖順終於把目光從她身上移開，艾琳聽到自己吸氣的聲音，在寂靜的房間裡響亮得冒失。「很好。」他說，不過她不確定他指的是什麼。「我得再深入調查妳提到的幾件事。」他傾向前，拉開桌子的抽屜，拿出一只黑色絲質錦囊。他拉了一下錦囊束口處的絲繩，錦囊就打開了，一個掛在燦亮鍊子上的發光小圓片落入敖順手心。

他盯著它看。室內的緊繃氣氛變得更濃了。外頭傳來模糊的雷聲，在四壁間隱隱迴蕩。

敖順再度抬起頭時，表情非常明確。是憤怒。「當我姪子被交託由我監護時，」他說，現在他的說話聲彷彿也迴蕩著雷鳴。「我們兩人的血混合製成這件寶物。不管他身在何方，只要我檢視這件寶物，就能確定他安然無恙。但是因爲妳剛才說的話，我有理由把它拿出來檢查，這才發現他已經到了連我都找不到的地方。這表示他現在在混沌深處的世界，我本人可能都不能冒險涉足的世界。那種地方對我族而言就像毒藥，更糟的是，龍族在那裡現身，將被侵襲那塊現實的生物──我詛咒他們的名字！──視爲宣戰。就算是爲了我長兄的兒子，我也不能冒這個險。」

艾琳感覺自己臉頰血色盡失。她想過凱是被帶到了別的世界，卻沒想過會在混沌深處。就連大圖書館都會嚴加看管甚至封閉與這類世界的連結。而且如果她不知道他是在哪個世界，她根本找不到他。「可是陛下，您一定──」

敖順站起身。「我不能容忍。」他說。室內氣壓陡降，好像他們在海底幾公里深。「我不能容忍。」

「陛下。」艾琳逼自己上前一步，奮力對抗著肩上的重量和耳鳴。她感覺頭暈目眩、毫無把握，卻知道她得表明自己的意圖。她單膝跪地。「我打算找到凱並且救他回來，他們這麼做冒犯了他，也冒犯了我。我請求您協助我。假如您能以任何方式幫助，我都感激不盡。」

她想起考琵莉雅的警告：如果龍族怪罪下來，艾琳可能會成爲犧牲品，藉此挽救大圖書館與凱的族人之間的關係。但她也迫切想要救回凱。

整個房間一片沉默。艾琳勉強自己抬起頭直視敖順的眼睛，而回望她的是千年的力量和憤怒。

「來。」他走向她，她現在可以看到由他手中垂吊下來的是什麼樣的物品了——是一塊墨玉墜飾，掛在一條細如髮絲的銀鍊子上。墨玉的陰雕圖案是一條中國龍，將自己盤繞成好幾圈。這塊圓形玉石直徑只有兩、三公分，卻令人難以忽視。「妳可能擁有我不具備的人脈，我建議妳善用那些人脈。如果妳和我的姪子身處同一個世界，這件寶物應該能幫助妳找到他。」

他把墜飾舉在她面前。艾琳揣摩他的心意，把雙手捧成碗狀，讓他能把墜飾放進她手心。他的皮膚並沒有碰到她，墜飾落入她手裡，冷得像冰。「如果有必要，妳也可以把它當作代表我的信物。不過最重要的是，如果妳遇到危險——或是我姪子遇到危險——妳就在這上頭沾一滴妳的血，然後把它拋向風中。妳會得到幫助。」

「謝謝您，陛下。」艾琳說。她又垂下頭。

「妳的時間很有限。」敖順說。他往後退離。「我看得出來他很虛弱，很沮喪。還有，艾琳，妳要知道一件事。」他提到她名字的時候，有種令她不安的意有所指意味。「我知道他出了事，我們兩人可能都有責任。我是他的監護人，而妳是他的指導員，我們都沒照顧好他。但是如果他死了，或是有更糟的下場，那麼他在哪個世界被綁架，那個世界將成爲一個警告範例，給膽敢挑戰我族者瞧瞧。我的兄長和我絕不會延遲施予這種警告。妳明白嗎？」

他的嗓音裡有雷霆、颶風、海嘯，以及所有大自然未受束縛的殘暴憤怒。「明白，陛下。」艾琳喃喃道。

「妳可以走了。」他再度坐回寶座。「妳可以向妳的上級報告：我們對妳的行爲沒有任何不滿。請向妳的直屬長官轉達我對妳的讚許。」

艾琳站起身，再次鞠躬行禮。「謝謝您，陛下。很感謝您對這件事表達的關切之意，我會盡力而爲。」她內心滿是急著離開的衝動，與他的權威造成的壓力拉鋸著。

那扇門滑開了，她走向那扇門，室內的氣流在她腿邊像水一樣波動，帶著她往外走。順應著氣流走很容易，她只要努力保持直立，專注地把一隻腳挪到另一隻腳前面……

她一跨入外側辦公室的明亮光線中，肩上那股重量突然就消失了，使她頓時身輕如燕、無拘無束，以致於差點摔倒。她肩膀後方的烙印引起的疼痛也不見了，雖說先前與龍王的氣勢比起來，那點痛似乎只是輕微的不適。儘管窗外有巨大的烏雲在聚集，使得室內整個陰暗下來，不過這裡的光線和門內深邃的王座室比起來，還是有著截然不同的性質。艾琳小時候從不認爲陽光有什麼可貴（老師會說「把書放下，去外面玩」），但是此時此刻，她不禁覺得老師的話有幾分道理。

芝蘭——還是她該在心裡稱呼他李明？那是他的眞名吧？——在她身後關上門。「讓我協助妳安排返程的交通吧？」他客氣地問。

她似乎沒有必要隱瞞自己的交通方式，現在最要緊的是加快進度。「我需要去一間圖書館。」艾琳試著若無其事地說。

「沒問題。」李明說。「我相信陛下也不希望妳被任何事耽擱。請問任何一座圖書館都可以嗎？」

「只要不是太小的都可以，」她說。「至少要有幾個放滿書的房間，麻煩你了。」墜飾還在她手裡，她把鍊子掛到脖子上，同時李明對著一台小電話喃喃地發號施令。玉石貼在她皮膚上是冷的，而且一直都是冷的，像在提醒她它在那裡。她感覺不到它能提供任何訊息，敖順卻顯然可以。不過或許等她離凱近一點，或是她用某種方式講出語言，她可以誘哄它提供一些資訊。

半分鐘後，李明送她到電梯口。「樓下有車在等妳，」他大步走在她身邊說，她得走得很急才能跟上他的腳步，「它會帶妳到潘尼爾圖書館。」

「謝謝你。」艾琳說。她已經沒有靈感再說出新鮮的道謝詞了。「我很感激。」

「區區小事，不足掛齒。」李明打斷她。「在這個情況下，我們也只能做到這些了。很抱歉我行事有些倉促，要失陪了……」

我們都還有工作要做。他未說出口的話昭然若揭，艾琳配合地匆匆道別，然後被請下樓。就某方面來說，李明確實好像很急的樣子，讓她覺得欣慰；因爲這表示他急著要處理凱的事——或是希望艾琳快點展開營救行動。門口果然有輛車在等她，是輛配有司機的豪華懸浮汽車，它在醞釀著大雷雨的天空底下飛行，才花了幾分鐘就把她送到目的地。

艾琳抵達圖書館後，純粹憑直覺建立了一條回到大圖書館的祕密通道，她太忙著想像凱正面臨什麼樣的威脅，無暇顧及有沒有人在注意自己。即使回到大圖書館後，她仍滿心急迫感。她經過數不清的書架、穿過一間間空無一人的房間，直到找到一台電腦。接著她得濃縮精簡地寫一封電子郵件給考琵莉雅，她知道之後這封信可能會被當作不利於她的證物當庭引用：當凱被綁架的時候，需要爲他的安全負責的圖書館員就是她……

她該說什麼才好呢？情況比我們預想的更糟。凱深陷混沌，而且既然那個世界對他叔叔來說有毒，搞不好會直接害死他。他很虛弱、沮喪。教順可能不會把這件事怪在大圖書館頭上，但他絕對會怪在我頭上。他甚至揚言摧毀韋爾的世界，殺雞儆猴。她只能將實話呈報上去。

貼在她肌膚上的墜飾仍然是冷的。

艾琳等著回信，不耐煩地用指頭敲打放電腦的鍛鐵桌面。她煩躁地瞥一眼周圍空間，發現這裡屬於戶外田園風的裝潢風格——刷白的木質書架、塗了油漆的鍛鐵家具、原木地板。

她沒心情去看架上擺的是哪些書。

她有點心不在焉地叫出一幅地圖，看看要回到韋爾世界的穿越口怎麼走最快。她詫異地發現並不遠，走一小時就到了。如果她用跑的，也許半小時可以到。

考琵莉雅沒有回音。

時間一分一秒流逝。

我知道妳喜歡跑去找妳的上級尋求指示，她腦海深處響起韋爾過去和她爭執時說過的話。

我需要蒐集資訊，並和凱的族人討論，她告訴自己。這麼做是對的。考琵莉雅也認同她。然而，去營救凱又完全不同了。駐地圖書館員應該待在被派駐的平行世界才對。自己一個人跑掉是很魯莽、愚蠢、不專業的。她可能會丟了工作，甚至可能失去更多。隨時都可能有新情報進來，而她擅離職守就接收不到了。

螢幕上沒有回應，也沒有更多關於關提斯夫婦的資料，什麼都沒有。

她突然驚駭地領悟到一件事。考琵莉雅叫她做的，無論如何只可能是她本來就打算做的事，不是嗎？考琵莉雅明白艾琳會竭盡全力找到凱、保護凱。

那萬一她接到的命令不是要找到凱、保護凱，該怎麼辦？

「嗯。」艾琳大聲說，同時站起身。她彎下腰關掉電腦。「如果是這樣，我想……我根本沒接到任何命令。眞可惜。」

高跟鞋是很得體的商務打扮，但只穿著絲襪較方便跑步，她把高跟鞋拿在手裡，奔過一條又一條擺滿書架的陰暗走廊。

一直到她抵達穿越口，都沒有遇到半個人。她定了定神，拍了拍腳底，把鞋子穿上，然後把手提包穩穩地夾在腋下。她遲疑了一會兒，彷彿考琵莉雅會從陰影裡走出來協助她。但是艾琳已經不需要她了。她跨越那扇門，回到她現在的家。

另一頭的房間裡擠滿毛茸茸的彪形大漢。他們有槍，而且槍口正對準她。

第九章

艾琳的直覺反應是僵住不動。她並沒有動作片主角那種迅速的反射神經——至少在毫無防備的情形下是如此。再說，戲劇中的武打英雄通常都比他們的對手更高、更壯、動作更矯健。而她只有一百七十三公分，穿著絲襪，沒什麼肌肉——和眼前這五個虎背熊腰的對手根本沒法兒比。

他們把房間擠得水洩不通，背靠著展示櫃；雖然他們都用槍指著她，看起來卻都很意外她從這個櫥櫃走出來。也許她可以把這一點當作優勢。

其中一人訝異地哼了一聲，用手掩嘴笑。「她果然出現了。一定是有人把這隻兔子塞在櫥櫃裡。」他粗聲粗氣地說。他上上下下地打量她，看著她不合潮流且不得體的短裙套裝，手裡的槍微微晃動。「不難猜到這裡的教授都喜歡在桌子底下藏東西，對吧？」

艾琳讓自己癱靠在牆上，故作畏懼地垂下眼皮，試著搞清楚現在是什麼狀況。他們顯然在守株待兔，而這個世界裡只有兩個人知道大圖書館的出入口在這裡。一個是韋爾，一個是席爾維。不，還是把範圍擴大到席爾維會洩露這項資訊的任何妖精吧。而她可以假定韋爾不會派蹩腳的混混來堵她……

「別給我們找麻煩，小鴨子，這樣妳就不會受傷。」另一個人說。他和他的同夥一樣，有兩道濃眉、毛茸茸的手掌和令人不安的黃眼睛。好極了，又是狼人。「我們只是要帶妳去兜兜風，有位紳士希望妳在這幾天之內都別管他的閒事。只要妳乖乖的，保持安靜，就不會發生任何壞事。」

這段對話讓艾琳在心裡大擺苦瓜臉，因爲聽起來就是標準的「女主角笨到活不下去，只能靠男主角援救」的戲碼。她一定露出了不以爲然的表情，因爲男人瞇起眼睛。「妳可不希望我們來硬的吧，小鴨子。」他咆哮。

「不，」她試著裝出無助而柔弱的態度。「我會聽話……請不要傷害我。」

「還有不准唸咒，」另一人說。「我們聽說過妳會巫術。」

啊，顯然有人用他們能理解的說法，向他們警告過語言的事了。不過看起來她還是有開口說話的餘地。艾琳讓自己的下嘴唇可憐兮兮地顫抖，還像是忍著淚水般拚命眨眼睛，盡力表現出手足無措的樣子。那群男人放鬆了，可惜他們並沒有放下指著她的手槍。眞是遺憾。她能想到半打運用語言的方法，卻不想和子彈比速度。

但她仍抓著手提包，裡頭裝著平板電腦。她盡可能自然地把它放到胸前，假裝在驚恐下想要躲在它後頭。她的手指悄悄滑過手提包鉤釦，伸進裡頭。她能摸到平板電腦的邊框及電源鍵。

「把袋子放下，」貌似首領的人命令。「別想拿槍偷襲我們，小親親。」

「我哪敢啊。」她顫抖地說。她開啓平板電腦電源，然後讓包包從指間落到地上，它落地時發出咚的一聲。所有狼人的目光都順著它往下，然後再回到她身上。

三、二、一……

開啓電源引發的噪音，響亮而清楚地透過手提袋薄薄的布料傳出來。

這台平板電腦是很精巧的科技產品，設定成一開機就會自動搜尋無線網路訊號和檢查新訊息。在這個世界裡根本沒有無線網路，只有會吸引惡魔般干擾音的無線電廣播訊號，因此這台平板電腦根本不能用。包包裡傳出混亂的唧唧聲，然後又突然放大音量，聽起來像是非人類的聲音在大吼大叫，艾琳很慶幸聽不出那是什麼語言。

狼人的反應正如她所預期。所有槍管都從對準她移向她腳邊的包包，子彈接二連三地射向它。手提包裡傳出爆炸的悶響，袋口飄出了煙霧。

太好了。艾琳已經開始行動，閃身躲到最近的展示櫃後頭。**「煙，增加到瀰漫整個房間，而且發出臭味！」**她用語言大喊。

煙霧服從的速度比她預期中還快。原本細細一縷煙膨脹成濃濃白雲，往四面八方湧出，直至碰到牆壁和天花板，而且散發著塑膠燃燒的臭味，惹得艾琳淚水直流。而她還不是感官敏銳的狼人呢。突然響起的此起彼落咒罵聲，讓她露出壞心眼的笑容。有兩個人叫她回來——他們是覺得她有多笨？剩下的人因爲極其靈敏的嗅覺而深受臭味折磨，光聽他們的罵聲就知道了。

艾琳一溜煙穿過房間朝出口走，她對這裡的格局太熟悉了，就算蒙著眼睛都會走——而現在她實際上也算是蒙著眼睛在走。

不幸的是，煙雖然掩護了她，卻也遮住了那群混混。她離門還有五步時，撞上其中一人，她和狼人都嚇了一跳。他比她稍微快了半秒反應過來，她感覺到他的手在摸索著她的肩膀。

她哪有時間處理這種事啊。艾琳跨近一步，豎直右手往前劈向他喉嚨的位置。他痛得哀鳴，她感覺手掌底下有什麼東西碎裂了，然後她又抬起膝蓋狠撞他的胯下。他鬆手，她則扭身掙脫，衝過剩下的距離來到門邊。

後頭被她打倒的狼人此時奮力喊道：「那婊子在這裡！」

幸好這幫混混沒把門鎖上。她拉開門，踉踉蹌蹌地跨到走廊上的乾淨空氣中，同時看不見的腳步聲正咚咚咚朝她而來。她用被煙嗆得沙啞的聲音說：「門關上並鎖起！」

她聲音傳送範圍內的每扇門都砰地關上，發出陣陣回音。門鎖一個個鎖上，把鎖簧轉至卡住的位置。她聽到背後那扇沉重木門後頭傳來叫嚷和嗥叫聲，還有大塊頭男人撞門的聲響。

大英圖書館的門很結實，但她並不打算等著看它能撐住一群憤怒狼人到什麼時候。訊問他們可能頗有收益，但現在和韋爾交換情報才是首要之務。艾琳拍了拍身上灰塵，開始沿著走廊往出口前進。

有個男人衝上樓梯，可是一看到她立刻煞住腳步。「天啊，溫特斯！」他驚呼。「妳出了什麼事？」

艾琳眨眨眼。是韋爾的聲音，卻不是韋爾的臉。他的臉長得不一樣，皺紋比較多，而且衣著也比平常破舊。但是聲音絕對是韋爾的沒錯。「韋爾？是你嗎？」她一向覺得說出類似台詞的角色很蠢，但她現在才明白，當一個陌生人喊出妳名字時，這完全是正常反應。

「這還要問嗎？」韋爾挖苦。「請原諒我的外貌，有不少人在找我。」他歪著頭，聽到艾琳剛離開的房間傳出的喧鬧，也看到門底下湧出煙霧。「妳是不是遇到什麼麻煩？」

艾琳聳聳肩。「已經處理好了。是半打左右的狼人被派來抓我。你覺得要不要訊問他們？」

「沒時間了，而且無論如何，我很懷疑我們還能查出什麼我還不知道的事情。」他再次打量艾琳——露出維多利亞時代人類學學者式的震驚，好像才剛發現異國服裝竟能露出比腳踝更多的部位。

「我們應該換個地方說話。我們出去的時候我會吩咐警方一聲。」

艾琳點點頭。「好主意，我查出的事很緊急。」

韋爾點點頭。「恐怕確實如此。我去借一件大衣來蓋住妳的——」他並沒有加上「可恥的」這個形容詞，不過表情卻不言而喻。「——服裝，然後我們就離開。」

二十分鐘後，他們坐在一間小咖啡館裡。艾琳安全地裹在從大英博物館失物招領處拿來的一件大衣裡，大致上掩蓋住她不合時宜的穿著。這時候已經接近傍晚了，她感覺他們的時間快不夠了。但韋爾堅持要搭一小段計程車來中斷他們的足跡，而且在到咖啡館之前，他都不肯討論一個字。他趁著在計程車上的時間卸掉了一些妝，看起來比較像她認識的人了。他們點了茶，艾琳捧著茶杯暖手。

「我找到凱的叔叔了。」艾琳說。

韋爾心急地傾向前。「然後呢？那位紳士說什麼？」

「他非常不高興。」艾琳說。她無意識地抬起手，隔著衣服撫摸胸骨處的墜飾。「他能得知凱心情沮喪，並且身在一個混沌程度比這裡高得多的世界。我想他會進行他自己的調查，但他不能去那種世界——那對他的本質有害，而且龍王去那種地方，會被視爲宣戰。」

「溫特斯，麻煩妳行行好，多給我一點細節吧。」韋爾尖酸地說。「沒有更多資訊，我沒辦法推理，而妳只對我說了大綱而已。」

艾琳更精確地描述一遍會面經過，韋爾仔細聽。就某種角度來說，他的專注就和龍王的審視一樣令她不安。「妳可以給我看一下那兩個人的照片嗎？」他要求。

艾琳搖頭。「我沒辦法，而且我不會畫圖，請別叫我試著畫畫看。」

韋爾哼了一聲，示意她說下去。等她講完了，他靠回椅背上，嘆了口氣。「恐怕這符合我自己的調查結果。不管現在是什麼狀況，涉案者都在這裡活動，在我的……世界。」

「有一群狼人在等我，不可能只是巧合。」艾琳附和。

「還不只如此呢。」他看起來有點不自在，對一個通常處變不驚的男人而言還眞不尋常。「有人針對我，警方在找的其實是我。有人透過合法管道向警方投訴我。辛督察自己都滿頭包——有人指控他濫用職權——所以幸好妳沒去找他。他可能是被我連累的，有人想藉著破壞官方管道來阻礙我們的調查工作。我爲了攔截妳而跑去大英圖書館。」

艾琳好奇地揚起一眉。她先前見到的辛督察，總是表現得剛正不阿。

「因爲那些指控，他現在面臨幾項關於……呃，內部事務的罪名，所以這次的事我是不能指望他幫忙了。我聯絡了他的上司，但她說我最好暫時避免和他公開來往，那只會讓情況雪上加霜。警方這次完全派不上用場。」韋爾用一根細長的手指輕敲桌面，皺眉盯著桌面，然後出於科學的好奇心，摳著爲了讓桌子呈現獨特古風而一層層刻意刷上去的泥土。「我來找妳的另一個理由，是我發現有人在監視妳的住處——果然不出我所料。」

艾琳感覺喉嚨緊緊的。今天眞是風波不斷，她並不習慣被人當作針對的目標。「啊，謝謝你。」

「不客氣，溫特斯。我倒不認爲他們打算殺了妳，不過……」他聳聳肩。這動作沒什麼安慰作用。「我覺得最好還是不要冒這個險。」

艾琳啜了一口茶，一如預期中難喝。「凱的叔叔注意到的那兩個人，顯然是我們可以調查的重點。如果這一切都有關聯——他們會不會就是關提斯夫婦？」

韋爾已經在點頭了，還顯露一絲不耐煩。「對，那是符合邏輯的推論，而且妳的描述確實符合他們的特徵。因此，我們知道石壯洛克被綁架時，可能有關提斯大人，還有一個不明女性在場。我也已經確認過，昨天晚上關提斯夫人不在大使館，而且據說她戴著類似攻擊你們的人所提到的絲巾別針。眞可惜我們沒能訊問剛才攻擊妳的那群狼人，但是留在那裡太冒險了。」他靠向椅背，眼睛半睜半閉，兩手指尖貼合聳起。這是他的習慣姿勢，表示他的腦袋正在高速運轉。

她又啜了一口茶。沒錯，眞的是難以下嚥。乙太燈在壁龕裡閃爍，店外傳來計程車輪胎發出的刮擦和行駛聲。其他桌客人都低聲地小心交談，整間店的氛圍就像是一群妄想症患者在悄悄進行非法交易。韋爾大概是這裡的常客，艾琳判定。

韋爾從半昏睡狀態清醒，再次傾向前。「溫特斯，我來簡述一下我的調查結果吧。我會給妳完整詳細的說明——因爲我和妳不一樣——而妳對那兩個人的描述，幾乎完全吻合最近來到列支敦斯登大使館的兩個人。兩個妖精。」他一如往常用鄙夷的語氣唸出這字眼。「不過不難想見，他們穿著適合這個時代、這個國家的服裝。」

不知爲何，韋爾微微偏著頭的鄙視姿態，讓艾琳想起自己在大衣底下穿著不合宜的服裝。想必像他這種人，應該不會以貌取人吧——如果說有誰不以貌取人的話。既然他都能不在意她來自另一個世界，卻不能忽視她的裙子長度，還眞是令人想不透。「那你查到他們的哪些事呢？」她急著追問。

「男的被稱爲關提斯大人。女的是他妻子，至少她是這麼說的。他們聲稱他是侯爵，不過缺乏證明。他們──或該說至少是他──最近剛乘飛船從列支敦斯登來到倫敦，在那之前他在巴塞隆納。」

「他們是西班牙人嗎？」艾琳問。畢竟他們使用的化名「關提斯」正是西班牙文。

「不是，」韋爾說。「不過至少，他很喜歡扮演大人物。我可以繼續了嗎？」

艾琳閉上嘴點點頭。

「關提斯大人來倫敦大約兩個星期了。」韋爾接著說。「我有個……聯絡人專門在留意這方面的動態。關提斯夫人可能和他同時抵達，但她不像她的同類一般高調。明眼人都看得出來，關提斯和席爾維在進行某種權力鬥爭，這也證實了妳那一邊的調查。他們會各自舉辦宴會，在公開場合冷落對方。天知道他們私底下會幹出什麼事。」

「那關提斯夫人都在做什麼？」艾琳發問。

「我能查到的非常有限。」韋爾盯著他的飲料。「這讓我很不安。現在關提斯大人不知所蹤，關提斯夫人則顯然也在準備出遠門。」

「這麼說來線索就連起來了。」艾琳深思地說。「席爾維大人向凱和我示警，說我們有危險。大圖書館的資料則顯示他們之間有一段歷史淵源。如果他們敵對──」

「以妖精的作風來看，如果席爾維聽到什麼風聲，自然會想阻撓計畫。」韋爾打岔，把她沒說出口的想法補完。「但若是如此，爲什麼要把石壯洛克當成目標？我想我們可以合理假設他們確實是綁架他的主謀了。」

「因爲他的家族性質。」艾琳說。她一想到凱落在和他互相痛恨程度相當的生物手裡，她就喉嚨發乾。她勉強灌下一口茶。

「對妖精來說，那有這麼重要嗎？」韋爾問，黑眼珠銳利地盯著她。「整件事似乎是由一連串偏激事件所構成的效應。」

艾琳兩手一攤。「龍族和妖精自古以來就是仇敵，可以追溯到好幾代以前——我指的是他們的世代，而不只是人類世代。他們分別來自現實的兩個極端，思考模式和人類不同，韋爾。你認識席爾維和凱——嗯，他們是相對來說比較弱的成員。力量強大的龍或妖精與他們的差距，就和他們與我們之間的一樣大。」

「我們。」韋爾提出，「妳提到自己時好像妳和我都是一樣的人類。」

「難道在你眼裡我不是嗎？」艾琳被他的話刺傷了。「我向你保證，我生來就是人類，我是人類。」

「溫特斯，」韋爾捺著性子說。「妳大部分時候都表現得很好，可是偶爾當妳談起大圖書館事務時，妳會提到『一般人』。我敢說妳自己根本沒發現吧。」

「這個嘛。」艾琳覺得有點難堪。身爲圖書館員，無論自己的工作有多重要，無論她到的世界有多怪異，當開始自認很特別時都不是好現象。她會漸漸產生自以爲是神的錯覺，還有其他危險的想法。就像妖伯瑞奇那樣。「這個嘛，」她又說了一次。「不管你怎麼看我，對他們來說我就只是個人類而已。如果我做錯事，他們可以輕易除掉我。可是如果是妖精綁架了凱，對龍族來說就等於正式宣戰。」

她的話懸浮在兩人之間。「妳覺得有那麼嚴重？」韋爾終於說。

「對。」她想起凱本身的力量——他還只是一條年輕的龍——還有他叔叔的爆發力和氣勢。「我不知道會有什麼後果，總之我們得盡快阻止這件事發展下去。這是為了凱，也是因為這件事可能讓全部的世界，包括你的世界，天翻地覆。我告訴過你他叔叔對我說的話，他警告我他會用這個世界當範例，可不是象徵性說法。要是凱沒有回來，或是妖精選擇拒不放人的話，他們可以摧毀這個世界。」

她必須讓韋爾明白他的世界正面臨多麼真切的威脅。

她有點心虛地想起她省略了一些細節沒提，關於她自己的職位和可能面臨的麻煩。嗯，現在那些事並不是很重要。

「妳看起來非常關心我的『平行世界』安危啊。」韋爾挖苦。「我想是因為現在妳住在這兒，才把它看得比較重要吧。」

他對現在他們兩人都要面對的狀況展現出如此輕率的態度，讓艾琳怒火中燒。「在一場戰爭可能還沒發展成小衝突前就想辦法阻止，不是再正常不過了嗎？難道你這麼瞧不起我，以為我會袖手旁觀？」

「我認為妳過度抬舉這些……人了。」韋爾說。「我這輩子遇過不少妖精，他們當然是有殺傷力，但妳似乎認為他們危險到足以撼動世界。石壯洛克或許有些不尋常的能力，但到頭來他有他的極限，我們都是。至於席爾維嘛……」他聳聳肩。

她深吸一口氣。「危險到足以撼動世界。」她盡可能心平氣和地說。與情緒失控相比，還是讓事實說話比較有說服力。「雖說我自己還沒遇到過眞正力量強大的那群人，但你這句話形容得很好。那是因爲他們通常住在現實的盡頭，也就是混沌最深的地方。在那種地方，妖精接管整個世界，他們把自己的力量直接連結到那些世界的結構上。韋爾，在你的世界裡，我們待在淺的一端，一邊是深淵，而另一邊是高山。我從沒和屬於混沌的強大力量交手過，也希望永遠不必開這個先例。圖書館員很早就被教導別在深水中與鯊魚共游，因爲我們會被生吞活剝！」

韋爾慢慢點頭。「好吧，」他說。「溫特斯，我接受妳對危險的判斷。還有請妳小聲一點，隔牆有耳。」

艾琳不是很確定他眞的相信她，不過要是眞的讓他直接曝露在那種程度的力量下，他們會陷入天大的麻煩，到時候道歉也無濟於事了。「敖順已經確認凱是在混沌世界裡，」她說。「而你的目擊者對綁架的證詞，顯示可能是關提斯大人帶走他的。但是除非我和他處在同一個世界裡，否則我沒辦法追蹤他。除非你還有別的妖精可以討人情，不然的話，我想我們唯一可以求助的對象只剩……」

「確實，就是席爾維大人。」韋爾噘起薄唇，露出十分嫌惡的表情。「我和妳一樣，認爲沒有別的選項了。」

「我和席爾維大人上次見面時，他確實說過我隨時都可以去找他。」她繼續說。「但是他給我的名片在我的住處，而你說有人在監視那裡。而且無論如何，既然關提斯夫人也在大使館，我們總不能光明正大地走大門進去。」

「以本來的面貌絕對不行。」韋爾贊同。「再說，目前大使館前面有人在示威抗議，所以我們勢必得走僕人出入口。如果我猜得沒錯，不管有沒有名片，他都很樂意見我們。妳和他談話的時候，他的男僕也在場嗎？」

艾琳回想了一下，點點頭。「強森，穿灰衣服的瘦子。」

「他就是我們的鑰匙了。」韋爾滿意地說。「我們開始準備吧。」

於是，當天晚上，艾琳和韋爾就在列支敦斯登大使館後頭排隊了。他們身披厚重的連帽斗篷，若不是因爲排在前頭的五、六個人也穿著厚重的連帽斗篷，他們就會顯得很可疑。其中兩個男人牽著成雙成對的狗——一對貴賓犬、一對蘇俄牧羊犬、一對㹴犬、一對阿富汗獵犬——全都活潑地繞著他們腳邊嬉戲，使得他們不時發出帶有濃濃俄國口音的咒罵。那對阿富汗獵犬的毛漂成白色，但是倫敦無處不在的污垢已經沾在牠們的毛皮上，形成密密麻麻的深色污點。另一個男人狀甚焦躁地研究著樂譜，不時停下來，用他早已晦暗陳舊的長笛吹幾個音。還有兩個女人——至少艾琳認爲是女人——撩起斗篷，露出穿著長襪的小腿和高跟鞋練習跳舞。艾琳和韋爾後頭還延伸出更長的隊伍，沿著大使館的外牆排隊。有個腦筋動得快的小販在一旁擺起攤位賣柳橙。

「你以前做過這種事嗎？」艾琳悄悄問道。那些狗、長笛手和踢踏舞者發出的噪音，足以掩蓋她說的任何話，除非她是用吼的。

「有幾次。」韋爾簡短地說。「不過請牢記妳的角色，溫特斯。妳是——」

「你的催眠媒介，」艾琳順從地說。「你可以透過我召喚出死去法老王的古老靈魂。」

「妳看起來躍躍欲試，妳自己做過這種事嗎？」

艾琳想，他是不是忘了她可是專業的圖書館員，所以用假身分行走江湖是家常便飯，不過他確實說中了。這個角色設定比平常多了幾分異國趣味。「只有在學校裡做過。」她承認。

「學校？」韋爾詢問。

「嗯。當時有一場小騷動，有個國際犯罪集團躲在學校附近的農舍裡，後來來了一場洪水——」

「晚點再講。」韋爾表示。隊伍開始往前移動了。

不過接著就出現一段短暫的插曲——那群狗突然死都不肯走進大使館。牠們的飼主只好揮動牛肉乾想引誘牠們進去，結果反倒惹得幾隻流浪狗撲上來搶食。最後大使館員工只好拿水桶朝所有狗潑水。兩個飼主用俄語尖聲嚷嚷，長笛手則抗議他的樂譜都被弄濕了。但是韋爾和艾琳終於還是進了大使館的門，然後忙著拍掉斗篷上的濕狗毛。

他們被帶進一間小接待室，卻對這個房間感到失望。艾琳原本期待妖精的居室會更浮誇一點，結果這房間和倫敦任何一間寒酸的僕人休息室沒什麼兩樣。

韋爾傾向前和帶他們進來的那位一臉無聊的女僕交談，艾琳接著便聽到錢幣轉手的叮噹聲。「我們想找強森先生。」他低聲道。女僕點點頭，便轉身離開房間，寬大的裙襬沙沙作響。

過了漫長的五分鐘，強森走了進來。「你們有私人訊息要給我？」他一反平常謙恭有禮的態度，簡短地問。

韋爾朝艾琳點頭示意。她深吸一口氣，拉開兜帽露出臉。「我們有急事要找席爾維大人談。」她說。

「啊。」強森若有所思地從齒縫間吸了一口氣。「好的，請把兜帽戴回去吧，不能讓大使館裡的任何人知道妳來了。溫特斯小姐，請妳和妳的朋友隨我來，我們走後側樓梯。席爾維大人會立刻和妳見面。」

第十章

席爾維的私人書房出乎艾琳的意料，竟然看起來真的像可以供人居住工作，而不是過於做作的舞台布景。長沙發雖然鋪著華麗的紅絲絨，卻看得出有經常使用的磨損痕跡，其中一根椅腳上還帶著某種小而凶猛的動物留下的齒痕。桃花心木大書桌上堆著好幾疊文件，而不是戲劇化地空無一物，不過書桌角落的手銬倒是令人有點不安。有人把牆角的乙太燈調暗了，裝有絨布窗簾的房間因而籠罩在琥珀色的濃郁光線中。遠端的角落擺著一座書櫃，艾琳心癢難耐，很想晃過去仔細看看上頭滿滿的都是些什麼書，但她克制住自己的衝動，只是望著書的主人。

席爾維本人懶散地躺坐在書桌後頭的寬椅子上，他沒穿大衣，領結鬆鬆地繫在喉部。他看起來就像聲名狼藉的浪蕩子典範，一手還把玩著一杯白蘭地。強森帶著艾琳和韋爾進到書房時，他懶洋洋地抬頭看了一眼，表示：「我得說你們時間還眞是掐得夠緊。韋爾先生，我以爲你和溫特斯小姐會更早出現。」

韋爾拉開兜帽露出他的臉，艾琳也跟著做一樣的動作。她和韋爾已經說好了，在對質時由韋爾來主導。他認識席爾維更久，或許能夠刺激他講出有用的資訊。「先生，要和你約定會面之前，我肯定會再三遲疑。你不該訝異我遲到了——你反倒該訝異我來了。」

「但你收到那封信了吧。」席爾維小口抿著白蘭地。

「收到了。」韋爾承認。

「你認爲是我寄的。」

「我知道是你寄的。」

「你對我的動機有什麼猜想？」

「不算是猜想，而是確知。」

「那向我解釋一下，給我找點樂子吧。最近幾乎沒有什麼事能讓我驚艷了。」

「好吧。」韋爾朝房間內多跨出幾步。「眾人皆知你和關提斯夫婦不合，我想你應該不會否認這一點。」

「親愛的韋爾，我爲了強化這一點還煞費苦心呢。你可以說下去了。」

艾琳注意到韋爾因爲對方叫得這麼親密，臉上的肌肉抽搐了一下。她把斗篷裹緊一些，避免露出腳踝，然後往後退入陰影裡，看著兩個男人交手。席爾維或許是使用魅惑力的箇中翹楚，不過他把注意力放在韋爾身上的時候，沒有在看她，而從陰影中觀察別人是她的專業領域。

「你知道石壯洛克先生可能會被綁架，」韋爾說。「所以之前見到他和溫特斯小姐的時候，試著對他說了一些可能可以美稱爲『警告』的話。也許有人在盯著你，讓你沒辦法透露更多。」

席爾維聳聳肩。「我是在示警沒錯——我承認——這又沒有犯法。我給你的忠告是不要再管我的閒事，否則你會後悔。」

「如果你繼續管我的閒事，」韋爾的口氣帶著強烈的冰冷意味。「或是繼續拿別人的命開玩笑，你也會後悔的。」

「可是你以爲我爲什麼要開這種玩笑？」席爾維用一隻指甲敲著水晶杯，發出悅耳的叮噹聲。「就現在的狀況來說，你該問的是這個問題才對。」

韋爾暫停踱步，轉身看著席爾維。「署名石壯洛克家人的那封信，信紙上沾滿妖精的魅惑力。」

席爾維不以爲意地揮揮手。「誰都有可能做出那種事。強森？是不是你幹的？」

「不是，先生，但我可以作證，大使館裡有很多人都可能做了那件事。」男僕低聲說。

韋爾走上前，兩手按在席爾維的桌子上，身體猛然傾向前，像是擺出攻擊架勢的獵犬。「我認爲你是刻意要把我扯進這件事。那封信是爲了提醒我，石壯洛克的失蹤事有蹊蹺。你處心積慮把我和溫特斯引到這裡——應該說引到你面前——在你的規畫中，這是我們查案的下一階段。問題在於爲什麼。這是你和關提斯夫婦之間的邪惡遊戲嗎？」

「一部分是。」席爾維坦承。他把酒杯放到桌上，發出咚的一聲——艾琳好像看到強森的臉在杯子接觸到沒有保護的桃花心木時抽了一下——然後傾向前，眼神突然變得十分警醒。「大偵探，我很高興你果然名不虛傳。」

「你有沒有派你的爪牙去騷擾溫特斯，好讓我們更無法置身事外？」韋爾質問。

「那未免太超過了。」席爾維說。「騷擾溫特斯小姐的是關提斯夫人派出去的爪牙，而關提斯大人……已經離開這個球界了。」

他總算證實了這件事。「他把凱也帶走了。」艾琳在陰影中低語。

「溫特斯小姐說的沒錯。」席爾維目光不離韋爾地說道。「關提斯大人把龍一起帶走了，現在他們在你們無法觸及的地方。」

「你低估了我能觸及的範圍。」韋爾說。

「大偵探，你的影響力或許遍及整個倫敦東區，但不超出這個球界。」

「或許他是不行，」艾琳上前一步說。「但關提斯大人準備好面對凱的父親了嗎？」

「這問題很有趣，」席爾維親切地附和。「畢竟關提斯大人是憑他自己的心意行動。我相信只要能證明他舉止不當，他和他的愛妻都得擔起責任來。」他的話隱含著一絲愉悅，因爲眼看著對手——或該說一顆棋子，艾琳心想——走向不利位置而幸災樂禍。

「你是大使，」韋爾點出。「你能用職權壓他。」

「他十分質疑我的權威，況且他又不在這裡。」

「那他到底在哪裡？」艾琳問。「在哪個球界？」

「別的地方。」席爾維說。「威尼斯。嗯，另一個平行的威尼斯，在一個充滿面具和幻象的球界。告訴妳那個世界的名稱也沒有意義，那遠遠超出妳的理解範圍。」

「那麼，」艾琳試探地問。「這個地方應該比較偏向——嗯，宇宙中混沌程度較高的一端吧？」

「確實。」席爾維說。「如果有哪條高等的龍冒險去那裡，無異於宣戰。」

韋爾猛地吸了一口氣。「你一定誇大了吧。既然石壯洛克先生是被強迫帶到那裡——」

「沒差。」席爾維站起身，高度不輸給韋爾。燈光似乎集中在他們兩人身上，吸引旁人的目光。

「就算是眞的，也沒差。而且他的家人也知道。」

韋爾投向艾琳的目光帶有歉意，她簡短地點個頭回應他。是啊，我不是和你說過了嗎？如果你覺得我說的話不足以採信，現在得到證明了吧。

艾琳不理會光線變出的戲法，這只是席爾維又一次在炫耀他的魅惑力罷了。「言歸正傳吧，席爾維大人。你說高等的龍不能干預那個世界的事務，也暗示了你本人不會插手。然而，你卻刻意引導我們注意凱的處境，還讓我們徹底了解現在是什麼狀況。」她聽到自己振振有詞。「你希望我們去那裡，不是嗎？」

席爾維的嘴角彎起，露出甜如冰酒、嗆如伏特加的笑容。「嗳，溫特斯小姐，我親愛的小圖書館員，妳說對了，那正是我想要『妳』做的事。」

「她？」韋爾質問。他沒漏掉席爾維強調的字眼，艾琳也是。

「大偵探，你不能去。」席爾維不以爲意地說。「那個球界的混沌對你來說可能太強了，你也許承受不了它的力量。但這位小姐和她的大圖書館有強烈連結，她的本質不會受到影響。」

「讓她一個人去？」韋爾說，同時艾琳則問：「你可以帶我去？」

「確實。」席爾維作出肯定答覆。他微笑，退離桌邊伸了個懶腰。艾琳能夠隔著襯衫看出他的身體線條，結果自己的血管突然危險地發熱。她壓抑著這種衝動。他的挑逗是假的，那泰然而篤定的笑容也是假的。藏在假象後頭的是某種急切，某種不確定和慌張。

「若不是你這麼明顯地絕望，我應該不敢相信你。」艾琳輕聲說。

席爾維僵了一下，把手臂垂放在身側。「妳搞錯了。」他冷冷地說。

「並沒有。高等的龍並不能到關提斯大人躲藏的那個世界，不過可以來這裡，而且肯定會因爲有一個孩子失蹤而勃然大怒。」艾琳吐出這些話，就像寂靜房間中滴答走的時針。「也許他家人不會因爲要摧毀那個威尼斯而發動戰爭，可是會對這個世界，也就是你的權力中心，做出什麼事來呢？」

席爾維的臉頰失去血色。「妳只是瞎猜。」他沒什麼說服力地說。

「我不用猜。」艾琳平靜地說。「我和他的家人談過了，我知道是這樣。」

「我才不把這個世界放在眼裡！」席爾維嚷嚷，但艾琳並不相信他。

「那麼關提斯大人呢？你把他放在眼裡嗎——阿眞特大人？」

席爾維重重坐回椅子裡，低下頭埋在掌心。「他會毀了我，」他的聲音模糊不清。「我們交手過很多次，而因爲對我們的同類會產生太大的傷害，我們各自的主子禁止我們再互鬥了。可是如果他的力量增強到遠勝於我，他們不會反對他毀滅我。我能想像他俘虜一條龍能獲得什麼樣的好處，以及權力——就算我逃離這個世界，他也會把我搜出來。他甚至不想把我當對手，他想要消滅我。」

「可是爲什麼？」艾琳追問。「你們兩個爲什麼要鬥成這樣？」

「喔，事出必有因，」席爾維敷衍地說。「我玷污他妹妹，他攻擊我母親……之類的事。我不敢說自己還記得清楚，都是陳年舊事了。但妳要理解，復仇是必要的。他是謀士，是狡詐的操弄者，而他妻子更惡劣。他們兩人完全沒有藝術眼光，沒有生活情趣。他們喜歡權力，眼裡只有權力，而他們使用權力的手段毫無格調。我們根本無法互相理解——而我也沒這個意願。」他任性地補上一句。

「所以你就盤算給溫特斯小姐安排可能有去無回的自殺任務，讓她收拾因爲你袖手旁觀而產生的爛攤子。」韋爾不屑地說。「眞可悲耶，即使對你這類人而言都是。」

席爾維放下手，抬頭看著韋爾。「隨便你怎麼想吧，」他慢吞吞地說。「要侮辱我也無妨。但除非溫特斯小姐聽從我的建議，你們、我，還有你們的龍朋友，都將面臨無可挽回的厄運。我向你們兩個發誓，我現在並沒有陷害或暗算溫特斯小姐的企圖。此事嚴重攸關我的利益，我需要她好好活著才能幫忙我實現那些利益。」

艾琳開始對席爾維的戲劇化感到不耐煩了。凱現在眞眞切切地處於險境，她很樂意之後閒來無事時再來和席爾維唇槍舌劍，但不是現在。既然他願意發誓，至少是眞心誠意。妖精或許會曲解他們正式立下的誓約，卻不會違背誓言。「席爾維大人，說明一下你的計畫吧，否則我們怎麼判斷？」

席爾維嘆了口氣。「好吧，那我說了。關提斯大人的力量，使他不但能穿越不同球界，還能帶著你們朋友那個族類同行。我自己的力量沒那麼強大——充其量只能帶著人類或是同類同行——而關提斯夫人的能力又在我之下。關提斯大人已經安排好了，凡是想要親眼見證他勝利的人，都保證有交通工具去那個平行世界的威尼斯。他召喚了『駿馬』和『騎士』，他們是我的族類中力量強大者，所以他們想帶多少乘客同行都沒問題。他們在這個世界會以火車的形體出現，因爲那樣最不會引起騷動。」他暫停下來思考。「我會帶著幾名僕人搭乘那列火車，這位小姐可以喬裝一番之後混在其中。之後她再假裝是從另一個轉運站上車的，並且假裝成是我的同類。我們到達威尼斯後，她就可以隨自己的想法去拯救那條龍並逃走。」

「你覺得這也算是計畫嗎？」韋爾質問。

「我並不清楚我們這位圖書館員的能力如何。」席爾維高傲地說。「顯然她有很多我不知道的奇特力量。」

「所以說，我要自己一個人，」艾琳說，她想確認自己完全沒有誤解他的意思。「前往偏向你那一端的現實，被你的同類包圍，而且在救凱的時候沒有任何援助——我想你確實沒辦法幫我對吧？」

席爾維聳聳肩。「除非我能神不知鬼不覺地幫妳，我的小老鼠。當然，強森可以提供妳尋常的服務——咖啡、茶、刷黑妳的靴子、擦亮妳的面具、幫妳的手槍裝好子彈……等等。」

艾琳點點頭。知道最壞的情況反而讓她鬆了口氣，她幾乎有點暈眩。畢竟這個計畫實在太荒唐了。如果這是席爾維對編故事的認知，她實在不敢恭維他對冒險文學的品味。不過這仍然是能救回凱的機會。她露出笑容。「然後我得逃離那個地方，可能還得攙扶著狀況不佳的凱。」

「如果換作是我把他囚禁在那裡，我會給他下藥，」席爾維熱心地提出意見。「不過當然那個球界的空氣極度不適合他的體質，所以他可能沒被下藥也會不省人事。」

這絕對是最糟的情況。艾琳這時候除了忍著不笑出來之外，實在也不能有什麼別的反應了。當事情走向變得不可思議地危險，最好的做法是順勢而爲。「最後我得要把凱交回他家人手上，或至少安置在某個安全的地方。」

「我很想說這個世界夠安全了。」韋爾說。他看看周圍，神情疲憊，似乎已經放棄了。「但顯然事實勝於雄辯。」

「嗯。」艾琳深吸一口氣。「火車什麼時候出發?」

「溫特斯,」韋爾開口。「妳不會眞的打算一個人去——」

「韋爾。」艾琳打斷他。她在試圖解釋他的世界面臨什麼危險時,他根本不相信,後來是席爾維說服了他。但現在她必須說服韋爾、阻止他自尋死路。他既不明白,也無法接受一個高度混沌的世界究竟有多危險。毫無防護的人會被妖精當下正在擺弄的任何敘事線給捲進去,他們的人格特質會被改寫來配合妖精的需求。而且他們根本沒這個閒工夫辯論。「你也看得出來吧,席爾維大人已經走投無路了。」這句話讓席爾維憤怒地抖了一下。「不過,他也說那裡對你來說太危險了。只要對他的自保有任何一絲好處,他一定會很積極慫恿你和我一起去的。」

「嗯,對啊,還用說嗎?」席爾維說,好像這是廢話。「但請不要誤以爲我是善心大發才想救你,我只是覺得你是個娛樂性很高的對手,死了可惜。」

「很好,」艾琳挖苦地說。「你從妖精嘴裡聽到第一手消息了。」她扠起手臂,感覺怒氣上升。「看看他是怎麼對我的,又怎麼會騙你呢?我……」她接下來想說的話,出乎意料地哽在喉嚨裡。「我很感激你想幫忙,但我不希望你害死自己,如果變成那樣,凱也會怪我的。」

韋爾望著她一會兒,好像想說什麼,然後卻突然轉身背向她。「溫特斯,省省妳的口水吧,妳顯然已經下定決心了。我不打算妨礙妳發揮所長,或是擋了妳的路。我只要從席爾維大人口中確認完細節,就會讓妳自己去耍妳的小把戲。我只希望像石壯洛克這樣的無辜之人能在妳的把戲中存活。」

艾琳感覺臉頰燒紅了。他的話讓她的心打了個顫,感覺很傷人,眞的、眞的很傷人。她是希望他能接受她的決定，可是像這樣冷言冷語……她轉回頭看席爾維，選擇把憤怒轉化爲專注。「看來韋爾先生那邊已經沒問題了。你說的火車什麼時候出發？還有我該僞裝成什麼模樣？」

席爾維用手指按在唇上，卻仍掩飾不了艾琳向他屈服而引起的笑意。「我們一小時之內就要走，關提斯夫人也會在車站等車。我會安排讓其他僕從也穿上斗篷，好讓妳混在裡頭一起上車。至於服裝嘛——妳得打扮成像是從別的球界來的人，我會看看我的櫃子裡有什麼行頭。」

艾琳懶得多費唇舌，只是乾脆掀開斗篷，露出她不合時宜的套裝。

「對，」席爾維說，他的目光從她的腳踝掃向膝蓋。「這樣可以。我會給妳一樣蘊含我力量的小信物——力量沒有強到會傷害妳，我的小圖書館員，只會讓妳能爲裝成妖精。如果只是看妳一眼，是看不出妳是大圖書館的人的，而我的信物能確保沒有人可以把妳當作玩具看待。強森就戴了一個。強森，給溫特斯小姐看看。」

艾琳轉過頭，看到強森從口袋掏出一只很大的黃銅懷錶。它的設計異常精緻，表面覆滿乍看之下容易忽略的圖案。他朝艾琳點點頭。

「也許要稍微調整一下髮型、眼睛……」席爾維繼續說。「可惜我們要帶的人是妳而不是親愛的韋爾，我的圖書館員。他的易容術比妳高明太多了。」他站起身，大步走向角落裡的一座高櫃，打開櫃門，裡頭掛著一整排低胸禮服和連帽斗篷。他似乎一下子就從絕望轉爲亢奮。「我找個女僕來伺候妳。藍色怎麼樣？也許我能找一頂金色假髮？不，也許應該一開始就讓妳打扮成女僕……」

看席爾維對服裝這麼執著，艾琳不禁開始揣測關提斯的計畫比席爾維容易成功是不是其來有自。

「火車從哪裡出發？」她問。

「帕丁頓車站。」

「爲什麼是帕丁頓車站？」艾琳問。

「我們要走水路，所以要往西，所以是走大西部鐵路線，而大西部鐵路線就是從那裡出發的。」席爾維理所當然般地滔滔不絕回答道。也許從妖精的角度來看，他說的話眞的很合理吧。

韋爾深吸一口氣，挺起肩膀。「回頭見了，溫特斯——假如妳冒險完還能全身而退的話。妳知道我對這件事的看法，就不贅述了。我只希望妳對石壯洛克的關心，能勝過妳對政治的著迷。」

艾琳對到他陰沉的目光，感覺火冒三丈。她眞的沒有料到韋爾會這麼惡劣。他表現得就像席爾維才會有的量小器狹。「你很清楚我爲什麼這麼做，這跟政治或是戰爭的威脅一點關係都沒有。有時候我做的事，單純只是因爲我不希望看到別人死去。或是更糟——」

他比了個手勢打斷她。「女士，這些矯揉造作的話就不用說給我聽了，我建議妳留著在舞台上發揮。二位，晚安。」他轉身，再次戴上兜帽，艾琳還來不及說什麼，他就大步走出房間。

「強森，」席爾維圓滑地說。「送韋爾先生出去，要確定他沒受到任何傷害。」

強森靈巧地由她身旁溜過去，像影子般無聲無息。門悄悄打開又關上。

現在艾琳要面對暗自竊笑的席爾維，同時還要掛心凱。她並不樂意和不值得信任的席爾維獨處，想到要和他合作進行冒險計畫，實在令她興趣缺缺。或者，如果他決定又對她施展妖精詭計，她的麻煩可能是被他魅惑了。

席爾維還在回味韋爾臨走前撂下的話。「雖然他如果出了什麼意外是一件令人開心的事，但我想不會有人動他一根寒毛。妳希望他出意外嗎？」他搧著睫毛打量她。「他對妳粗魯又無禮，我的小老鼠，而妳現在已在我的保護下。」

「我比較關心凱的危險處境，更甚於韋爾可能施加或承受的羞辱。」艾琳犀利地說。

席爾維嘆了口氣。「要是我能多享受一會兒與妳相處的時光該有多好，可惜得準備上路了。關提斯大人的夫人就是專門發揮這種功能的，還有就是她能讓他一次只專注在一項計畫上。我無法理解她怎麼能這麼沉迷於細節問題。」他誇張地打了個呵欠。「強森馬上就回來，然後他會帶妳去給女僕打理，同時他會服侍我著裝。其中一個行李袋給妳提。我想妳應該會提行李袋吧？我的老鼠。」

「我會用最端莊的姿勢提的。」艾琳說。因為在想剛才席爾維對關提斯夫人的描述，她有點恍神。他說她能「讓他一次只專注在一項計畫上」，頗為耐人尋味。關提斯大人會不會像席爾維一樣容易分心？她又能不能利用這一點？除了思考這件事之外，她的心思全放在咬緊牙關克制情緒上頭。她暫時必須配合他演出。「不過既然你有你的辦法，而我要和你去威尼斯，我想問一個問題。世界那麼多那麼大，他們為什麼要把凱帶到那個威尼斯呢？」

「這個嘛。」席爾維思考了一下。「他們要確保能限制住他的行動，又要讓他能活著，同時符合這兩項條件的地方很少。他還要選擇一個能讓不少妖精都能輕鬆到達的世界，要有充足的硬體設備，能當作他為我們安排的華麗節目的展演場地。所以他才會提供火車讓我們能到達那裡，我的老鼠、我的圖書館員、我的小姐。所以才會有這趟遠足。」

突然間，所有的緊張和憤怒都排山倒海地回來了，在艾琳肚裡翻騰。她費了很大的力氣才讓自己的聲音保持平穩。「我不懂，你這話是什麼意思？」

「什麼意思，凱要被拍賣了，我的小寶貝。賣給出價最高的人。」席爾維把最後一點白蘭地灌進喉嚨，然後將杯子放下，發出叮的一聲。「我們如果想趕上那場拍賣會，動作要快一點了。」

第十一章

夜晚的帕丁頓車站很熱鬧，滿是來來去去火車擦出的火花、亮麗的車身，以及車輪的轟隆與唧嘎聲。頭頂的鋼條和玻璃製的屋頂畫出一個大圓弧，安裝了許多光線刺眼的白光燈泡，使得地上的每個人腳下都蓄著一汪黑影，天上三不五時會飄下邊緣燒焦的鴿子羽毛。艾琳和席爾維的六、七個僕人擠在一起，她在套裝之外又穿了一件黑色洋裝加上女僕的白色長圍裙，衣服笨重地緊繃在身上，而且她在身後拖著好幾個行李，她試著不發出吃力的呻吟。由於時間太緊迫了，席爾維放棄用比較自然的方式改變她的髮型和髮色，而是輕蔑地用指尖捏著一頂金色假髮遞給她。希望這頂假髮加上短面紗，足以作爲掩護，不要在火車站被關提斯夫人認出來。之後艾琳還得再想個更好的對策掩人耳目。

假髮刺得她很癢，席爾維給她的手鐲磨得她很不舒服，她肩膀後頭的大圖書館烙印則發出劇痛。想必過不了多久，龍族給的墜飾也會在它察覺到它能帶來最大困擾的時候，開始作亂。

她眞想知道席爾維的行李到底裝了什麼。由重量來判斷，大概是金條。也可能是沉重的鋼製鐐銬，用來束縛龍族、圖書館員和其他礙事傢伙。

她對這個局面一點都不滿意。

對夜裡的這群人最貼切的形容，應該就是「尖叫的暴民」了。顯然即將進站的妖精火車，是在最後一刻才和火車站員工協調的——所謂的「協調」指的是「通知他們有這列火車要來了，他們只能自己想辦法避免發生重大事故」。有一半的火車班次都改了時間，另一半則改成和平常不同的月台進站。乘客朝各個方向奔跑，逮到一個警衛就急問該往哪走，或是乾脆就在大庭廣眾之下歇斯底里。有一個青年直接放棄，把行李堆在地板中央，悠哉地靠在上頭吃火腿三明治。

席爾維闊步前進，大衣戲劇化地飛揚，左手隨意地握著一條馬鞭，人群紛紛讓道給他。包括艾琳在內的男僕女僕窸窸窣窣地跟在他後頭。

幸好火車預計進站的月台離他們不遠，有幾個一看就不是善類的男人費了一番工夫在那裡清出一塊空地。他們都同樣有著毛茸茸的手心和濃密的眉毛，這是狼人的特徵，艾琳現在對他們已經再熟悉不過了。她希望他們之中沒人曾聞過她的味道。在狼人圍出的保護圈中央，站著艾琳在李明照片中看過的女人。那一定就是關提斯夫人了。雖然她穿著符合這個平行世界風格的服裝，卻十分惹眼。她或許不像席爾維那樣具有讓人小鹿亂撞的妖精誘惑力，但她神色安詳，自有一股獨特的吸引力。她的眼神溫和，頭髮整齊地夾在帽子底下，洋裝款式非常時髦。那甚至可能是嚴格定義下的高級訂製服，不過卻沒有花俏過頭。最重要的是，她看起來相當……可人。講理。善解人意。

不用懷疑，這一定是妖精魅惑力在作祟，艾琳嘲弄地想。

在保護圈外圍還有幾個人在等車，大概是當地的其他妖精。不過如果他們都是來搭這班火車的，那表示消息傳得有多快啊？綁架凱究竟是多早就預謀好了的？

席爾維走向關提斯夫人，原本凝視著鐵軌的她轉過身來，微笑朝他伸出手。他捧起她的手，將唇壓上去，這動作惹得周圍一些旁觀者發出清晰可聞的吸氣聲。近處的人群都放棄奔向自己的月台，決定要觀看這場好戲。

「夫人。」席爾維的語氣柔滑得就像加了白蘭地的慕斯鮮奶油。「我就希望能趕得及在這裡見到妳。」

「先生。」她抽回手，調整了一下面紗。「我倒覺得你是要確保趕得上火車。」

「眞可惜妳丈夫沒陪在妳身邊，」席爾維話裡有話地說。「少了他的能力，妳只好選擇這種交通方式，應該覺得很不方便吧。」

關提斯夫人只是聳聳肩。「我相信很快就能見到他了。」

艾琳突然有點懷疑，席爾維是正常在演戲呢，還是想引誘關提斯夫人多表現一些，讓艾琳能觀察她？儘管他提供技術上的協助讓她能到那個「威尼斯」，但除了帶她上火車，艾琳並不期望他還會給予什麼實質幫助。不過她早已習慣單打獨鬥——在韋爾鬧脾氣後，她也把他從幫手名單上劃掉了。

席爾維的行李堆疊在一起，他的僕人圍在行李周圍，這時其中一名混混若無其事般朝他們晃過來。他的鼻孔擴張到有點怪異的地步。「兔子，」他喃喃地說。「我聞到一大堆兔子。」

席爾維揚起一眉。「夫人，請管教一下妳的僕人。」

關提斯夫人看著另外幾個混混也學第一個人，開始靠近席爾維的人。「爲什麼？你僕人有什麼要害怕的嗎？」

艾琳的第一個想法是，她被聞出來了，那個狼人將突破重重僕人和行李，直接把她揪出來。但他並不特別對她感興趣。他反倒停在另一個女僕身邊，居高臨下地望著女僕整齊的女僕帽。「我喜歡黃頭髮的漂亮女孩，」他對她說。「她們比較會唉唉叫。」

這話引得他朋友發出笑鬧聲，他們已經越離越近了。

我不能太顯眼，也不能被人聽到我在用語言。那只會吸引關提斯夫人的注意力，她會猜到我是誰……艾琳的思緒像倉鼠在跑滾輪。但我總不能袖手旁觀他攻擊那可憐的女孩呀。嗯，雖然目前為止什麼都還沒發生。

可是席爾維為什麼都不管呢？有個答案隱約浮現——權力政治。現在是他的僕人在和關提斯夫人的僕人對決，哪一方的高階妖精先介入或是命手下先撤退，誰就會名聲受損。

她快速向左右瞥去，把那些僕人當作潛在的威脅來評估，這下發現自己原先忽視他們有多麼愚蠢。現在她看出他們狀甚隨興地在改變平衡重心、把行李放下、從袖子裡抖出小刀或手指虎，還有把手探進口袋。

「過來。」混混粗聲地說，一把抓住女僕手臂。

女僕嗚咽一聲往後縮，看來她不是受過格鬥訓練的人。但是站在她身旁的男人衝上前，一拳打在混混鼻子上。他踉蹌後退，噴出鼻血，然後他張口咆哮，牙齒變長。

人群裡有人喊著叫警察，但兩邊的僕人都置若罔聞。艾琳試著融入，隨著席爾維的六名僕人逼向前方狼人。旁邊一個行李箱上綁著一把雨傘，她取下它，深思地掂了掂。尺寸很好、重量很好，握柄重得出奇、結構堅固，而且能用九十公分長的鋼鐵把她和最近的狼人隔開。

她不是團隊中唯一的女性，另一個女人正把裙襬撩到膝蓋處，露出跟高八公分的細跟靴，靴子踝部裝著看起來很凶狠的靴刺。有兩個男人正在戴上手指虎，第三個男人手持剃刀，剩下兩個男人則本身就和狼人一樣渾身肌肉。

不到幾秒，他們就陷入混戰，混混朝他們衝過來，而艾琳這才發現席爾維的手下不但具備格鬥技巧，還受過團體作戰的訓練。兩個壯漢把一個狼人夾在中間固定住，另一個戴手指虎的男人則狠揍他的頭和肚子，打得他倒地呻吟。

當然這表示艾琳和剩下的人得面對五個狼人。女僕躍向前施展迴旋踢，直踹向一個狼人的臉。他抬起手臂接招，她的靴刺在他手臂上留下一道血痕。他退向後頭並發出痛苦哀號，叫聲的慘烈程度似乎和傷勢不成比例。她的靴刺一定是銀質的。

有個混混把目標對準艾琳，他的手變形到一半而十分扭曲怪異，袖口冒出了獸毛。她施展劍術的刺擊動作，用雨傘尖端戳他的臉，他躲向左側。其他人也讓對手很忙，雖然他們不時會零星出手，不過她這一方的主要原則是「合作對付他們，逐一擊破」，而且效果比對方喜歡單挑的習慣來得好。

不太符合狼人給人的印象，狼群不是習慣集體行動嗎？艾琳邊想邊再次用雨傘刺擊對手，然後跳舞般後退閃避他的反擊。也許是因爲他們群狼無首。

她原本就渾身充滿腎上腺素，即使對於援救凱沒有直接幫助，能有個敵人讓她攻擊還是起到了發洩作用。她用雨傘尖端戳狼人肚子，趁著他彎下腰的空檔在空中拋甩、翻轉雨傘，接住它時握住雨傘尖端，再用沉重的握柄猛敲他的腦袋。他砰的一聲趴在地上。

她看看四周，另外還有四個狼人倒地，不過她這一方的一個肌肉男和一個手指虎男也敗下陣來了。剃刀男和靴刺女正和僅剩的狼人搏鬥，其他僕人則看守著倒地的對手。女僕把一條手臂收在胸前，她不斷迴旋飛踢的同時，可以看到她雙腳的靴刺都滴著血。

可惜這次她動作太慢了。狼人接住她伸過去的腳並用力扭轉。她被抬離地面，在空中旋轉飛出，裙襬飄揚，然後滾落在地。她的靴刺刮著地磚發出刺耳聲響。狼人悶哼一聲，撲向剃刀男。

想得美。艾琳縱身上前，舉起一直緊握的雨傘，然後由上往下砸。雨傘的握柄敲在混混手腕上，發出清晰可聞的碎裂聲。艾琳一時不確定她敲碎的是骨頭，還是雨傘，但對方哽在喉嚨裡的慘叫聲說明一切。他把手臂抱在肚子前且往後縮，另一隻手舉起來防衛。

關提斯夫人打了個響指，聲音大得出奇。狼人後退一步，再一步，頭垂得很低。他和其他狼人都一瘸一拐地走回關提斯夫人身邊，並幫忙攙扶不太能走路的同伴。

雖然席爾維看起來沒有下達任何指令，他的僕人卻也同樣快速地動起來。艾琳走過去拉起另外那個女僕，她點頭表示感謝，她的呼吸短而急促，顯示她可能斷了一根肋骨。「我原本還奇怪大人爲什麼要雇用妳呢，」她說，艾琳攙扶她回到隊伍中。「我們晚點來聊一聊吧？」

艾琳點點頭，暗自下定決心要盡可能避免落入那個窘境，然後她把雨傘放回原位。雨傘上幾乎沒有沾到血。*席爾維眞該死，竟然沒有警告我可能會發生這種事。*

突然間，來自遠方的轟隆聲撼動車站。高聳的屋頂玻璃在框架中發出吱嘎聲，乙太燈也搖晃不止，燈光忽明忽暗。人們紛紛退離鐵軌，車站大廳的尖叫聲如漣漪般朝外擴散。

車站內充斥著一股低沉的篤篤聲。接著又是一聲巨響，這次感覺比較近。

席爾維和關提斯夫人同時轉身朝向外面，沒有半分遲疑。在附近等車的其他幾個人也馬上反應過來，跟著做一樣的動作。傷勢較輕的僕人自動自發地提起行李，艾琳也照做。

第三聲轟鳴，黑暗中驀然出現一道強光，一列火車駛入車站。火車探照燈光極爲熾亮，照得人眼睛灼痛，天花板的白光都相形暗淡。火車車輪發出驚天動地的轆轆聲，淹沒向後急退人群發出的尖叫聲。

火車快速減速——太快了，快到在物理學上不可能實現——並且輕輕停靠在月台邊。這是一列光可鑑人的黑色火車，後面拖著一長串嵌著深色車窗的車廂，長度超出月台，一直延伸入黑夜。儘管這列火車顯然有火車頭，卻看不出動力來源爲何。火車安靜了一下，時間長到恰好讓人繃緊神經，接著火車頭的門就打開了，從裡頭走出一個人。

艾琳瞇著眼仔細看，用力到眼角都泛淚了。那個人是男的，至少大部分是。他——或她——的形體不斷變幻，像是在不同影像間跳來跳去的電影膠卷，快到眼睛都跟不上，只在腦中留下一串印象，卻無法鎖定一個確切的結論。大部分影像都是男的——頭戴三角帽、身穿長大衣、腳蹬長靴的騎士；身穿深色制服和帽子的列車長；戴著飛行員頭盔、身穿羊皮外套的雙翼機飛行員；穿著黑色皮衣、戴安全帽的重機騎士。

影像終於穩定下來，停在列車長的形象上，他的制服上有烏亮的穗帶和鈕釦。男人走向前，席爾維和關提斯夫人都上前迎接他。

席爾維鞠躬行禮，關提斯夫人行屈膝禮，男人則比了個不明顯的手勢。艾琳不知怎麼地聯想到幾個小時之前，敖順對她畢恭畢敬態度所給予的隨興回應。接著他就轉身回到火車頭內。火車頭後方的車廂門都打開了，整列火車開始發出溫和的篤篤聲，好像在蓄積內部的蒸汽壓力。

「你們動作快點啊！」強森催促道。僕人全都快步前進，席爾維和關提斯夫人則挑選著車廂。關提斯夫人搶先跨上離她最近的車廂，席爾維則若無其事地走向下一節車廂，一副他本來就相中那一節的模樣。剩下一小群地位較低的妖精和隨從，則在他們之後上車，於是艾琳和其他僕人便拖著行李趕緊上車，而引擎發出的轟鳴聲越來越響亮，像是可怕的對位旋律。

火車內部只能用奢華來形容。艾琳只來得及看一眼，就得忙著把另一個行李箱拖上車廂，通過狹窄走廊，進入內側密閉的包廂。舉目所及盡是豪華的黑絲絨、眞皮和銀。包廂盡頭有一塊用布簾圍起、雙人床大小的凹室，厚重的錦緞布簾仔細地合攏著。席爾維已經坐到長椅上，強森則打開行李箱找出一瓶白蘭地和玻璃杯。

最後一件行李也搬上車了。現在引擎的篤篤聲變得更響亮，力道強得讓艾琳的牙齒和骨頭都被震得不舒服。強森把滿滿一杯白蘭地送到席爾維手裡，然後快步走過去把車廂門關上，同時火車開始移動了。它並不像比較低等的交通工具般起步時有股衝擊力，只是像有機體般平靜地向前滑動。

艾琳注意到，他搭過這種交通工具，但她神經緊繃，全副注意力都放在要融入其他女僕上頭。她只希望她們太忙了而忘記她是個陌生人。

「沒你們的事了，」席爾維邊說邊隨意揮揮手。「都去走廊上吧，去另外找一個包廂待著。如果我需要，強森會去叫你們。」

艾琳等著看他會不會給她什麼暗號，但他沒有做出任何示意她留下來的小動作。她跟著其他僕人魚貫走出去，擠在走廊尋找指定給他們待的包廂。

艾琳趁他們在交談和護理傷口時，朝另一個方向溜走。該是她換衣服和製造不在場證明的時候了——她應該要偽裝成剛從另一個世界上車的妖精，並出現在別的車廂。她只需要徹底避開關提斯夫人的車廂。

她暫停腳步望向窗外，繃緊神經，預期看到別的平行世界的瘋狂景象。不過窗外風景乏善可陳，只有陰暗的田野、遙遠的燈光和寂靜而濃郁的夜色。

什麼都沒有？她想，意識到這多麼不合常理。附近的馬路上都沒有行人？沒有其他火車？沒有夜貓子？沒有倫敦近郊的小車站？才出發兩分鐘，外面就沒有半個人了？她腦中飄過「未知的黑夜」這個詞，不禁想要打冷顫；接著她做好心理準備，要打開下一節車廂的門。她全身緊繃，預備迎接衝突場面，結果是白擔心一場。下一節車廂的走廊空無一人，旁邊的包廂也是空的。

這也未免太剛好了吧？艾琳疑心病發作地想。她很容易就發揮聳動的想像力，幻想這裡有隱形的妖精——他們能夠隱形嗎？不知道，她從沒聽說過。不過無論如何，都得趕緊換裝。如果她繼續打扮成女僕，要怎麼偽裝成是來自未來世界的妖精呢？她只好相信是自己運氣好。

艾琳痛恨相信運氣，運氣取代不了縝密的計畫和謹慎的準備。

她鑽進包廂後用力把門關上，再拉起門上窗戶的遮簾。她快速剝掉偽裝，塞到座位底下。她的套裝看起來還算整齊，兩手手腕金光閃閃。那是席爾維的手鐲，他保證如果有人檢查的話，這手鐲會顯現出他的魔法。所以現在她手上戴著妖精的手鐲，脖子上則掛著龍族的寶物。隸屬於秩序或混沌的象徵意味實在令她倒胃口，她很訝異大圖書館烙印還沒有起反應……

噢。她伸手越過肩頭揉了揉那個部位。原來它確實在發痛，而且已經痛了一段時間——她只是因爲煩惱別的事而沒有注意到。這是壞現象。

她背上的刺痛似乎象徵著她試著不去想起的各種事情，首先就是凱目前面臨的眞切危險。她用指尖輕拂頸部的墜飾。要是她能像敖順一樣，藉由它來判讀他的健康狀況就好了。接下來是她自己曖昧不明的處境：拋下自己被指派的職務，未經允許跑去高度混沌的世界，最起碼也會令她遭到訓斥，可能還會有更糟的後果。*被革除駐地圖書館員的職位，她內心深處有個聲音說。再次被貶爲外勤探員。或是被禁足在大圖書館裡五十年。甚至被剝奪圖書館員資格……*

可是再多的憂慮也解決不了問題，所以她狠狠踩扁自己的恐懼，把它們逼回腦海深處。像個浪漫少女柔腸寸斷地爲凱發愁，或是像個哥德小說女主角般穿著飄逸的睡袍焦慮地跑來跑去，都救不回凱。老天在上，她要去他那裡，確實地解救他，才眞的幫得了他——管她的職位保不保得住！

該行動了。她開始沿著火車走。

下一節車廂的裝潢色調是銅金配深褐色。走廊上沒人，但私人包廂的遮簾全都是拉上的。她隔著牆壁聽到長笛和遙遠的歌聲。還是悄悄離開爲妙。

下一節車廂——這是她走過的第三節車廂了，關提斯夫人離她越來越遠——裝潢色調是奶油白配象牙白。包廂遮簾只拉起一半，她從狹長的窗口看到包廂裡有蒼白的身軀交纏在一起。她繼續走。

火車突然微微顫動，並且開始減速。艾琳透過外側窗戶看出去，發現景色已經變了。外頭不再是夜晚的鄉村，而是……水底。窗外依然陰暗，因爲他們似乎在水面底下很深的地方，但在逐漸接近的地平面有座沉沒的城市，正散發耀眼的燈光。窗戶另一側的幽暗水中，某個有鰭的大型生物晃了過去。艾琳沒看清楚那是什麼，只看到牠的利齒寒光一閃。

火車已經快開到沉沒的城市時，她突然有個想法。萬一有人打開外側車門，使得大水沖進走廊怎麼辦？到時候會如何？

她慌張地跑進下一節車廂。她轉頭看包廂的窗戶，發現裡頭似乎沒有人。因此在火車慢慢駛入車站時，她走進包廂並把門帶上。

她聽見有人咳了一聲。

艾琳驚呼轉身，有時候就連圖書館員也會被嚇一跳。

包廂另一頭坐著一個女人。她個子很高，直挺挺地靠著黑色眞皮椅背，身上穿著一襲看起來很厚重的深藍色絲質長袍。她用一條披巾把頭和脖子包起來，頭髮全被包住了，只有臉露出來，艾琳知道某些平行世界把這種披巾稱爲喜瑪爾。她的表情很嚴肅，臉上線條就和姿勢一樣毫不妥協，塗了一圈眼影的烏黑眼睛裡不帶一絲溫柔。她的嘴唇是薄薄的兩條線，因爲不滿而抿著，儘管整體而言她的臉龐很美麗，卻是一種嚴厲而具批判性的美，是博學的天使和最後的審判那類畫作中才會呈現的美。

「妳遲到了。」她說，火車在這時候停下來，萬籟俱寂。

第十二章

「眞的很抱歉。」艾琳決定順水推舟。這女人說的是阿拉伯語，艾琳忽然意識到自己也是用同樣語言回應。只可惜她的口音很重，她已經很多年沒有機會練習阿拉伯語了。

「沒關係，」女人說。「過來坐下。我會網開一面，因爲至少妳比其他人早來，不過我們到目的地前已經沒剩多少時間了。妳叫什麼名字？」

艾琳在腦中胡亂搜尋不會洩露什麼隱藏資訊的名字，然後選用了她想到的第一個名字。「克萊瑞絲，女士。」她回答。「很抱歉我口音很重。」她剛才說其他人是指什麼？

女人不耐煩地揮揮手要艾琳坐到她對面的長椅上，不過她的手仍藏在袖子裡。她身上沒有明顯的武器，似乎不具備立即的威脅或揭穿自己的可能，因此艾琳容許自己稍微放鬆一點。她的假身分還行得通。「我可以接受。我想妳那是埃及腔吧，妳是在埃及學阿拉伯語的嗎？」

艾琳點點頭，坐下之後雙手交疊放在膝上。「是的，女士。」嗯，應該說某個埃及啦。不過這個女人——女妖精——大概也有同樣的世界觀。某個埃及、某個威尼斯。沒有眞的柏拉圖式理想國，只有一千種不同的變體。

「妳可以叫我伊絲拉阿姨，」女人表示道。「好，既然妳來了，我們就開始吧——」

這時門被猛力推開，六個年輕男女想要同時擠進門，還搶著道歉。「女士——」「我們眞的很抱歉——」「我們完全不知道——」「我本來可以更早到的，可是有個嬰兒掉到火車底下——」

伊絲拉阿姨只是瞪著他們，直到他們全都閉上嘴。他們六個人——三男三女——混合了各種文化和服飾，其中一個女人穿著暴露的黑色皮衣，腰帶上插著一條鞭子；另一個女人打扮得像牛仔。兩個男人單穿吊帶褲，展示著蘇聯勞工式的胸肌——一人膚色較白、另一人膚色較深，不過兩人外型都很粗獷，還剃光了頭。第三個女人看起來精明幹練，穿著一身完美的黑色套裝和擦得烏亮的黑皮鞋，第三個男人則穿著鮮紅色的絲質衣褲，背後斜揹著一把魯特琴。他們都一臉難爲情。

「你們是該臉紅。」伊絲拉阿姨兇巴巴地說。接著她注意到他們露出困惑表情，改用英語說話。「我想你們總該聽得懂這種語言了吧？我答應在這趟旅程中教學生時，想的是教一群聰明的年輕人，能夠遵循指示甚至理解指示的人。你們的恩主或許力量強大，但你們還年輕、無足輕重，只是觀察者，和人類也只有些微差距！我並不打算浪費時間在不受教的人身上。就連幾乎準時到的這一個——」她比了比艾琳。「——仍然是遲到了。我憎恨遲到。拖拖拉拉是最失禮的行爲。」

雖然艾琳仍然有些慌亂而困惑，但開始感覺自己在象徵意義的腳底下踩到了一點堅實的觸感。這是某種預先安排好的課程。這是資訊，也是掩護。事實上，這件事很完美。

也許有點太完美了？

她晚點再來思考這件事，現在不是離開的好時機，伊絲拉阿姨不像是能接受學生中途離席的人。

「我們很抱歉，伊絲拉阿姨，」艾琳低下頭說，「對不起，我們遲到了。」

其他人都趕緊跟進，喃喃地道歉和解釋。有兩個人不悅地瞥了瞥艾琳，意思是：妳爲什麼要搶第一個到，害我們其他人難堪？艾琳並不在乎，因為這表示他們認為她是他們的一分子，而不是入侵者。她想到萬一被他們發現眞相時，就感到一陣恐懼。那可不會有什麼好下場。

「你們統統坐下。」伊絲拉阿姨很有威嚴地說。火車開始駛離車站。

他們都擠在伊絲拉阿姨對面的長椅上。其中一個穿吊帶褲的肌肉男為了省麻煩，乾脆優雅地盤腿坐到地板上。艾琳被夾在穿暴露黑皮衣的女人和穿套裝的女人中間。後者從內側口袋拿出筆記本和銀筆——她究竟是怎麼裝進去的？艾琳眞希望自己也有筆記本可用。

「為了幫你們的恩主一個忙，」伊絲拉阿姨開始說。「我答應開一個小型研究班，教導你們該如何在高等球界，例如我們即將前往的地方，展現得體的舉止。你們有些人可能聽說過我。我是天生也是職業說書人，我唯一的心願就是好故事和好聽眾。我經常受邀參與這類盛會，好讓事件的細節能流芳百世。也許將來我會把你們留在記憶中。」

她的目光逐一瀏覽每個人。艾琳擔心她的目光在自己身上停留得太久了一點。疑神疑鬼只會讓妳露出馬腳，她提醒自己。她眞的、眞的很希望能有本筆記本，等一有機會，非得把現在遇到的事納入大圖書館的檔案庫不可。對於任何與妖精近距離接觸，或是要造訪高度混沌世界的人來說，這都是極為重要的背景資訊。當然，若要取得這類資訊，首先得和妖精發生這類愚蠢互動才行——這正說明了為什麼檔案庫裡沒有這類資訊。

而提供這個資訊也許會減輕她可能，不，應該說她「必定」受到的斥責。前提是她能活著把資訊歸檔。

「據我了解，你們目前都只在一個球界活動過，或是短暫造訪過一些鄰近的球界，」伊絲拉阿姨繼續說道。「是不是？」

大家都點頭，輕聲回答：「是的，女士。」

「你們可以叫我伊絲拉阿姨。」她重申。「好，我想你們可能鮮少有機會和我們力量強大的同類相處。」

穿紅色絲綢的男人舉起手。他的衣服剪裁旨在凸顯身材（而且效果確實很好），他的金色鬈髮披在肩頭，優雅地遮住一眼。「女士──伊絲拉阿姨──我有幸從好幾年前開始就參與我的恩主的聚會，在比較中階的一些球界，他是個偉大且強大的貴族──」

「你這麼說，等於曝露了他的卑微和脆弱！」女人很兇地說。她的眼睛像黑鑽石閃閃發亮。「愚蠢的男孩，難道你沒有感覺到，在『騎士』和他的『駿馬』經過那些球界時，它們都在搖撼嗎？當偉大的妖精在較低階的世界上行走時，它們都會顫動。因爲那些球界不會──不能──承受偉大妖精的力量。我們現在要去的球界是高等球界，因此能夠承受他們的存在。我再說一遍──你們鮮少有機會遇到我們強大的同類，因爲培育出你們的球界沒辦法讓他們待太久。男孩，報上你的名字！」

「紅衣阿森奈斯。」男人咕噥道。他站起身鞠躬行禮。

「轉過去，向你的兄弟姊妹道歉，因爲你用愚蠢的問題浪費他們的時間。」伊絲拉阿姨命令。

「你該慶幸運氣不錯，我沒有打你的手心幫你記取教訓。」

阿森奈斯仍然站著，他轉身面向艾琳等人。「很抱歉我用愚蠢的問題浪費你們的時間，」他喃喃地說，再次鞠躬。「請原諒我。」

在眾人一片尷尬的「我接受你的道歉，沒關係」細語聲中，艾琳悄悄在心中甩了自己一巴掌。她一直被席爾維過火的放蕩角色設定給分散了注意力，以致於始終沒有眞切意識到妖精在構築故事時也可能喜歡扮演其他類型的角色。他們仍然可能是自己敘事線的中心，但那不表示他們就一定要是整體故事中的「英雄」或「反派」。他們還有別的角色，可能不會對周遭的人產生立即危害的角色可選。（不過她絕對不想在伊絲拉阿姨的課堂上犯任何錯，感覺下場不會太好。）但是她下意識中假設他們都會像席爾維那樣表演，永遠都讓自己當主角。

伊絲拉阿姨是妖精，但也是老師和天生的說書人。艾琳一定能想辦法利用這件事。

伊絲拉阿姨點點頭。「回到座位上吧。好了，我剛才說到，你們很少有機會和我們之中強大的同類相處，也不曾待過高等的球界——至少我聽說是這樣。」她環視學生，包括艾琳在內的每個人都點頭，她抿著嘴笑了。「啊，你們大家都要更上一層樓了！」

穿套裝的女人舉手。「伊絲拉阿姨，我們可以提問嗎？」

「只要是聰明的問題就可以。」伊絲拉阿姨說，這話等於白講。

女人點點頭。「我們都依附著恩主生活，伊絲拉阿姨，並且追隨他們的腳步。因此我們都稍微了解被捲入同類的『故事』中是怎麼回事——至少我的上司是這麼說的。那麼當我們遇到強大的同類時，那種影響效果會有……呃……多大呢——」她顯然想要用比較委婉的說法取代「多慘」，而艾琳本身也很想知道這個問題的答案。

伊絲拉阿姨哼了一聲。現在窗外透入刺眼的光線，照得她的臉呈現出嚴厲的線條和強烈的明暗對比。「小女生，妳當然可以選擇逃跑，回到妳原本的球界去。那裡肯定有人類，他們會餵養妳足量的崇拜愛慕，讓妳能維持生命。但妳也僅僅是活著而已。一旦妳體會過追隨偉大者腳步的美妙，再也沒有別的事能滿足妳了。我——*連我都是！*——曾經也只是區區少女，在偉大的拉希德哈里發跟前擔任帶刀侍衛。當時對我來說，什麼事都可能成眞。我要承認我曾經視人類爲情人——不，甚至朋友。我能夠住在那個渺小的球界，是因爲我沒有意識到外面的世界有多大。」

車窗外是一片沙漠，間或點綴著仙人掌、風滾草和細窄的石頭小徑。萬里無雲的天空中，一輪烈日無情炙燒。

伊絲拉阿姨的語氣有了變化，進入說故事的抑揚頓挫模式。「但是後來我說了一個故事，藉此釋放一個阿拉伯精靈，我和朋友三度穿越流沙去回答它的問題。我走過由天堂通往地獄的道路，我在它們的門口抉擇了五次。我把韁繩交到英雄手中，讓他駕馭一匹奔馳得比風還要快的馬。我跪在一位統治五個世界的帝王腳邊，告訴他一個故事，這故事毀滅了其中一個世界，卻拯救了另一個世界。我躺在海洋的臂彎中，爲她生了一個孩子。等我做過這所有事，我的孩子們，明白了只是作爲我曾擁有其名的那個人，是多麼沒有價值的事。我們過著現在的生活，有如將生命釀成醇酒，與此相比，人類又算什麼？現在的我才是我，我再也不甘心過著更貧乏的生活。」

*「貧乏」這個詞眞的貼切嗎？*艾琳心想，然後又想：*對她來說應是如此。*

「拋開你們的疑慮吧，」伊絲拉阿姨說下去。「做最眞實的你。我的孩子們，這才是通往進步的途徑、通往力量的途徑、通往生命的途徑。你們行走在越高等的地方，修行就會越容易。我從你們的服裝和習慣動作看得出來，你們在自己的球界都出身良好，這是好事。但是我們之中強大的同類可以在任何球界行走，並穿著順應他們本性的服裝風格。他們可以一開口就讓任何語言的使用者都聽懂。他們恆久不變，因爲他們已經徹底展現自我，永遠不再僞裝。」

艾琳試探地舉起手。

「嗯？」伊絲拉阿姨說。她現在看起來沒那麼暴躁了，比較像感情豐富的說書人，而不是嚴厲的老師。「克萊瑞絲，妳有什麼想說的？」

「伊絲拉阿姨，」艾琳謹慎地說，引人注意的風險讓她的腸胃絞緊。「我上來火車的時候看到了駕駛，但我看不清楚他眞正的形象。我看到許多不同的臉孔和各種風格的服裝，不過各有各的協調性。他就是一個偉大的同類，對不對？」緊張感沿著她的背爬行，像是在和大圖書館烙印呼應，車廂裡的其他人都望向她。

火車平順地停住，外頭有許多驛馬車在等待。艾琳用眼角餘光瞄到穿著白西裝戴高帽的男人，以及撐著陽傘身穿花俏長禮服的女人，在車夫的攙扶下跨出驛馬車。他們走向火車更遠端的車廂。

伊絲拉阿姨點點頭。「他是『騎士』，他和他的『駿馬』共享一個故事。在場的人都知道這故事嗎？」

艾琳還來不及承認不知道或假裝知道，坐在地上的吊帶褲男就舉起手。「當然知道，伊絲拉阿姨。我很意外克萊瑞絲竟然沒聽過。」

眞是小心眼，艾琳心想。就因爲我早到了一點。但她也有點緊張，生怕曝露了自己的無知。

「那就由你來說故事吧，年輕人。」伊絲拉阿姨說，優雅地把任務交付給他，好像是一種獎勵。年輕人露出有點得意的表情開始說：「很久以前，在一個遙遠的地方，有一匹奔馳在陸地和海洋上的駿馬……」

這是典型的童話故事，雖然最後捕獲駿馬的是一位英勇的人民公僕，而不是比較常見的王子或獵人。艾琳花了點心思記下細節：用月亮和星星鍛造而成的銀色馬軛、用風製成的馬鞭；騎士緊攀住馬鬃，隨著駿馬穿越九個無產階級國家三次。全是一些老套的情節。她一邊在腦海中複誦，一邊在適當時機點頭。

「……然後駿馬垂下頭，屈服了。」年輕人做出結語。「從那天開始直到現在，英雄號令牠的力量，牠順從他的心意奔馳，速度比一千道彩虹更快。他騎著馬穿越一片又一片土地，從故事的大門騎到夢境的邊岸，直到世界更迭。」

伊絲拉阿姨默默地坐了一會兒，整個人陷入沉思，車廂裡寂靜無聲，只聽見火車發出的篤篤聲。現在車窗外出現了摩天大樓，樓頂隱沒在霧煙裡。艾琳隱約察覺有別人進到車廂來，應該說一群人湧進來把它塡滿——或許是其他學生？——但她不敢把目光從伊絲拉阿姨身上移開。

「表演得還可以，」伊絲拉阿姨說。「我可以接受這個故事版本，做得不錯。如果你想要的話，晚點可以和我一起走，我再多教你一點。」

「謝謝您，伊絲拉阿姨。」年輕人邊說邊九十度鞠躬。

「好了，那麼我們大家可以根據這個故事得出什麼結論呢？」伊絲拉阿姨突然發問，目光掃過每個學生。

艾琳在腦袋裡胡亂搜索，臆測正確答案可能是什麼。會不會是被寫進原型故事裡能使你成為力量強大的妖精？還是反過來說也成立？還是同樣的故事能跨越不同的世界流傳？或是馬和騎士在故事中同等重要？

「顯然騎士和駿馬誰也離不開誰，」穿套裝的女人口齒俐落地說。「或許可以解讀為鼓勵我們彼此建立連結，取得互利關係。」

雖說我寧可當騎士而不是馬，艾琳心想。

「妳說對了，年輕小姐，不過妳把它講得很乏味。」伊絲拉阿姨說。「我不期望你們在沒有實際體會前，就能明白和另一個人攜手同行能帶來多大的榮耀。」她的語氣滿溢著高傲。「當然你可以拒絕這麼做，可以獨善其身。但是選擇這麼做的人——嗯，如果他們在這裡的話，是來錯地方了。我們現在是藉著『駿馬』旅行的偉大團隊之一，因此我們的故事變得更豐富，本身也變得更偉大。此外，我們能看出故事中較低等的事物也有其力量。『駿馬』只是『騎士』的僕役，但對故事來說是必要的。沒有哪個故事可以單憑主角撐起全場！讀者也會記得其他事物——對手、朋友、僕從、阻礙。」

艾琳覺得有哪裡怪怪的，她試著把想法組織成疑問。「伊絲拉阿姨……」她說。

「克萊瑞絲，妳說。」

「您說『駿馬』是偉大的妖精，『騎士』也是。」艾琳小心翼翼地說，希望沒把術語用錯。火車──或該用專有名詞「火車」──每停靠一次，都帶他們更加深入混沌，而她的烙印也隨之又癢又痛。「我們現在在『駿馬』裡頭，是不是就表示我們正處於『高等』球界中，也就是偉大故事形式能蓬勃發展的疆域？」

「當然。」伊絲拉阿姨說。她的語氣不太算是「只有白痴才會問這種問題」的意味，不過也很接近了。「所以你們才會這麼容易找到這個研究班，是你們的故事線帶領你們來的。」

艾琳點點頭。「謝謝您，伊絲拉阿姨。」她喃喃說，垂下眼皮思考著。原來這列火車的內部在本質上就是高度混沌，而置身於高度混沌的環境中能帶她去她參與的故事情節「需要」她去的地方。她不用起疑心，以為這是一個大型陷阱──至少目前還不用。但她確實該擔心她的故事線可能會帶她去和關提斯大人或夫人見面。這種安排會為故事帶來引人入勝的戲劇效果，但她可能將被迫扮演受害者的角色，而不是女主角。這是她得避開的另一個陷阱──假如她避得開的話。

「最值得關注的故事線都已經被偉大的妖精掌握了，我們很難再為自己營造什麼角色。」她後方有個帶有美國口音的女性嗓音說。

「即使偉大的妖精也有終日。」伊絲拉阿姨平靜地說。「故事線是永恆的，但循著故事線走的我們幾乎都有消逝的一天。別急著局限自己，孩子。勇往直前地發揮本性吧。只有弱者才會用人類的思維局限住自己。妳可以憐憫、利用，但千萬不要效法他們。我們的樣貌掌握在我們自己手裡。」

現在窗外是一片綠意。火車的速度似乎越來越快了，在每一站只停留很短的時間。這是艾琳的錯覺，還是隨著他們越來越深入混沌，行進就越平順、越迅速？

伊絲拉阿姨繼續說，艾琳擺出深感興趣的表情，不過在心裡把新資訊翻來覆去地察看，就像在判讀塔羅牌。看來某個妖精越是明顯地在扮演一個角色，就表示他或她的力量越強大。關提斯大人和席爾維一定約略在同一等級，否則以他們的對立程度來看，關提斯大人早就消滅席爾維了。除非故事情節設定成他們要僵持得久一點。所以說，關提斯大人是不是有他自己具競爭力的原型、故事線、角色或任何想利用的事物？關提斯夫人力量是不是較弱？席爾維說過，她不像關提斯大人一樣有足夠力量穿越不同的世界，而且看起來不把她放在眼裡。不過話又說回來，席爾維的判斷有幾分可信度？

艾琳腦中自動浮現一個讓她不寒而慄的想法。關提斯夫人作為一個妖精或許不是很強，但她確實相當狡猾，能想出許多新奇方式來阻礙艾琳和韋爾。她甚至破壞了韋爾與警方的連繫。她為緊追案情的他們設下的路障實際且合理，而不是席爾維之流可能會選擇的戲劇化怪誕奇招。（好吧，雖然派狼人埋伏嚴格來說並不算是實際且合理的做法，不過他們幾乎得逞了。）也許關提斯夫人的力量所在，正是伊絲拉阿姨現在忙著貶低的部分。萬一她的思維模式偏向人類而非妖精，因而不受限於典型的思維模式呢？這只是假設，但合情合理到令她不安。

又到一站了。車窗外有許多燈火通明的水晶高塔，男女行人都穿著飄逸的絲綢並戴著絲絨面紗。

也許她躲不開關提斯夫婦，但可以做好萬全準備，讓他們認不出她來。她的首要之務是找到凱、救出凱，並且逃走。報仇她會留給凱的家人。她只是得先趕到那裡，如果有一場拍賣會要登場，凱的時間正在迅速流失。

她焦慮地等著伊絲拉阿姨講到一個段落，她又在慷慨激昂地重申成為一個力量更強大的妖精有多麼光榮——具體做法是要犧牲和所有「平凡人類」的友誼；然後艾琳趁空檔舉手發問。

「嗯，克萊瑞絲？」伊絲拉阿姨說。「妳對這方面有什麼想法嗎？」

艾琳盡可能優雅而謙虛地漲紅了臉。「伊絲拉阿姨，其實我想問您我們要去的地方現在是什麼局面，還有其可能代表的意義。正如您說的，我們都來自有所局限的背景，如果能在抵達之前先拓展視野，我會非常感激。」

艾琳背後傳來一陣喃喃贊同聲，音量之大把她嚇了一跳。聽起來她提了一個頗受歡迎的問題；而且聽起來好像車廂也變大了不少，才能裝得下這麼多人。

伊絲拉阿姨深思地點點頭。現在車廂裡的燈光顯得有些刺眼，因為車窗外又變暗了——放眼望去都是被風吹得波瀾起伏的一片黑水。「的確，你們大多不太能體會更廣泛的意義。你們知不知道，有些軍隊裡的祝酒詞是『敬突發的瘟疫和血腥的戰爭』？」

大家都在點頭，包括艾琳在內。

「來自第七網狀球界的關提斯大人抓到一條龍，他準備拍賣那條龍。當然，只有我們之中強大的同類才會出價，你們這些孩子只會在旁邊觀摩。不過孩子們，你們可能沒有意識到，這件事很可能會開啓我們和龍族之間的衝突。一切都可能將改變。不用說，關提斯大人將把自己拱上高位，或是摔下深淵。所以妳要明白，孩子，」她對坐在艾琳旁邊的套裝女露出笑容，臉上煥發純粹的愉悅。「妳不用太焦慮，我們每個人都有機會走上新的故事線。明天午夜時分，那條龍將在鳳凰歌劇院出售給出價最高的買家。不管故事線往什麼方向發展，想必都會成為說書人津津樂道的精采故事。」

一陣騷動，大家紛紛察看自己的錶或其他計時裝置。艾琳反射動作般地望向自己的腕錶，因爲她不想顯得異於常人，但其實她的心臟像是結凍了。她只有一天的時間可以找凱。如果她沒能救出他來，結果就是戰爭。她簡直不能呼吸了。她不是沒有兩把刷子，只是她怎麼可能——怎麼可能只憑一個人的力量，在一座陌生城市裡，趕在明天午夜前辦到……

火車顫動起來，伊絲拉阿姨望向窗外。隔著車窗可以看見遠方有燈光，點綴著各種建築、穹頂和宮殿。威尼斯到了。「孩子們，你們最好準備在月台上好好觀察，或是直接去找你們的恩主。別讓他們等太久了。」

插曲二　高塔上的凱

凱一醒來就嚐到白蘭地的味道，他的反射動作是嚥下去，然後才想到酒會不會有毒。那種持續不斷的恐怖壓力和混沌帶來的灼熱感都消失了。有那麼一會兒，這個念頭蓋過了所有思緒。相較之下，貼在他皮膚上的冰冷石頭和冰冷金屬都只是溫柔的愛撫，拉扯他雙臂的那股力量也微不足道。他又能清晰地思考，能夠觀察、推理了。

有人在扶著他，讓他仰起頭，將隨身酒瓶裡的白蘭地湊在他唇邊倒出。凱讓自己的眼皮在瞬間睜開一下，時間短得只恰好夠讓他看到倒酒的人是誰，還有他們在什麼地方。

是綁架他，他們稱爲關提斯大人的男人。純然的憤怒像矛尖刺穿凱，爲了能用雙手掐住這妖精的脖子，他猛力扯著束縛住他手腕的東西，拚命掙扎要掙脫它們。

關提斯退後一步，然後站起身。「我想這表示你不想再喝白蘭地了。」他說，用袖子抹了抹隨身酒瓶的瓶口。現在他穿著灰絲綢和絲絨材質的衣服，在緊身上衣和馬褲外頭罩了一件長披風。「你感覺如何？」

「你敢做這種事，還敢問我這個問題！」如果換成另一個時間地點，凱的話能喚醒風暴，讓河流和海洋聽從命令上升。但是在此時此地，他的話就只是話，在這灰色石頭砌成的小房間裡發出單調的回音。

「噢，省省吧。」關提斯把隨身酒瓶收回披風裡。「眞可悲，你是個容易得手的目標。我還以爲你爸爸或你叔叔會教你要更謹慎一點，只可惜沒有啊。」

凱聽到父王和叔叔被侮辱，感覺憤怒蒙蔽了自己的視線，他咬著嘴唇，奮力抵抗把他鎖在牆上的手銬，直到手腕都滲出血來。「我要你以死謝罪。」他咆哮。

「虛張聲勢。要是我早知道你們龍族這麼弱，早就可以行動了。告訴我，你想要求贖金嗎？我想我們可以寄一封信給你叔叔。事實上呢……嗯。」關提斯開始若有所思地踱步，因他自己的思緒而分神。「如果在你叔叔的僕人之間播下懷疑的種子，應該會很有意思。當然，我們得故布疑陣，指向其中一個僕人出賣了你，我甚至可以誣陷你某個哥哥，或是暗示幕後黑手是大圖書館，同時把資訊賣給……」

站在門邊的一個男人客氣地輕咳一聲。他的服裝與關提斯類似，只是比較廉價，而且顏色是比較不引人注目的霧黑色。「大人，測試的結果如何？」

「噢，對，我差點忘了。你可以向你的主子們回報，這條龍在受到嚴重挑釁的情況下也掙脫不了鎖鍊。」他轉回頭對凱說：「不好意思，我很容易分心。告訴我，誰是最有說服力的嫌犯？」

「什麼嫌犯？」凱困惑地問道。他癱坐下去，靠在牆上。設法搆到關提斯是沒有意義的，他只希望那個妖精會再主動靠近他。

「當然是綁架你的嫌犯啊。噢，我知道你知道是我幹的，但別人怎麼知道？世界這麼寬廣，我可不想畫地自限。也許最好的選擇是等到你被綁架的風聲傳出去，到時候再放話說有人冒充我。或是假裝我是你母親派出來的人，而這整件事只是推翻你父親的內戰的第一槍。當然現在還沒有內戰的影子啦，不過我們可以推波助瀾。」他搖搖頭。「不，我得克制一下，堅持現在的計畫，直到貫徹執行，這是我親愛的老婆時時提醒我的。」

凱有點想笑，他的喉嚨仍然因爲白蘭地而熱辣辣的。他鞏固了一下自尊心，挺起肩膀，站起身。「如果你大膽到敢冒犯我母親，那麼和你的下場相較之下，我現在想對你做的事根本不痛不癢。你是個蠢材，在亂碰你根本不了解的事情。」

「很棒的演說，」關提斯說。「換作是我說出這番話，我也會沾沾自喜。不過容我提醒你一件事，現在被拴在監牢裡的是你，有可能幫助你的人都遠在千里外。此外，根本沒人知道你在哪裡。」

「這只是暫時的。」凱反唇相譏，同時試著忽略肚子裡那種空洞的不確定感。「我的朋友會來救我，我的叔叔會找到我。」

「他們不會來這裡。」關提斯說，語氣斬釘截鐵，表明這是眞確的事實。「這個球界位於混沌區深處，即使你叔叔找得到你，他不能，也不會來這裡，哪怕是爲了救你的命。因爲那代表宣戰。事實上，光是你本人出現在這裡，都可能被視爲挑釁。東海龍王么子，竟會出現在我們領土的核心地區。」

凱很想翻白眼，只是憤怒和恐懼同時拉扯著他。「是你綁架了我！」

「確實如此，不過我只要確保你不能指控我就好……」他又搖搖頭。「如果拍賣會沒有按照進度完成的話，我想我可以把這個選項留作最後的退路。」

「拍賣會？」凱問。他內心有一部分仍然無法接受現實。

「對，明天午夜開始。」關提斯抬頭望了望牆壁高處的窗口。窗口透入微弱的灰光，教人難以分辨現在的時辰。「你會被賣給出價最高的買家。你不覺得這種做法很優雅嗎？」

「我要宰了你。」凱再度咒罵。現在他只能靠憤怒和自尊來獲取力量。「就算我殺不死你，我朋友也會。」

「我不是已經告訴你了嗎？」關提斯悠哉地說。「龍族不能來這裡找你，就連大圖書館也幫不了你。」

「你知道大圖書館？」

「我知道這場賽局中所有的玩家。」關提斯轉身，慢慢走向門口。「至於你，年輕的王子，已處於敗局了。祝你睡得好。」

門在他身後關上，發出空洞的砰一聲，截斷了凱最後不服氣的叫嚷聲，留下他單獨待在牢房裡。

他已處於敗局了嗎？也許沒有。他必須相信還有希望，否則他將陷入絕望。如果關提斯認為大圖書館不會救他，那他就太不了解艾琳了。她還會待在賽局裡面。

一定會的。

第十三章

正如艾琳預期，她一抵達目的地，就看到眼前一片混亂，而且是該死的大混亂。她跌跌撞撞地下了火車，踏上一道搖搖晃晃的月台，這月台很長，一路延伸到漆黑的潟湖深處。火車是停放在鋼軌上沒錯，但誰也看不出來是什麼東西支撐起這些軌道，甚至到底有沒有支撐物都很難說。

伊絲拉阿姨研究班的學生都圍在艾琳周圍，正中她下懷，她刻意讓自己待在人群中。有些人脫隊去找他們的恩主或保護人，不過其他人則待在原位，直到騷亂的人群漸漸變少。由於到處都是雜役、女僕、堆積如山的行李、靈緹寵物犬，還有一對雪白的利比扎駿馬，她很難搞清楚現在是什麼狀況，或是分得出哪些人是同一群來訪的妖精。月台上的奇裝異服琳瑯滿目，幾乎件件都極度戲劇化，在高掛的路燈光線照耀下像是瘋狂的夢境——各種色彩、裝飾，完全沒有邏輯或理性可言。她背上的大圖書館烙印一直隱隱作痛，一陣一陣地發熱，像是曬傷，時時提醒她它的存在。不過從外表看來，她只是人群中另一個無名小卒。謝天謝地，並沒有人多看她一眼。

理論上來說，由於這裡是高度混沌世界，她直接晃進人群中就可以遇見她拯救凱時所需要遇見的人，順利解決任務。在這裡故事很容易成形，她只是又一個有故事要說的主角。不過從另一個角度來說，她貿然闖進人群的結果，可能是遇見需要「她」來讓「他們」故事繼續進行的人物，例如關提斯夫人。那對艾琳來說可能是大災難。

「嘿。」打扮得像牛仔的女人戳了一下艾琳的手臂，嚇了她一跳，艾琳強忍著驚慌到臉部抽搐的衝動，戒備地轉頭看對方。他們逮到我了！不，等等，她只是有事想問我。「妳叫克萊瑞絲，對吧？我叫瑪莎。我告訴妳，我們幾個人要去搭——阿森奈斯，那叫什麼來著？——水上計程車離開這裡，晚點再去找我們的主子。我要到午夜才要向我的女主人報到，而且我知道她住在哪裡。妳可以晚點再去找妳老大嗎？他們會在哪裡呢？」

艾琳回想席爾維大人說過的那短短幾句話。「他說是格瑞提皇宮酒店，」她若有所思地說。不過能藉機到處走走晃晃可能很有用處……「但他可能會改變心意。眞拿他沒辦法。」她聳聳肩。

瑪莎點點頭。她有一頭和身上皮衣顏色相同的淺褐色鬈髮，蓬鬆地垂在臉頰旁和肩頭，她的膚色偏深，只比髮色淺幾度。「我也遇過幾個那類型的。不過我還想問妳，妳之前用阿拉伯語和伊絲拉阿姨說話對吧？妳是不是精通各國語言——例如義大利語？」她的神態看起來很焦慮。

艾琳一時間有點想發出神經質的笑聲。當然，身爲妖精並不會讓你變成語言大師，不過伊絲拉阿姨的言下之意是眞正法力高強的妖精自有辦法克服語言問題。這裡的年輕妖精都是看起來等級和她差不多的低階小嘍囉，當然不會是語言學家。「會啊，」她說。「至少勉強過得去啦……」

「那就行了。嘿，阿森奈斯！占住那艘船！」女人勾住艾琳手臂，開始拖著她穿過人群走向月台的另一端，那裡有水波不斷拍打著。艾琳認出同樣參加研究班的另幾個學生。「克萊瑞絲會說義大利語！」

「噢，謝天謝地。」阿森奈斯說。艾琳暗自鬆了口氣。他們並沒有懷疑她，根本想都沒想過他們之中有奸細。遠處突然迸出一團煙火，映照在他的金髮上。「我們完全沒有半個人會說義大利語。欸，麻煩妳和這個船夫說，我們只想找一間好的酒館——」

「是酒吧。」穿套裝的女人插嘴。

「親愛的，我們一定要先去服裝店。」一個穿著黑色比基尼的女人說，她坐在月台邊緣，膝蓋以下都泡在水裡。「我叫札雅娜，親愛的，」她向艾琳自我介紹。「我發誓，要是他准許我像其他人一樣多帶幾件衣服……」

月台另一側泊著幾艘小船，有的是貢多拉船，大到可以容納六個人，但其他只是稍大的小艇，配上划槳的船夫。那些船夫——該叫他們貢多拉船夫嗎？——都披著黑斗篷、戴著面具、穿條紋連身服、戴著三角帽，這好像是某種制服。

「不好意思。」艾琳說，然後又改用義大利語說：「不好意思！借過！」她湊到阿森奈斯旁邊，很快就談好載他們六人的價錢。穿套裝的女人叫史特靈頓，只要能拿到收據，她很樂意付帳。

艾琳越來越覺得找一間酒館藏身其中真是好主意。她可以來一杯烈酒，讓頭腦清醒一下，蒐集當地八卦，之後再繼續追查凱的下落。只要這一群看似友善的妖精不要把她當目標就好。她和貢多拉船夫談妥價錢後，便改回英語說：「各位先生女士，大家都上船吧。趁著還沒有哪個高層徵用我們的船來載他們的寵物象之前，快點離開，不然大家都得游去酒吧了。」

竊笑聲此起彼落，其他人魚貫登上窄船。他們向艾琳介紹，剩下的那個學生叫亞綽克斯菲洛克斯——他是亞裔妖精，穿著黑色合成皮衣。他的腰間配著一把漂亮的手槍，臉龐稜角分明，沒有任何表情。札雅娜直接溜進水裡，游到船邊後用一條手臂勾著船邊。史特靈頓先扶艾琳上了船，自己隨後上船，阿森奈斯也跟進。

船夫站在船尾，船槳很有戲劇效果地豎起，然後船滑順地動了起來，由月台邊出發，穿越潟湖前往城市。

艾琳在心裡諷刺：這還眞是童話故事裡的威尼斯該有的樣子啊。建築物古老而美麗，材質是磚塊和大理石。它們在夜晚的霧氣中看似得意且永恆地矗立著，點綴著熾亮油燈和彩色燈泡。她看到更接近城市的水面上有別的船——較小的貢多拉船——船首掛著提燈，輕巧地穿梭在水面，遠處還傳來音樂聲和笑聲。再遠一點的地方，有人短促地尖叫了一聲，然後便安靜了。

「妳看。」史特靈頓低聲說，回頭指著他們剛離開的月台。有一輛用四匹黑馬拉的黑檀木驛馬車停在月台前端，有個僕人正在攙扶一個女人上車，別的僕人則在把她的行李放上去。即使隔得這麼遠，艾琳都認得出那是關提斯夫人。

「你們覺得我們是不是應該留在那裡自我介紹啊？」阿森奈斯興沖沖地說。「我們一定可以找到十幾種方法替她小小服務一下——」

「太有侵略性了。」亞綽克斯菲洛克斯嚴厲地說。這是艾琳第一次聽到他開口，他的聲音就和臉一樣，尖銳而冰冷。「你不能強迫恩主的被保護人注意你。」

泡在水裡的女人撐起身子，一隻手肘勾在船邊，靠著船休息。「你應該說『強迫他們與你相處』，而不是『強迫他們注意你』。」

「多謝指正，札雅娜。」亞綽克斯菲洛克斯酸溜溜地說。「若是恩主沒有允許，你是沒辦法強迫恩主的被保護人與你相處的。當可以安排普通會面時，後續會更適當。」

艾琳一邊努力搞清楚他這番亂七八糟的發言究竟想表達什麼，一邊忍不住好奇龍族是不是也有語言障礙。他們有所謂共通龍語嗎？如果有，她能不能學呢？

「克萊瑞絲，妳怎麼看？」瑪莎問道。

艾琳思索怎麼說比較安全。「我很意外我們這麼多人都不必立刻去辦什麼事情。會不會其實我們的恩主比較在意隨扈人數多寡，而不是眞心認爲我們有用處？」

阿森奈斯、瑪莎和札雅娜都笑了。史特靈頓的嘴角抽動了一下。亞綽克斯菲洛克斯緘默地盯著黑暗處。

艾琳聳聳肩。「我猜有些事舉世皆通。」她很清楚只要與人互動就有風險，但如果她想從他們身上獲取資訊，總得有人開啓話頭。

「噢，看！」札雅娜又攀著船邊撐起身體，指著他們正漸漸靠近的湖岸。

「對，」史特靈頓冷靜地說。「那些建築物非常宏偉。」

「不是啦，你們看那些人！」

大家安靜了一下。現在距離比較近了，雖然隔著一層霧，還是能看得清楚在人行道上悠閒行走的人。有些人在窗戶內，或是在其他貢多拉船上，而艾琳突然意識到他們有一個明顯的共通點——都戴著面具。

「現在正在舉行嘉年華會嗎？」艾琳問，她的聲音輕如耳語。

瑪莎聳聳肩。「這裡可是威尼斯，當然在舉行嘉年華會囉。我怎麼就沒想到呢！」她用力拍大腿。「我需要面具！」

「我們都需要面具，否則會很顯眼，也很格格不入。」阿森奈斯說。「克萊瑞絲，妳一定要叫我們的船夫先帶我們去面具店，拜託？」他用水汪汪的大眼睛盯著她。艾琳再次感到安心，她似乎仍然成功地扮演他們同伴的角色，至少暫時是。

*這裡可是威尼斯，當然在舉行嘉年華會囉。*瑪莎的話在她腦中迴蕩。夢幻版的威尼斯，而不是現實中的威尼斯。難怪這裡的水散發令人愉快的鹹味，而不是下水道的惡臭或更恐怖的氣味。難怪他們這麼容易就招到船搭，而不是等到天荒地老之後還得討價還價。

我們最好的美夢——會不會也是噩夢？不，以防萬一，還是別這麼想吧，萬一心想就會事成呢？

艾琳告訴船夫他們改變計畫了，然後朝其他人嫣然一笑。「我很高興你們信任我來交涉。」她希望自己悠閒而冷靜的態度不會表現得太過火。

「如果連在火車上認識的陌生人都不能信任，還能信任誰？」阿森奈斯懶洋洋地說。「畢竟我們又沒有在密謀殺死彼此的敵人。」不管他來自哪個世界，顯然是希區考克影迷。

「當然沒有。」瑪莎快速接口。

「絕對沒有。」史特靈頓附和。

「肯定絕對沒有。」札雅娜喃喃道。

「那種非法行爲連想都不該想。」亞綽克斯菲洛克斯堅定地說。船夫禮貌地等所有人都發表完高見，才喃喃向艾琳表達允諾。當然，前提是要略微加價。

「克萊瑞絲？」瑪莎問。「他說什麼？」

「如妳所願，」艾琳說。「我們再五分鐘就到了——頂多十分鐘。」

其他人互使眼色。「我們意識到妳藉由翻譯而幫了我們的忙。」阿森奈斯說，他說話突然咬文嚼字起來。「雖然通常我們很樂意欠妳人情，但我們不確定何時還會再見到妳——所以如果我們爲妳支付面具的錢，再請妳喝一、兩杯酒，是否足以當作妳的酬勞呢？」

艾琳昨天才在擔心讓妖精請喝咖啡，現在看起來連妖精自己都很介意欠人情和送禮物。「我覺得這條件很公平，至少先等我們找到一間好酒館再說。」她回答。「況且我們未來還可能再遇見。」如果我運氣夠差的話。「我們的關係有個好開始也不錯。」

札雅娜點點頭。「很奇妙，我們一直遇到認識的人，親愛的，不過我猜伊絲拉阿姨會說這才正常。阿森奈斯和我來自同一個球界——第二網狀、第三回應球界，而我認識亞綽克斯菲洛克斯，是因爲他奉他的指揮官命令，來我們球界追捕一個逃犯。阿森奈斯則遇到瑪莎——」

「我覺得伊絲拉阿姨把我們統統當成菜鳥看，是有點武斷了。」史特靈頓接口。她的口氣聽起來很有優越感，不過艾琳在想她的話還有一絲恐嚇意味，是不是刻意爲之。

他們的船滑入兩排樓房之間相對較窄、寬約五公尺的水道，水道上方懸著一串串或深或淺的藍色及綠色吹製玻璃掛燈，閃爍發亮。此處遠離開闊的潟湖，周圍全是華麗建築，霧氣輕盈如薄紗。這種霧濃得夠引誘人，卻不會完全遮蔽你的視線。艾琳試著記憶環境，思索著如果她得迅速脫身，要花多長時間才能回到湖灣。也許她把凱從現在還不知道在哪的地方救出來後，可以直接雇一艘船帶著凱逃離這座城市。然後可以再從濱海的鄰近城鎮逃走？前提是濱海還有別的城鎮，或該說這個世界不是只有威尼斯……她眞希望自己知道最近的圖書館在哪裡。

又經過了兩條街——或該說水道——之後，面具店到了。六個人要挑到滿意的面具得花多少時間，說出來會嚇死人，不過最後他們終於都挑到了，而貢多拉船夫一直在等他們，不消說，每多等一分鐘都會算進最終的船資。艾琳的新行頭是一副灰白色小鴿子式半臉面具，上頭嵌有海藍寶石玻璃，並繫著藍色緞帶。不過她眞正看中的是和它成套的黑色大斗篷，還附有能掩人耳目的大兜帽。

艾琳有了可以保護她不被隨時可能冒出來的關提斯夫婦識破的裝備，發現自己能稍微放鬆一點，並且更注意周遭的威尼斯了。與從位於湖灣裡的火車月台上遠觀相比，這個地方現在顯得生命力旺盛得多。水道兩岸有許多小小的聖壇，其中燃燒著迷你油燈，而他們經過的高聳住宅和商店中傳來各種聲音——音樂、歌聲、講話、爭吵、犬吠。還有氣味！食物、美酒、蠟燭、油燈、海水……

札雅娜先前已爬上船，現在很開心地分掉了艾琳的發言量，因此艾琳只是默默地聽著其他人閒聊，自己躲在面具和兜帽後頭發愁。她的僞裝很成功，但凱仍是階下囚——而時間一直在流逝。

到了酒館後，艾琳被史特靈頓拖著待在門口；史特靈頓仍樂意支付船資，但要對方開立詳列細目並簽名的收據。等艾琳和不太願意配合的船夫協調完畢，儘管語言不通，其他人早已點好飲料了。

他們可能語言不通。艾琳並不完全相信他們都像他們自己聲稱的那麼天眞。對他們的話照單全收很蠢。

「這是道地的普羅賽克氣泡酒，」札雅娜邊說邊遞給艾琳滿滿一杯酒，並拉著她走向他們一群人占據的桌位。「乾杯！」

「妳眞的玩得很開心耶。」艾琳說。他們共享同一瓶酒，所以這酒大概沒問題。她啜了一小口。似乎沒有中毒的立即反應。她又啜了一口。

「能夠暫時擺脫那些討厭的職責眞不賴，」札雅娜出乎意料帶著恨意說。「有那麼多神壇要管理，有那麼多蛇要照顧，我何年何月才能放幾天假？得負責給蛇擠毒液的人永遠都是我，而我的主人卻能去勾引英雄。太不公平了嘛，親愛的。」她呑了一大口酒。顯然這已經不是她的第一杯酒了。

「不曉得能不能申請調到這裡工作，」艾琳若有所思地說。「據伊絲拉阿姨的說法，像這種高等球界還滿有……激勵效果的。」

阿森奈斯輕拍她的手。「克萊瑞絲，妳一個字都別信。他們這樣說是為了誘導妳獻出忠誠，但最後從來就沒有好結果。妳看看我。」他嘆了口氣。「他們已經承諾我三次要讓我在某人家中升遷到更高的職位，結果我有升遷嗎？」

「我們需要的是，」史特靈頓邊說邊把一疊收據塞回外套裡。「找一個當地的線民。如果我們要利用這個狀況來成就我們自己的利益——或是我們共同的利益……」她瞥了一眼亞綽克斯菲洛克斯。「或是我們上級的利益，就需要進一步掌握資訊。」

艾琳有股想要起立鼓掌的衝動，但她忍住了。「但是會有很多當地人知道——呃，我們來這裡的原因嗎？」艾琳不確定大聲說出「被囚禁的龍」會不會有問題。「還有我們要到哪裡去找對的人問問題呢？」

她環視酒館內部，試著回答自己的問題。在她看來，船夫帶他們來的是好地方——客人包括真正的當地人，而不只是騙觀光客錢的地方。在這裡喝酒的其他人雖然也戴面具穿斗篷，但配件有長期使用過的痕跡，不像艾琳自己的配件，一看就是新買的。

「我們應該要小心一點，」史特靈頓說。「畢竟在這種非常時期，他們會在附近布滿眼線，任何可疑舉動都會被呈報上去。」

「妳說的『他們』是指？」瑪莎詢問。

「掌權者。」史特靈頓平靜地說。「這是合理做法。」

「前提是他們有很多眼線可以派到這裡。」札雅娜說。「好的間諜可是很吃預算的。」她伸出空杯要求續杯。「天啊，不必喝蘑菇酒眞好！我敢發誓，當我們主人提到這趟旅程時，爲了爭搶唯一的名額，我們簡直是互相廝殺。我才不在乎間諜、龍族什麼鬼的，我只想藉這個機會放縱一下。」

「札雅娜，」阿森奈斯說，伸手要拿走被她霸占的酒瓶。「也許妳該少喝一點……」

「噢，讓她喝吧。」瑪莎說。「就我聽說的，我們只會在這裡待兩天。還是及時行樂得好。」

「只有兩天嗎？」艾琳努力裝出無辜的樣子。「就算拍賣會明天就要登場，之後還是會有社交活動吧。至少我聽說是這樣。」

「有些人可能會待久一點。」史特靈頓說。「我也不是完全清楚，不過火車倒是三天後就會出發，它在任何地方都只能停留這麼久。妳的恩主要用別的交通方式回去嗎？」

「可能吧。」艾琳表示，同時她的胃又在下墜。看來她別想在拍賣會後先把凱藏起來，等風頭過了再偷偷潛進火車。當然，拍賣會就已經是最緊急的最後期限了，但多添一道障礙仍是雪上加霜。「他什麼都不告訴我，我這樣很難辦事耶。」她聳聳肩。

「既然妳是他的貼身口譯員，我倒是很意外妳不必跟在他身邊。」史特靈頓看似隨意地拋出這句話，但艾琳感覺心中警鈴大作。

她盡可能若無其事地又聳聳肩。「噢，他要和別人見面時可不需要我。」她刻意強調「別人」，暗示不倫之戀和情欲之事。「我可不想因爲不識趣而被鞭打，所以就另找地方待著了。只要我在天亮前回去就不會有事。」

「噢，原來妳是那種私人祕書。」瑪莎說，她的語氣突然變得拘謹且透露出不認同。「我沒有……發現。」

阿森奈斯翻了個白眼，明顯到就算隔著紅色皮革面具都看得出來。他仍然堅持以紅色爲裝扮主題，極端到艾琳都想問他是故意想扮成愛倫．坡小說中的紅死魔，還是只是有色盲。「瑪莎，親愛的，有些恩主用鞭子來管教，有些用烙印，有些用報銷帳目，但我們就別裝作我們對這方面有什麼選擇餘地了吧。要是我們想要有選擇餘地，就不會立誓效忠恩主了。我們還是帶著感恩之心享受屬於我們的這一晚比較實在。克萊瑞絲，這裡有沒有賣吃的？」

「我聞到海鮮。」艾琳說，假裝沒注意到札雅娜已經趴靠在桌子上，還碎碎唸說沒人在乎、一切都要怪她的恩主、她總有一天要在祭品台上挖出他的心、等著瞧云云。「我去問一下。」

十分鐘後，艾琳點了鮮蝦玉米糊，開朗的女老闆瑪麗亞（很幸運，她會說英語）又為他們這桌奉上了另一瓶酒。「嘉年華會期間有新客人上門眞好，」她邊說邊點頭讚許他們的面具。「我們可以趁大齋期開始前好好享樂一番，對吧？我告訴你們，別看我這間店小，它可是夠格招待偉大的十人會——」

瑪莎張開嘴想說什麼，艾琳很擔心她不是要說「沒錯，請妳多透露一點客人的事」，就在此時，酒館門砰一聲被推開了。一個身穿樸素制服的男人走進來，一邊鞠躬一邊撐住門，恭迎另外兩個人進來，那是一男一女，都穿著厚重黑絲絨長衫和相配的銀黑相間面具。他們挾帶著一縷霧氣且同時走進來，站在門口審視著酒館內。

艾琳看到他們披風上的盾徽，心生一股不祥預感。他們的盾徽是黑底配上一雙交錯的手套。她雙手握緊桌緣。故事朝對她不利的方向發展了嗎？敘事線進行到這裡，是不是喬裝的女主角就要和她的主要敵人正面對決了——或是從另一種角度講，該是兩位主角揭穿和處理討厭間諜的時候，端看讀者採取何種觀點而定。到目前為止，故事的力量一直對她幫助有加……

「哎呀，你瞧瞧。」女老闆說。她大步迎向前，行了個裙襬擦過地面的屈膝禮。「關提斯大人和夫人，歡迎光臨敝店！」

第十四章

「親愛的。」關提斯大人牽著關提斯夫人走進酒館，帶她到一張大桌子邊坐下，然後轉身對女老闆說：「多娜塔，我們一向很喜歡妳的店。麻煩老樣子。」他的目光由面具眼洞中射出來，掃視整個空間，包括艾琳這一桌。他的聲音低沉，不過只是低音，不到最低音的程度；他的英語有一絲腔調，但艾琳聽不出是哪裡的腔調。

艾琳這一桌所有人都急急忙忙起身，朝著剛進門的那一對夫婦鞠躬行禮。艾琳也跟著大家站起來，卻感覺自己的心臟沉到地板下。

完了，我死定了。就算他們不找我們過去，其他人也一定會提議自我介紹。而至少關提斯夫人一定知道我長什麼樣子，她甚至可能隔著面具都能認出我……

她的腦筋像用核能驅動的倉鼠滾輪一樣瘋狂旋轉，不斷提出又否決各種計畫，速度快到一定能讓艾琳的上司引以爲傲——假如她還能再見到他們的話。

如果這眞的是屬於關提斯的故事，而我只是故事中一個次要敵對角色，接下來可能會這樣發展——我被揭穿身分、逮捕，然後本章結束。故事結局是有條龍被成功拍賣，接著開戰。

她需要脫身，爲了脫身，得引開他們的注意力。

每個人的注意力都仍放在關提斯夫婦身上。艾琳端起她幾乎沒減少的酒，對著酒杯喃喃道：

「酒，變烈十倍。」然後彎下腰，和札雅娜幾乎已喝光的酒杯對調。

史特靈頓轉頭看她。她看見了嗎？

艾琳趕緊舉起自己的酒杯。「來敬酒如何？」她提議。

「我們敬關提斯大人和夫人一杯！」阿森奈斯附和。大家都舉起酒杯喝酒。艾琳用眼角餘光看到札雅娜豪放地牛飲。

「好懂事啊。」關提斯夫人柔聲說。「多娜塔，再送一瓶上好的酒到那一桌吧。」

剛才女老闆不是說她叫瑪麗亞嗎？但她殷勤地點頭，沒有半句怨言。也許在這個地方，人類就只是舞台布置——妖精愛怎麼叫你，你就叫什麼名字。

大夥兒紛紛歸席。「我們要不要過去自我介紹？」阿森奈斯不出所料興致勃勃地說。「謝謝他們請我們喝酒才不會失禮。」

同時你正在物色新恩主，艾琳心想，而且很想擺脫我們。

「真正不失禮的做法是先把酒喝完再去道謝。」亞綽克斯菲洛克斯簡短地說。「未經欣賞的道謝，等於沒有對禮物展現應有的尊重。」

*謝謝你，謝謝你，謝謝你，*艾琳默默在心裡說，並點頭附和。她悄悄觀察札雅娜，但是目前為止，那個女人仍坐得直挺挺的。

「眞想不到他們會來這裡。」史特靈頓說。她又看了看店內。「這裡是不錯啦，但我不認爲是本市最好的餐廳。」

她的話被札雅娜心滿意足的長嗝給打斷。札雅娜小心翼翼地放下空酒杯，然後就往前趴倒在桌上。該死，下手太重了。

「她有喝那麼多嗎？」瑪莎說，顯然不想插手處理這個狀況。

「札雅娜？」阿森奈斯將修長的手按在她肩膀，輕輕搖她。「札雅娜，甜心，小蜜花，醒醒？」

艾琳緊張地瞥向關提斯夫婦，他們似乎沒在注意這裡。

「也許該給她潑點冷水，」阿森奈斯伶俐地說。「克萊瑞絲，麻煩妳請女老闆——」

「別再搖我了啦，」札雅娜口齒不清地說。「我快吐了……」

好極了。艾琳傾過去用手臂環住札雅娜。「我們先去外頭待一下。」她對同桌的人表示，而阿森奈斯連忙往後縮。顯然妖精的騎士精神並不擴及他可能會把漂亮的新紅絲絨斗篷弄髒的情況。

「好主意。」瑪莎說。她把椅子挪遠一點，艾琳則把札雅娜扶正，搖搖晃晃地撐著她走。關提斯夫婦很明顯地沒在注意這裡，女老闆在替他們倒酒。艾琳只希望這表示今晚的故事是對她有利的。

這就對了，保持下去——不要浪費力氣看過來，不要覺得這裡有什麼異常行爲……

「女士。」有一名酒客舉手吸引她注意，然後指向酒館右側牆壁上的門。「那道門通往外頭的巷子。」

「謝謝。」艾琳喃喃道。她扶著腳步踉蹌的札雅娜走向那扇門，試著不在意這女人所發出令人憂心的呻吟聲。這可能算是文學中所謂的惡有惡報，但她也不想讓自己漂亮的新斗篷沾到嘔吐物。

屋外空氣涼爽，充滿霧氣。比起他們搭船前往酒館的時候，現在霧更濃了。氣溫陡降似乎讓札雅娜恢復幾分清醒，她靠在牆上，身體微微搖晃，艾琳則緊張地環顧四周。這裡可能躲著任何人——屋頂上、牆角後——而她根本毫無防備。

「我要回家。」札雅娜嘟囔道。

「恐怕有點遠呢。」艾琳說。「做幾次深呼吸，然後坐下來吧。我來扶妳。」這條巷子沒什麼垃圾，她很容易找到一塊還算乾淨的地面。「先坐在這裡，我去幫妳倒點水來。」

「我不要水。」札雅娜的兜帽落下來，一頭黑色髮髮在臉旁擺動。「我要回家。我要和姊妹們在一起，準備黎明的獻祭儀式。我要引誘英雄。妳是英雄嗎？親愛的克萊瑞絲？」

「當然不是。」艾琳迅速回答，而札雅娜正試著蜷在她身邊。「我和妳一樣，只是有工作在身的女人。」她沒聽到有人從酒館裡跟著她們出來；其他人一定很信任她能把事情處理好。

札雅娜沉默不語。

「札雅娜？」

喝醉的妖精發出一聲輕嘆。嘴巴比較毒的人可能會說那是鼾聲。

好吧。現在正是完美時機，能讓艾琳退下舞台，趕在關提斯夫婦或任何人對她產生興趣之前閃人。真的，她應該向自己道賀。簡直像是教科書上的標準範例。她現在只需要起身離開……並且把一個失去意識的女人單獨留在街上——留在一座危險城市的夜晚中，她的良心指出。而且這個女人還是被艾琳給迷昏的。她心中浮現好幾個能形容這種行爲的詞彙，沒有一句是好話。

但是艾琳還有任務，攸關凱性命的任務。她不懂得分辨輕重緩急嗎？

她咬著嘴唇。「這是錯誤的二分法。」她小聲地說，好像能親耳聽到這幾個字就表示那是正確的。「我大可以兩個都幫。」

她搖了搖札雅娜的肩膀。「醒一醒，札雅娜，妳住在哪？妳的恩主住在哪？」

札雅娜的眼睛在面具後頭睜開了一下子。「格瑞提皇宮酒店，和妳一樣。」她又垮了下去。

嗯，這樣也好，反正艾琳本來就打算去找席爾維談一談。要拖著札雅娜同行，再把她丟給旅館員工處理，當然得耗費額外的力氣，不過她向自己保證──這也是一種掩護。

她是個妖精，要是她發現妳的真實身分，妳大概得落荒而逃或乾脆殺了她，她的算計心機指出。

這種念頭像蟲一樣鑽進她的腦袋，但她還是蹲下來，發出一聲悶哼，把札雅娜的手臂橫跨到自己肩上，再拉著她站起身。換作是凱就會這麼做，大概啦，即使她是妖精。

最近的水道在街道左側，希望這裡常有貢多拉船經過。「閉嘴。」她對自己內心嘮嘮叨叨的聲音說，並且撐著札雅娜蹣跚而行。

她們在寒冷而潮濕的霧氣中等了十分鐘（感覺像二十分鐘），札雅娜靠在艾琳肩膀上輕輕打呼，然後才出現一艘貢多拉船。船夫很樂意賺這趟到格瑞提皇宮酒店的船資。

「也許漂亮的客人願意先付錢？」艾琳正準備上船時，貢多拉船夫表示。眼前這船夫開的價錢，竟然是前一個貢多拉船夫把他們六個人從月台一路送到酒館來時索取的船資兩倍。

「我預估的價錢沒那麼高耶，」艾琳直截了當地說。「精確來說，大概只有你說的一半。」

貢多拉船夫兩手一攤。「啊，女士，難道妳一點都不可憐我這個窮光蛋嗎？」

「對，我相信你很窮，」艾琳說。「不過我還是只能出這麼多。」

「我相信這位美麗的女士可以多給一點，」貢多拉船夫說。「否則我只好把她一個人留在濃霧裡，等其他貢多拉船夫來載她了。」他意有所指地朝霧中比了比。水波拍打房屋的輕柔聲響，混雜著酒館中傳來的隱約歌聲和說話聲。不管用看的或用聽的，附近都不像還有別的貢多拉船。

幸好他們終於敲定以他原始開價的三分之二成交。她看到札雅娜的斗篷裡有個皮包，希望裡面的錢夠多。

艾琳攙扶札雅娜上船，然後把她放倒在船的另一頭，這才鬆了口氣。這個位置是叫舷緣嗎？她眞該找時間惡補一下「船的各部位構造」名稱表。要是她在來這裡之前作過這種預習，一定能派上用場。她有點笨手笨腳地從札雅娜的斗篷內側取出錢包打開。水道邊的一盞盞油燈光芒映照在金幣上。她數了幾枚放到貢多拉船夫的手心，看到他滿意得瞪大眼睛，不禁愣了一下。

「女士，」貢多拉船夫用極盡討好的語氣說。「美麗的小姐，您一定才剛到這座城市，對匯率並不熟悉，但您付我的金額還不足夠。」

「等我們到目的地再給你剩下的錢。」艾琳說，她快速關上皮包，坐到札雅娜旁邊。

貢多拉船夫大概看出他暫時沒辦法再從這隻觀光客乳牛身上榨出更多現金了，嘆了口氣，把船撐離小巷，讓船漂向狹窄水道中央。水道兩側的房屋巍然而立，其高度和密度幾乎讓人心生恐懼，不過略顯頹敗的外貌又讓人有股異樣的安心感。城市的這一區很眞實，這裡住的是人類。

才過兩分鐘，貢多拉船就左彎，駛向一條較大的水道中央，現在船的速度也增加了一些。兩側的建築都籠罩在霧中，黑壓壓一片，成了若隱若現的龐大物體，只有朦朧但明亮的油燈或透出光線的窗口，有如偶然現蹤的珠寶點綴其中。札雅娜依偎著艾琳的手臂發出低柔呢喃，頭靠在艾琳肩上。

艾琳試著在心裡草擬最終報告，想藉此讓心情平靜下來，可惜成效不彰。她只想到了「我打算去找我的妖精聯絡人，逼他多透露一些資訊」，但關於凱的思緒卻越來越迫切地浮上來。她的期限只到明天午夜，而她已經開始感覺疲倦襲來。

他們從一座寬石橋底下經過，石橋另一側的燈光（雖然很稀疏）在一時間全都消失了。艾琳緊緊握住船邊，她強迫自己放輕鬆。

她在意的不是黑暗——而是可能躲在黑暗中的東西。

貢多拉船夫哼起有點像歌劇的曲調，接著他們的船從橋的另一邊出來了。霧非常濃，不過至少艾琳現在能看到遠處燈光了。「請問，」她對貢多拉船夫發問。「這裡是不是一直都這麼多霧——」

幾道黑影從天而降，飄飛的黑色斗篷快速墜落，落在他們船上，使得船劇烈搖晃。貢多拉船夫咒罵一聲，然後在胸前畫十字，艾琳猛然坐直身體，讓札雅娜倒向另一邊。對方有三人，兩個在她前方，一人站在船的一邊，保持船身平衡，還有一個在她後面。她用眼角餘光瞄到他們穿著靴子和斗篷。「你們要幹什麼？」她質問。

貢多拉船夫又在自己胸前畫十字，然後就畏畏縮縮地遠離剛來的不速之客，回去划他的槳。這些人性別不明，她完全看不出來。他們穿了一身黑——厚重的黑色緊身上衣和馬褲，頸間繫著黑色圍巾，頭戴黑色三角帽，臉上還戴著完全沒有裝飾的黑色面具。

札雅娜睡意正濃地蜷在艾琳身邊，把頭枕在她大腿上。

「我們是黑衣審問官。」站在她身後的人用義大利語低語。這聲音仍然聽不出性別。話語傳送到貢多拉船的這一端，然後被霧氣浸濕。

「夜晚的領主。」她右側的人輕聲說。

「十人會的僕人。」她左側的人低吟。

「我們藉著黑暗而來，爲了審問妳。」她背後的人說，聲音完全沒有高低起伏，十分駭人。他——或她——轉移了一下重心，使得船發出嘎吱聲；對方厚重的斗篷一抖，朝著艾琳彎下腰。「沒有人會問起妳的去向，因爲他們知道什麼問題不該問。」

艾琳把驚慌往肚裡吞。她的第一個念頭是：他們只是想嚇唬我——怎麼脱身比較可行？第二個念頭則是：搞不好沒辦法脱身了。

「我什麼也沒做。」她急忙說道，這話既不精確也不誠實。

她前方的兩個黑影扠起手臂，像是守在船兩側的黑色雕像。

她背後的人發出一個細微的聲響。可能是金屬摩擦皮革的聲音，在水道水波拍打聲中只是依稀可聞。艾琳運用想像力看到了刀子被抽出刀鞘的畫面。「不過妳還是要告訴我們妳知道的一切——在這裡說也行，等我們到目的地再說也行。」

他們知道我是誰嗎？還是我只是剛好第十個經過此地的倒楣觀光客，才會被蒙面祕密警察恐嚇？

「請告訴我你們想知道什麼。」艾琳怯怯地說。她很有技巧地使自己聲音顫抖。「我對這座城市不熟，我今天才剛來……」

「關提斯大人和夫人剛進入一棟建築，」嘎吱一聲，她後方的人再度改變了身體重心。她認爲那是男人的聲音，而現在似乎離得更近了。「才過兩分鐘，妳們兩人就從後門離開。爲什麼？我們要知道答案，妳要提供我們答案。」

看來這群人若非關提斯夫婦的僕人，就是與這座城市的掌權者脫不了干係。不過看貢多拉船夫的反應，後者的可能性更大。

這條水道似乎沒有盡頭。霧在貢多拉船兩側形成簾幕，遮蔽了白森森的刀子，也悶住了可能將出現的尖叫聲。他們置身一個寂靜的小氣泡裡，在水道中央，沒有人會看到或聽到他們的遭遇。艾琳壓根兒沒想過她會在公共場所感覺這麼孤單。

「我朋友喝醉了。」艾琳說。她感覺札雅娜靠著她腿邊的肌肉繃緊。*她醒了，或是快要醒了。*

「我得帶她離開。」

她前方的兩人不約而同搖著戴了面具的頭。「這說詞還不夠好，」她後頭的人低聲說。「那麼高貴的夫人和先生是不會被小小的醉態嚇到的。給我們聽點好東西，否則妳就給我進『監獄』去。」他刻意放慢速度講出「監獄」，像是用聲音愛撫它。

她是可以試著把他往後撞，但那樣一來，她對前面那兩個人就毫無防備了；反之亦然。他們占據優勢位置，而她的活動空間就只有船底而已。「我的恩主和關提斯夫婦有過節！」她毫不費力就能用絕望的語氣說道，而且這話幾乎是實話。「對，我承認，我趁他們還沒看到我之前就藉機溜走——但他們會拿我來殺雞儆猴，拿我來傳達訊息，我非跑不可啊！」

「有幾分可信，」她右側的人說。「但有待證實。」

「注意，她沒供出任何名字，」她左側的人說。「我覺得她應該講幾個名字出來，你們說呢？」

「怎麼樣？」她身後又傳來金屬摩擦皮革的聲音。「女人，告訴我們一些名字。告訴我們一些祕密。」

艾琳權衡輕重。如果她供出席爾維的名字，他們會找他問話，而他爲了自保，大概就會出賣她。但假如她隨口胡謅，他們可能會察覺她說詞反覆，那她就會陷入更大的麻煩。

反正無論如何，她都很懷疑他們會放她走。不管她說什麼，不管她招到什麼程度。「我不能說，」她顫抖地說。「我會被處罰。」

札雅娜靠在她大腿旁的身體硬梆梆的，藏在斗篷下的肌肉很緊繃。

「呸！」艾琳背後的人用力踹她的背，使她整個人趴在貢多拉船底，突然開始扭動的札雅娜被她壓在底下。「拿皮鞭和布袋來——」

艾琳被纏在斗篷裡，面具也快鬆脫了，她想把手收到身體底下，但札雅娜扭身滾向一旁，撞得她再度失去平衡。她的頭撞到貢多拉船的船板，她感覺背後的男人用腳踩著她的背，把她壓制在地。

她需要快速脫身，而唯一的出口在……下方。

她掙扎的動作和札雅娜亂揮手腳的聲音，足以掩護她的說話聲。「船的板材，」艾琳嘴唇貼在船底，低聲命令。「現在立刻分開、解體！」

做這件事耗費的元氣超乎她的預期，她的體力像是水壩突然裂了一條縫似地汩汩流出。她幾乎沒有剩餘力氣深吸一口氣，不過語言的效果非常顯著。整艘船四分五裂，由船首到船尾，木材突然向四面八方噴射而出，她在那瞬間聯想到爆炸的圖示，還有「自己動手做貢多拉船」的材料包。

當然這種異想只是一瞬間的事。

接下來她已經沉入水中。

這是艾琳預期中會發生的事，其他人則無此想法。此外她本來就趴著，有利於向下潛水，而其他人都站著或是在打鬥。她的手伸向頸間解開斗篷的釦環，她快速踢水往更深處潛去，想遠離水面上的那團混亂。

水很冷——因爲這座城市的水道是感潮河川，河水剛從冰冷的大海灌進來，此外這水也充滿泥沙而很混濁。她游了幾下之後，已經完全搞不清楚方向，只能專注在離開上頭。

這時有東西捲住她的腳踝。

艾琳忍住驚叫的衝動，憋住氣，踢向抓住她的東西——或是人，驚慌使她突然又充滿力量。她的氣快不夠用了，雖然她頗爲確定自己是朝船的反方向前進，但她知道的也僅止於此。

那個東西——或人——再度抓向她的腳踝。同時，她的左手臂碰到了堅硬的東西。她眼睛一花，被一波水流推出水面，從一棟建築的地基旁浮了上來。她吞了一口空氣，眨眼讓水從眼裡流出。

她面前的景象聲音效果大於視覺效果。霧遮蔽了任何追兵的身影，但即使霧也有弱化聲音的效果，她仍聽到了騷動聲。貢多拉船夫尖聲喊著威脅的話和禱告詞，一下子呼喊聖母瑪利亞，一下子發誓要報復毀了他的船的兩個婊子，不過基本上重點擺在他失去了船。艾琳感到一陣愧疚。

札雅娜從她旁邊冒了出來，頭和肩膀破水而出，有如一尊典雅的雕像。她的頭髮濕淋淋地貼在臉頰和裸露的肩頭，眼睛映照著燈光，在黑暗裡熒熒發亮，她的瞳孔狹長，不是人類的瞳孔。「親愛的，妳是怎麼辦到的？」她聲如蚊鳴地問道。

「現在是解釋的時候嗎？」艾琳兇巴巴地低聲回答。「我們可不可以先遠離這個是非之地再來討論？」希望是很久以後再談──最好永遠不談。

「他們想問話的對象是妳，」札雅娜指出。「不干我的事……」

「對啦，他們急著找答案時，最好還會相信與妳無關。他們沒有問妳話的唯一原因是他們以為妳睡著了──」

轟然一聲巨響，接著剛才的事發地點附近傳來奔跑的腳步聲。艾琳立刻閉口不語，用手比出游泳的手勢。

札雅娜點點頭，放手讓自己滑回水中。她們兩人悄悄地沿著水道游，並盡量低調，頭只露出水面一點點。

游了大概兩百公尺後，她們經過另兩條水道，還差一點被一艘行經的貨船輾過，艾琳感覺比正常快游後感覺更疲憊。「先停一下。」她氣喘吁吁地說，她本來想用疑問語氣說這句話，卻沒成功。她在水裡弄丟了鞋子，她眞希望像札雅娜一樣穿著比基尼，那樣游起泳來會輕鬆得多。

「再堅持一小段距離，我們就能爬上街道邊了。」札雅娜回頭喊道。她輕而易舉地撐著身體爬上人行道的石板地，然後坐在水道邊，兩腿泡在水裡晃蕩，她的肌膚在燈光下像是液態黃金。她的瞳孔恢復了正常。「妳不太會游泳，對吧？」

「對我來說比較算是緊急逃生技能。」艾琳喘著氣說。「至少我不會淹死。」

「那是妳學游泳的唯一標準嗎？」札雅娜踢著水，讓亮閃閃的水珠灑向霧中。

「要是我告訴妳我以前的學校裡有多少女生差一點淹死，妳一定會嚇一跳。」艾琳用手肘撐著人行道石板，她暫時還沒有力氣爬上去。她已經快虛脫了。不曉得該歸咎於這累人的運動、她使用語言，還是面臨的狀況給她太大壓力。也許是綜合以上的結果吧。她需要睡眠，哪怕是一下子也好。如果她因爲精神不濟而在行動時昏倒，是沒辦法救出凱的。就連泡冷水也不太能讓她打起精神。「每年夏天的學期中，都有自認爲會游泳的女生下了水才發現她是旱鴨子，更別說還有那些踩破冰面掉下去的人了。泳技好到不會淹死可是很有用處的。」

札雅娜歪著頭。「親愛的，聽起來實在太戲劇化了。他們會訓練英雄嗎？」

「大部分是女英雄。」那裡的語言教學也是一流的，如假包換。「我不是其中之一。」

「所以這到底是怎麼回事？」札雅娜把手伸到腦後擠出頭髮的水。「還有妳是怎麼讓船散掉的？」

這番對話大概不會有什麼好下場。「妳大概聽到那些黑衣人說的話了吧，」艾琳謹慎地說。「我確實想在關提斯大人和夫人注意到我之前離開。妳醉倒的時候，我就藉這個機會溜走了。我承認。」

札雅娜想了一下，聳聳肩。「嗯，妳確實準備帶我回旅館，這我還記得。妳這麼做很貼心。要是妳讓我們兩個都掉進水裡之後，記得回來救我，我會更感動一點。對了，妳到底怎麼辦到的？」

「商業機密，」艾琳堅定地說。「抱歉。」

札雅娜笑了。「我也不覺得妳會說呢！別這麼傻。克萊瑞絲，今天晚上眞的棒呆了，只要我不會眞的因此惹上關提斯或任何人，我想我們應該可以發展出美好的友誼。」

運動帶來的熱度漸漸消退了，艾琳感覺水道的寒意侵入她的骨髓。寒意讓一切都顯得冷淡而疏遠，從她的身體到札雅娜的笑容都是。餘悸，她爲自己診斷。別讓它征服妳。

「我不反對。」她振作了一下精神說道。也許等到這整件事塵埃落定，凱安然無恙，一切都解決之後，這種想法眞的能實現。也許在種種阻礙下，她們還是能找到方法當朋友。可是她是妖精耶，她的理智低聲提醒她；她努力讓自己回過神來。「不過現在我們要先想辦法到格瑞提皇宮酒店去。」她把自己的身體撐起來，爬到水道邊緣。她的動作遠不及札雅娜剛才那麼優雅，她知道自己的外型也沒人家有吸引力。她的套裝根本不適合這樣瞎折騰。

「親愛的，往好的一面想吧！」札雅娜捏了捏她的肩膀安慰她。「我們逃走啦！現在我們只要闖進某戶人家，說服屋主護送我們去格瑞提皇宮酒店。也許他們甚至會好人做到底，借我們幾件衣服呢！」

好吧，艾琳心想，我總算遇到比我更會想餿主意的人了。

「我們確實可能發展出美好的友誼。」她贊同，而且忍不住露出笑容。

第十五章

最後艾琳因爲實在累得受不了，就在格瑞提皇宮酒店一個放床單的壁櫥裡過夜。她得穿著偷來的衣服、渾身散發河水氣味，蜷縮在一疊毛毯上睡覺。這不是她經歷過最難熬的一夜，但仍然和理想中的威尼斯度假行程相去甚遠。

她被鐘聲喚醒，那聲音不但穿透旅館的牆壁，甚至鑽進了小小的壁櫥，她猛然驚醒，一頭撞上最低的隔板，在黑暗中茫然地眨眼。她過了一會兒才回過神來。鐘聲還沒停止，好幾座鐘分別以自己的節奏和音調發聲，雖然並不統一，卻自有一股和諧。她試著數算鐘響了幾下，想要知道現在幾點，但她實在聽不出來從現在到午夜拍賣會之間還有幾個小時可以運用。

她和札雅娜做了幾件小事，包括偷取兩件洋裝，然後才到達格瑞提皇宮酒店；到了那時候，她已經累到沒有當場癱軟在地都算是奇蹟了。那時是凌晨兩、三點，但整間旅館依然燈火通明，走廊上有很多人來來去去。艾琳只需要聽到幾聲「天啊，老公！」，以及「趕快躲到窗簾後面！」的驚呼聲，就能掌握周遭在上演哪一類的閨房鬧劇。也許是好幾齣鬧劇在同時上演。在這種情況下，她一點都不想靠近席爾維的臥室。

她和札雅娜分開了，表面上當然是爲了去找各自的恩主。艾琳懷疑札雅娜實際上是想去找更多酒。她不怪札雅娜，她自己也好想來一、兩杯白蘭地。

言歸正傳。現在顯然已經是早上了，她該溜出小小的巢穴去找席爾維，希望能從他那裡獲得一些資訊。

艾琳從放床單的櫥櫃出來後，發現這些妖精就和大部分墮落的貴族一樣，並不是早起的鳥兒。艾琳仍未遇過有誰在放蕩一天後，還須要用到早起的比喻修辭。目前已經起床的只有女僕、男僕和階級比較低的侍應生，他們都端著餐點托盤或是抱著整疊衣物匆忙奔跑。因此艾琳可以抱起一疊床單，就輕易完美地融入看似緊張煩躁的人群。她也確實感到煩躁。她身上穿著某人次等的週日洋裝，顏色暗沉且質料陳舊，甚至比不上旅館女僕的制服，不過她的胸衣繫得很整齊，頭髮也用手梳順後編成緊實的辮子。她看起來並不像來自另一個時代或另一個球界的人，這是最重要的。

工作人員走的樓梯和所有旅館沒什麼兩樣。這樓梯很窄，擠滿不堪負荷的人，而且大家都全速奔跑。這裡可沒人有閒情逸致戴什麼面具。

艾琳踉蹌地經過一個女人，那女人的金髮散亂地披垂在背後，有如一條條老鼠尾巴；她突然抓住艾琳的手臂。「妳看到香腸沒有？」

「沒有。」艾琳說。

「慈悲的聖母瑪利亞啊，有人要被廚子宰了。」女人尖聲說道，又跑下樓梯了。

豐富多彩的人類體驗，豪華旅館上演的戲劇等等，艾琳一邊在心裡下註解，一邊快步前進。

她先前特地記下了席爾維昨天晚上帶來的那群僕人的相貌。她在工作人員用的樓梯上徘徊一段時間後，便看到了其中一人，她跟著那男人來到席爾維位於四樓的套房。艾琳等到四下無人，便就近把手裡滿疊的床單丟到窗邊的座椅上，然後敲敲門。

強森來應門，他瞪大了眼睛。他一把揪住艾琳的肩膀，把她拉進華麗的客廳，然後把門用力關上。「妳這樣大剌剌地跑來，會害我的主人惹上麻煩的！妳在搞什麼東西啊？」他惡狠狠地說。

「強森？」席爾維懶洋洋的聲音從臥室飄出來。「是誰啊？」

強森深吸一口氣，順了順臉上的表情。他現在只顯露淡淡的不悅，而不是極端的厭惡。「先生，是她。」

「噢！那把小老鼠帶進來吧，我要講評一下她的表現。」

強森像是怕艾琳逃跑似地，仍舊揪著她的肩膀，推著她走進臥室。這房間富麗堂皇，比客廳還要豪華。牆壁塗著光潔的白色灰泥，看起來就像大理石般光可鑑人，地板則是由許多小巧的淺色木磚所拼成的馬賽克。對面的牆是整片落地窗，窗外是陽台，能眺望底下的水道和水道對面的建築。落地窗旁有束起來的細緻蕾絲窗簾，陽光透過玻璃灑進來。霧散了，天空是清澈的蔚藍色。房間本身最醒目的家具就是那張雙人床了，它從牆邊一直延伸到房間中央，彷彿覺得有必要強調自己的存在。席爾維放鬆地躺在床上，壓著縐褶的淺藍色床單和雪白絲質被單，他身穿深藍色絲質睡袍，看起來不太得體。由於他任由睡袍衣襟敞開到腰部，艾琳覺得應該可以再下修到「完全不得體」。

他搖搖頭，佯裝悲傷。「親愛的溫特斯小姐，我以為我失去妳了。」

「大人，別胡說了，」她不假辭色地說。「我相信你很樂意甩掉我這個燙手山芋。」

「兩者並不矛盾啊。」他把玩著一個盤子，盤子裡裝著沾有糖粉的麵圈，看起來是很酥脆的小點心，還加了肉桂。艾琳從房間另一頭都能聞到點心的香味，她試著克制肚子咕嚕叫。「那麼——我猜妳還沒有鋌而走險動手救人吧？」

艾琳遲疑了一下。「你是在說笑嗎？」

「很不幸，是的。」他拿起一個點心舉到嘴邊，啃了一小口。「唔，眞好吃……我喜歡來這裡，這裡既安全又可靠。」

艾琳完全不會想用這兩個詞來形容這個平行世界。她揚起一眉，兩手交叉擺在胸部下緣。

「嘖，這可不行。」他的聲音甜膩得像滴出蜜來，好像歌劇演員準備一下子降低八度音般渾厚。「我的小姐，請原諒我剛才叫妳老鼠，我們已經擺脫那種關係了才對。我感覺我們在這裡並沒有建立起有效的溝通管道。我沒有感覺眞正被需要，更別說被渴望了。這可不行。」

艾琳堅守立場。「席爾維大人。」她盡量不咬牙切齒，因爲倘若讓他察覺她的不耐煩，她可能永遠別想得到答案了。「有鑑於你和關提斯夫婦的過節，如果我把凱救出來，對我們兩人都是好事。假如我的態度無法取悅你，請容我致上歉意，但我有迫切的問題要問你。」

他舔掉指尖沾到的糖粉。「我知道妳有問題要問，我的小老鼠。我知道妳的問題非常迫切，但我想知道究竟有多迫切。跪下來，小老鼠。請跪在這裡。」他比了比床旁邊的位置。

一時之間，艾琳只能想到用「什麼？」來回應。他曾和她調情，用魅惑力來勾引她，像是孔雀炫示著尾羽。但他的行爲一直像是他會對任何人類做的事，而不是眞的對她感興趣。所以她一直覺得滿有安全感的。

「快點。」席爾維隨意地指向地板。「噢，別擔心，我不會對妳做任何事，小老鼠。妳應該餓了吧？整晚都躲躲藏藏，在走廊上鼠竄……」他很厲害，用字遣詞既優美又邪惡，暗喻著夜晚和走廊上那些不可告人之事。「讓我餵食妳，讓我回答妳的問題。」他的眼睛閃爍著幽光，凶猛、熱切、飢渴。「讓我看看妳的問題到底有多迫切，小老鼠。跪下，否則就滾出去。」

她沒有選擇，沒有盟友，而席爾維刻意針對她個人——他顯然處心積慮要針對她個人。也許羞辱圖書館員帶來的新鮮感，能賦予他這種人力量吧。

她咬緊牙關，聽命照辦。她把裙襬攤開，黑色布料蓬起，洋裝的下襬沙沙地刮過地板；她屁股坐在自己的腳跟上，跪坐在床旁邊。強森已經走到門邊去站著了。*他是在護衛嗎？還是只是看不下去了？*分析他的心態總比正視自己的心情輕鬆多了。

「瞧，這樣好多了。」席爾維翻成側躺姿勢，把點心盤也帶了過來，他用手肘撐起上半身，居高臨下地望著她。「我很高興妳是真心誠意的，我的小老鼠。」

艾琳低頭望著自己收在膝上的手。她是出於自尊心，才沒有兩手交握到指節泛白，而是安詳地擺在腿上，好像她心情非常平靜、非常有自制力。窗戶透進來的晨光銳利而清晰，使她能看見從自己掌心延伸到手腕的細小疤痕，像是細緻的白色窗花格。這是她和另一個席爾維永遠望塵莫及的可怕怪物交手留下的紀念。

沒錯。這只是雞毛蒜皮的小事。逼她跪下，要他的小花招。說到底，席爾維爲什麼要浪費時間，試圖對她展現這麼瑣碎的支配力呢？眞正掌權的人根本不用多此一舉。

「我們講到哪裡了？噢，對了，妳有問題要問。講一個來聽聽。」

「凱被關在哪裡？」艾琳問。

「在監獄裡，」席爾維彷彿早有準備地回答道。「或者應該用當地人的發音——卡切里。畢竟這些監牢是這個小而美的球界上一個重要的特色。其實我早該想到，正是因爲這一點，拍賣會才會選在這裡舉行，不光是看中它的地理位置。也許妳應該問一個更籠統的問題，對吧？」

艾琳抬頭看著他，她知道自己流露出厭惡的眼神。「你可以預期我做一些事，但我希望你不要預期我會享受這場遊戲。還有，我搞不懂你爲什麼不早點告訴我。」

「我沒有早點告訴妳是因爲之前我還不知道。」席爾維說。「十人會派了信差等在我們的旅館，告訴我們這個消息，好增添戲劇效果。我自己是應該要想到沒錯啦，但感覺起來有點小題大做了。卡切里是爲了監禁我們同類而建造的，我原本覺得要關住區區龍族王子，普通的地牢應該就足夠了。至於妳是覺得享受或不享受呢，就不是重點了。」

他從盤子裡捏起一小塊沾滿糖粉的糕餅。「我告訴妳啊，我的小老鼠，我確實對妳有所求。畢竟我是妖精嘛，可不能光靠榮譽和熱心活下去，那不符合我的本性。就和妳希望我只要回答妳的問題一樣。如果我不能激發妳熱烈的渴望，那麼激發妳的羞恥與憎恨也可以。如果我沒得逞，我是感覺得出來的。現在張開嘴巴，讓我餵妳吃早餐——」他一定察覺到她退縮的反應了，因爲她也不打算掩飾。「否則妳就直接走出去吧，想辦法靠自己完成任務。看妳囉。」

艾琳做了兩次深呼吸，才逼自己繼續跪在席爾維床邊。她把注意力集中在忍著不甩他耳光上頭，雙手不禁在亞麻布裙褶中扭成一團。「我們可以談個條件嗎？」她問。

「洗耳恭聽。」席爾維把糕餅舉在她的臉上方一點，一臉得意地俯視著她，好像都要忍不住舔起嘴唇來了。

艾琳霍地站起身。「那麼我想我選擇羞恥和羞辱。」比血液溫度更高的憤怒在她的血管裡流竄，她鄙夷地低頭看著他。「『你』的羞恥和羞辱。」

「什麼？」他必須用手肘撐著身體往後躺才能看著她，他的睡袍敞開來，露出一塊三角形的胸膛。他散發的魔力讓她起了反應，她心中被挑起零星的欲望，但很快就被她的惱怒擊退。「妳好大的膽子！」

艾琳轉身背對他，穿過房間坐到一張椅子上，動作從容不迫，先把裙襬整理好才回應他。「席爾維大人，你先前用『小姐』稱呼我，我建議你維持這個做法，而不是拿我當下人——而且是很低等的下人對待。」

席爾維的眼珠像多切面的寶石一樣映著閃爍之光，他的表情扭曲成傲慢的咆哮狀，充分顯示他的自尊心受創了。「是妳主動來這裡問問題的，」他惡狠狠地說。「我不喜歡妳的態度，溫特斯小姐，一點都不喜歡。」他把注意力集中在她身上時，語氣又浮現出一絲盛怒，這次更強烈了一點。

但他在嘗試和她談條件這件事本身已向艾琳證實了她的推測。他根本就對現在的局面沒有控制權——不論是籠統而言的威尼斯，或是有她在的這個房間。在此時刻，他需要她幫助的程度遠勝過她需要他。他耍的所有小把戲都是爲了誤導她，防止她醒悟到眞相。她容許自己露出笑容。「席爾維大人，我不在乎你喜歡什麼或不喜歡什麼。此時此地，如果我不把凱救出來，關提斯大人就會贏，而你會倒大楣。你可以給我我要的資訊，那可能也會救了你。不然，你也可以繼續躺在床上吃點心，直到屋頂掉下來砸在你頭上。一切都看你囉。老實說，你會不會死在關提斯大人手上，對我來說完全沒差。我只在乎凱，不在乎你。」

他瞪著她瞧，然後露出笑容。這不能算是和善的笑容——他的嘴角隱約地彎起，露出（象徵意義上的）一點牙齒——這表情完全沒把笑意帶到他眼睛裡，但無疑仍是微笑。「我的溫特斯小姐，妳在這裡的空氣中綻放，就像春天的玫瑰呀。請告訴我妳還想知道什麼。」

「所有的事。」艾琳沒好氣地說。「但我們從卡切里開始吧。我猜這名字不光是義大利語的監獄這麼單純？」

席爾維坐直身體，把兩腿從床邊垂下。「我不知道你們這些小圖書館員對我的族類了解多少。」他說。「我猜你們掌握了所有造謠中傷的焦點，卻忽略了重要的事。所以，要說明這個地方，首先我要問：妳知不知道當我的族類力量增強時，我們會變得更忠於自我？」

換言之，變成會走動的典型人物。艾琳點頭表示贊同，並且刻意讓目光停留在他的臉上，不要亂看別的部位。

「嗯，」他挑揀出另一塊糕餅。「我們有些人變得太過強大，甚至不是單一球界或世界所能容納得了的。妳知道帶我們來的『騎士』吧？」

艾琳又點點頭。「還有他的『駿馬』。」她補上一句，表示她有認真聽課。

席爾維聳聳肩。「對啦，總之當我們力量增強後，就能穿梭不同的世界了。而且我們經過時，那些世界還會顫抖呢。」他想到這裡不禁露出微笑，儘管言語可憎，晨光仍把他的臉照耀得俊美無比。「當我們達到那種境界，就不能再接觸或進入深度比較不足的球界了，否則我們會毀滅那些球界——至於能忍受妳朋友凱那個渺小故鄉的人，那就更少了。」

艾琳打了個冷顫，很慶幸至少有些世界能免於有這類法力強大的妖精涉足。

「我的溫特斯小姐，我和妳說這些，是爲了解釋我們強大的同類所能展現的另一種力量。在屬於我們這一端的宇宙，換言之，就是混沌占據的地方，有些人的力量強大到能滲透他們走過的土地。因爲如此，他們可以引發地震、影響潮汐，諸如此類。龍族認爲他們能控制天氣，但我們也有自己影響世界的方法。」

艾琳皺起眉頭，試著理解。她眞希望她有筆記本，能替大圖書館把這些資訊都保存下來——假設她還能活著回去。「所以這個世界——至少這個威尼斯——住著擁有那種高強力量的妖精嗎？」

「對，瞧，妳確實聽懂了。我覺得爲了公平起見，應該事先警告妳。」他露出令人戒備的笑容。「在這個適合我族類居住的地方，物質世界的法則是流動而彈性的，強者可以利用那些法則、隨心所欲地加以扭曲。即使當地妖精在玩凡人的政治遊戲時，也不可忘記他們的力量貫通這個世界，就像血管裡的血液。」

嗯，這下我更明白爲什麼高度混沌世界這麼危險了……我受感染了嗎？我昨晚成功用了語言——但我會察覺自己受感染了嗎？她心中浮現另一個想法。「是不是因爲如此，這裡的大氣才對凱那種人有很強的殺傷力？就像你這個屬於混沌的生物若是進到以秩序爲重的世界裡，也會綁手綁腳一樣。」

還有爲什麼這些統治者沒有注意到艾琳，是因爲她太微不足道了嗎？

「說到這裡，就要談到第二個重點了。」席爾維傾向前望著她。「這個球界因爲兩個特點而深受我許多同類歡迎，包括關提斯大人和夫人。首先，某種程度上來說，它是妖精界的中立之地，因爲這個威尼斯的統治者保持超然態度，不涉入任何同類的恩怨情仇。」艾琳很想問清楚一點，但他已經繼續說下去。「所以關提斯夫婦才有辦法邀請這麼多重量級人物出席拍賣會。在這片領土上，受邀者必須暫時放下彼此之間的嫌隙。十人會——也就是統治此地的強者——並不聽命於關提斯夫婦。他們只是幫助和支持關提斯夫婦，並負責招待我們其他人。」他舉起一根手指，阻止艾琳開口。「但可別以爲這表示十人會也歡迎妳出現，小親親。應該說正好相反。妳要當心引起他人的注意。」

艾琳呑回一聲嘆息，這是他先前遺漏的另一個細節。「如果你早點講的話，可能更有幫助。」她說。比如說在我們擬訂這個計畫的階段。「但我以爲就歷史上來說，十人會只是總督的顧問團，在威尼斯稱霸的時代，總督才是實際的統治者——」

「噢，歷史嗎？」席爾維打斷她。「妳接下來要提到現實了吧，好像那是什麼重要事物。在這個威尼斯，十人會隱在暗處統治著這座城市，所有人都敬畏他們。他們會爲了取樂，戲弄彼此的探員，但他們一向團結對抗外侮。」

「那十人會爲什麼要幫關提斯夫婦？」艾琳問。

席爾維聳聳肩。「十人會不必然站在關提斯夫婦那一邊，但他們絕對不會拒絕送上門的好處。就算要開戰，也不會波及他們——龍族沒辦法來這裡找他們算帳。十人會會任由情勢自由發展，藉著舉辦拍賣會坐收漁翁之利。這是合理的選擇。」

「你說是就是吧。」艾琳回應。和他爭辯划不來。「但你這番說明有什麼意義嗎？」

「它直接導到我的下一個重點。」席爾維說。他站起身，朝她走過去。「監獄。或是該用專有名詞『監獄』？還是應該加上複數？卡切里。它們是由義大利版畫家皮拉尼西設計的……」他注意到艾琳的表情。「妳在皺眉頭。也許換作別的時空，這個姓皮拉尼西的傢伙畢生都在製作羅馬遺跡的蝕刻畫，把監獄的形象留在幻想層次。但是在這裡，那些監獄都是眞的。它們是這個球界想像力的陰暗面，是這座城市的建造基礎。」他湊向她。「我的小親親，爲了創造一座時時耽溺於妄想的城市，在這種城市裡，間諜到處鼠竄、緊盯彼此的一舉一動，每個人都忌憚著鄰居面具後頭藏著什麼眞面目，每天早晨你都可以直接在總督宮門前張貼匿名告發信……而爲了創造這樣的城市，我的小老鼠，就非要準備監獄不可。陰暗、窒人的監獄，藏匿在閣樓或是地窖。但是比那更惡劣、更駭人的是設置在別處的監獄，只能沿著通往黑暗中的走道才到得了那裡，才到得了會發出回音的大房間和長長的、一排又一排的牢房。」

他盯著她的眼睛，聲音像絲綢輕拂她的皮膚，聽起來値得信任又充滿誘惑，驅使她對他的話照單全收，而不是加以分析思考。「進了監獄，或該說卡切里的深處以後，沒有人能找到妳——因爲沒有人能知道妳在哪裡。那裡沒有陽光，也沒有風，只有巨大轉輪製造的氣流，沿著漫長通道和樓梯一點一點地吹送。那裡沒有活水也沒有潮汐，只有一池一池永不波動的古老死水。妳會看到老石頭、老木材、老鐵鍊和老肢刑架，全都巨大得超乎想像——它們比時間歷史更久遠，比永恆更有耐心。」

他用手捧住她的臉，彎下腰去，臉頰輕貼著她，在她耳邊低語。「如果妳被逮到，親愛的，他們會帶妳去那裡，不管妳怎麼尖叫掙扎，怎麼苦苦哀求，怎麼拚死抵抗。」他用嗓音愛撫著他說的話。「他們會一直把妳關在那裡，直到決定該怎麼……處置妳。」

她沉溺在他的親密、他的存在感中，他拂在她臉頰上的頭髮柔滑如絲，他的嗓音鑽進她的耳朵，他的手貼著她的臉和脖子。修長而冰涼的手指滑過她的皮膚，讓她顫慄而虛弱。她肩負的所有責任不斷拉扯，想要把她拽走——包括她來到這裡的原因，以及她背上的大圖書館烙印。但她一心只想附和他的欲念，把那些現實中的瑣碎不快都拋到腦後，墜入他的眼眸，看看他的聲音和手能帶她到哪裡。

這種事不會發生。

她武裝自己，緊抓住對自己身分的認知——我是圖書館員，我是艾琳，不是任何人的禁臠——在象徵意義上，她藉此站穩了腳跟。也許這是席爾維的故事，但不是她的。她不準備玩他的遊戲。「席爾維大人，」她說，在聽了他剛才絲絨般的柔滑嗓音後，她的聲音連自己聽了都刺耳。「你還沒說完我該知道的所有事。」

「但妳真的在乎嗎？」他稍微退後一點，以便凝視她的眼睛。「難道妳不會寧可……」他沒把話說完，但意思已經很明顯了。

他寧願花時間引誘我，也不早點讓我拯救他的小命。光憑這一點，你就可以了解把角色個性發揮到走火入魔的妖精是什麼德性了。

艾琳兩手按在他肩膀上，把他推離自己。「是，我眞的在乎。」她說。「還有不，我不想。」

席爾維動作流暢地退開，她不由自主地想用「優雅、健壯、充滿魅力」來形容他，雖然她大腦理智的部分判定那其實是憤怒造成的快速動作。「我可以告發妳喔，」他說。「十人會應該很高興可以審問大圖書館間諜。」他的本意是從權力的高位上安之若素地拋下這句威脅，但她看出他眼中的恐懼，因此在她聽來只是任性的抱怨。

「我猜你會說你是故意把我引到這裡，好把我交出去吧。」艾琳說。她讓語調保持平穩、滿不在乎，在這場妖精遊戲中，誰先沉不住氣誰就輸了。輸的代價太高，絕對不能是她。

「嗯，當然啊。」席爾維聳聳肩。「就算妳說我慫恿妳去救出囚犯，也會被他們當作謊言。」

艾琳露出笑容。「那你應該也不在乎我指控你與龍族勾結，共謀救出凱囉？」她說。

席爾維瞪著她。「沒人會相信妳。」

「啊，但我們在威尼斯。」艾琳學他聳聳肩。「你自己也說了，這座城市充滿間諜和監獄，我們搞不好可以當隔壁房的獄友。席爾維大人，如果我被逮了，你也別想置身事外。你完全輸不起。」

他們兩人之間瀰漫著充滿恐嚇意味的沉默，這種沉默比任何爭吵都震耳欲聾。窗外傳來的水波拍打聲和遙遠鐘聲，似乎遠在千里之外，他們兩個只是瞪著對方。

他先移開視線。

「你認爲凱在那裡。」她說。最好趕快把該問的問到就閃人，免得他又想再跟她一較高下。「在那些監獄裡，在卡切里。這個威尼斯會讓外來訪客參觀那個地方嗎？關押敵人的理想監獄？」

席爾維聳聳肩。「我認爲會，不消說，我自己是沒去過。聽說卡切里能關住法力比我高強許多的妖精，我相信妳的龍在裡面只是像蒼蠅屎一樣渺小的存在。」

「那些監獄在威尼斯的什麼地方？」

「我的溫特斯小姐，要是我知道的話，早就告訴妳了，可惜我不知道。這麼說吧，十人會覺得透露這項資訊很不恰當，我得說我能理解他們的考量。但我所有的情報來源一致認爲，進入卡切里的唯一入口就在威尼斯的某處。」

既然如此，再浪費時間逼問他也沒有意義。「好吧，席爾維大人，我歸納一下重點——凱在這裡的某個地方，一座只能由這個城市前往的監獄裡，但你除了用一些連半吊子哥德式劇作家都會覺得太浮誇的詞彙來形容之外，既不知道入口在哪裡，也不知道怎麼進去，更不知道裡面的狀況。另外，我猜想你不願意提供進一步協助，以免他們追查到你身上。不過要是我眞的被抓，我們都很清楚，關提斯大人和夫人會認爲應該歸咎於你。」

「大致無誤，」席爾維贊同。「除了對我敘述風格的評論之外。」

「嗯，既然如此，席爾維大人……」艾琳想了一下她最迫切的需求是什麼。「我需要一雙鞋子、一件斗篷或披巾、一些錢、一把刀，還有離此最近的有大量書籍之處的路線指引。若是你能滿足上述條件，我會盡我最大的力量避免再聯絡你。」

席爾維皺起眉頭。「我的小姐，這算賄賂嗎？」

艾琳站起身。「只是點明我們的互利關係，席爾維大人。要是關提斯夫婦在懷疑你，肯定會有人在監視你。我和你保持距離，對我們兩個都好。」

席爾維思索著，一邊把玩他睡袍的領口。最後他說：「我的小姐，妳大概是對的。強森！麻煩你準備她剛才說的東西。還有一件事。」他朝她跨近一步。「我說這裡的空氣對妳的龍有害，可不是在開玩笑。妳是圖書館員，不會對這空氣起反應，而且妳還戴著我給妳的信物，那也會爲妳帶來一些保護作用。那條龍與這個世界完全是對立的，妳最好先計畫好，救他脫困之後，盡快帶他離開這個球界。妳自己也是。」

「我也不打算流連忘返，」艾琳直截了當地說。「先生，這裡可能是你理想的度假地點，對我卻不是。」

席爾維悲傷地搖頭。「總有一天啊，我的小姐，總有一天。」他朝強森比了個手勢，強森立刻把一團布料放進艾琳臂彎。「強森，那是……？」

「剛才提到的東西，先生。」強森用毫無起伏的語調說。「而最適合此人所期望的圖書館，可能是瑪西安圖書館——也就是聖馬可圖書館。」他劈里啪啦地講了一連串到那裡的走法，艾琳皺著眉頭努力記下來。它離聖馬可廣場很近——嗯，算近。如果她沒記錯，那是本市最大的廣場。這可能是好事也可能是壞事，至少應該表示那裡會聚集大量人潮。

「行了。」席爾維說，強森閉口不語。「我的小姐，恕我失陪。我一整個早上都有行程，而妳早早就把我吵醒了，所以我乾脆利用這時間來做點事。」他的笑容並沒有什麼特別冒犯她之處，但他就是有本事用笑容暗示各種事，每件事都與情色脫不了關係。

室內沉默下來，然後她說：「那我先走了。」

「如果妳眞的需要我，」席爾維說。「晚點我會在歌劇院，欣賞拍賣會之前的歌劇演出。妳可以到那裡找我。」

「希望我不必去找你。」她毫不委婉地說。她轉身背向他，朝房門大步走去。

強森替她開著門，他傾身靠向她。「要是妳害他惹上麻煩，」他惡狠狠地說，語氣突然很尖銳、很有人性，「我會殺了妳。」

他在她身後把門甩上。

第十六章

然後艾琳做的第一件事，是吃東西、喝咖啡。

至少，她一開始是這麼打算的。但首先她得在新鞋子裡塞鞋墊，才總算合腳，然後再用新的披巾裹住頭和肩膀，藏好她（小而鋒利）的新刀子和錢包，才能朝聖馬可廣場出發。那裡應該有很多咖啡店，她需要查探一下瑪西安圖書館附近的區域。

她再度用指尖輕拂玉墜。最後期限只到午夜。一直驅策著她的急迫感讓她覺得浪費任何一秒都良心不安，即使只是停下來吃東西也是。但她和妖精不一樣，還是個人類，有人類的生理需求。

聖馬可廣場離格瑞提皇宮酒店只有幾百公尺。艾琳一走進聖馬可廣場就站定不動，差點被後頭的人撞倒；她的反應恰足以證明她是初來乍到遊客。這裡……這裡充滿光線。在這廣大公共廣場一端的建築，一定就是聖馬可大教堂了，它的頂端有好幾個碩大的圓頂，建築物本身布滿大理石和馬賽克拼貼花紋。它宏偉而輝煌，而且美輪美奐。光線在建築物周圍流動，好像矗立在波濤之中，煥發著金色和五彩光芒。在大教堂右側有另一棟相連的巨大建築。它是方形的，雖然塗著粉嫩色彩，卻顯得樸素。它是用粉紅和白色大理石建成，若是擺在英國陽光下，會顯得平庸或像褪了色——但是在威尼斯晨光下，卻煥發著自信而有魄力的光采。廣場四周還林立著各種建築，其中矗立著一座很高的鐘樓，以有凹槽裝飾的紅磚建成，頂端則是大理石和青銅材質。這座鐘樓至少有一百公尺高。嗯，也許沒那麼高啦，但看起來至少有一百公尺高。昨天晚上她感覺快要溺斃在無所不在的水和霧裡，今天有陽光照耀，她又感覺自己飄浮在水和霧之上——好像整個威尼斯都浮了起來。

廣場上人山人海。在這麼多人之間，有人識破她眞實身分的機率有多高？高到讓人無法安心，她心想。

她的目標就在廣場邊緣，一側是總督宮，另一側則應該是瑪西安圖書館。這裡也有很多小咖啡館，讓她有藉口坐下來喝咖啡配麵包捲，並且思考。

艾琳從她坐的位置可以遠眺潟湖，那片開闊的水域，一側是威尼斯，另一側則是麗都島。火車是遠處靜止不動的一抹黑線，停在水面那不可能存在的鐵軌上，車身熠熠發亮，像是燦爛陽光下一尾漆黑如夜的蜈蚣。

她觀察人群，以及進出瑪西安圖書館的人。她傾聽周圍對話，計畫並偵察逃亡路線。她不能期望席爾維能提供更多幫助，不過如果運氣不錯，她也不需要他提供更多幫助。她應該能藉由瑪西安圖書館回到大圖書館。所以接下來她要找到凱被關押的卡切里，再設法把他弄出來，然後逃之夭夭。

她盯著幾乎空了的咖啡杯，讓自己沉陷在四周起起伏伏的義大利語聲浪中。這不是她拿手的語言，但專心融入其中是有幫助的。雖然她還是不太確定一些名詞的精確意義，但她已經能聽出有人在討論當地某女子修道院的桃色新聞。

她抬頭打量瑪西安圖書館。它不像其他建築那麼高，她數了一下，看到一樓、二樓，還有微微傾斜的屋頂，屋頂下可能是三樓，或至少是閣樓——整棟樓都是以光滑的粉白相間大理石建成，還有鍍金花紋。建築物外面環繞著一圈柱廊，她看到二樓有陽台，陽台上有更多以拱門相連的柱子。璨亮的大理石雕出了帶狀裝飾，圖案是紋章式的野獸或是底下有大量樹葉裝飾的獸首。若想爬窗戶或從屋頂進入都太明目張膽了，所以她得走大門。不過既然有很多人也走大門，她應該不會太醒目才對。

她朝圖書館大門走去，忍不住把自己想像成一隻爬過人類裸露皮膚的小甲蟲。她在得知十人會在本市勢力有多麼龐大以後，不禁更加疑神疑鬼。的確，既然他們是法力更高一等的妖精，搞不好可以直接藉由城市路面來監看她的一舉一動。不知道十人會有多敏銳？他們能感應到我嗎？他們會在意我嗎？還是一看到我就討厭？我是不是令他們發癢？他們是不是會想抓癢？

艾琳跟著一群在高聲討論義大利詩人佩脫拉克的年輕學者後頭進來，然後匆匆爬上一道灰泥材質的鍍金大樓梯，經過一根根大理石柱和俯瞰聖馬可廣場的窗戶。

人們三三兩兩坐在桌邊，小心翼翼地翻閱手稿頁面，或是攤平卷軸作筆記。這景象讓她看了很欣慰。這是建造來儲存書本的地方，建造者想要保存書籍，使用者想要閱讀書籍。我並不孤單。

最後她走進一間大閱覽室。巨大而空曠的空間感突然向她襲來，她頓住，抬頭望著高度超過兩層樓的天花板。在上面那兩層樓，周圍環繞著開放式迴廊，迴廊前側有欄杆。不過她能看到迴廊後方擺著許多書架，還有通往建築內部的一扇扇門。那就是她要找的地方了。

十五分鐘後，她總算成功找到上樓的路，到了書架間比較沒有人的區域，還找到一間儲藏室。眞是太好了。這裡是圖書館，那是一扇門——她就只需要這樣，就能開啓連接大圖書館的入口。

她鬆了口氣，強迫自己放鬆，然後集中精神，用語言說：「通往大圖書館。」

沒有任何變化。

她的第一個反應是有點不快，這種反應常出現在瓶子擠不出沾醬，或是網頁沒有馬上開成功之類的小事發生的時候。

「通往大圖書館。」她又說了一次，專心地唸出每一個字。

她的聲音像石沉大海。她感覺不到改變，感覺不到連結。

這次她的胃裡有種驚慌在凝結。她從沒到過任何連接不到大圖書館的平行世界。她根本沒想過這種事有可能發生。

不過她也不曾冒險到混沌程度這麼高的地方。她現在才後知後覺地想起來，在大圖書館裡，通往高度混沌平行世界的門都被隔離並用鍊條封住。任何人都禁止進入，因爲實在太危險了。既然那些門在大圖書館那一側已經被封死了，是不是表示從這一側也進不去？

「通往大圖書館！」艾琳厲聲說，恐慌讓她的聲音變得尖銳。

沒有回應。

她靠在右手邊書架上，手指用力摳住木板，用力到發痛。*我被困在這裡了*，她心想。她根本連想都沒想過會有這種隱憂。這是恐怖的新災難，像是在她的腳下突然有道裂開的深淵。

有人在她後頭輕輕咳了一聲。「這個地方非常壯觀，」有個女人的聲音說。「但我認爲妳錯過了最有趣的區域。」

艾琳轉頭看說話的人是誰，然後她的手指更用力地摳住書架。

站在那裡的是關提斯夫人，她面容安詳，身穿深綠色禮服，雙手戴著白手套。她用一把手槍指著艾琳。這把槍就像所有曾經對準她的槍一樣，看起來大得離譜。看來今天出師不利。關提斯夫人拿槍的姿勢似乎專業到令人氣餒，兩隻手都握著槍托。

我該假裝我自己是個無辜的當地人嗎？值得一試。

「我要提醒妳，我剛才可是說英語，」關提斯夫人說。「妳想說服我妳是個無辜的當地人之前，應該先把那一點考慮進去，溫特斯小姐。」

艾琳一向認爲在所有重要的策略中，識時務者爲俊傑是其中之一。「我就是抗拒不了好的圖書館的誘惑。」她也用英語說。「算是我的癮頭吧。妳也有這方面的困擾嗎？」

「拜託妳不要自以爲幽默了，依照邏輯推斷，妳會跑來這座本地最大的圖書館求援，是意料中的事。」她手中的槍毫不動搖。「如果妳敢說任何異乎尋常的話，我敢保證我會開槍。」

這表示若她在任何情況下提到「槍」這個字，大概都會讓自己立刻受傷。眞可惜。若能說出「**希望妳手中的槍爆炸**」這類的話，可以解決人生中許多小問題。

雙方沉默了一下。

「妳隨時都可能射殺我，讓我很難暢所欲言。」艾琳指出。「不過我猜妳不想殺我，否則應該早就動手了。」

「妳還眞是置個人生死於度外。」關提斯夫人說。她和艾琳先前在火車站看到時所留下的印象一樣，讓人覺得和藹可親又通情達理，不過現在她還顯露出一種新情緒。緊張？她會緊張嗎？因爲我？

「危險有分不同等級。」艾琳說。如果她能不停說話，也許就能想出脫身之道。席爾維說關提斯夫人的力量比不上關提斯大人，不曉得和圖書館員相比又孰強孰弱？「有一種是立即死亡的危險，還有立即變得生不如死的危險，另外還有一種是也許會死的非立即性危險。各種情況應該個別處理，不能一概而論。我寧可好好談一談，也不要貿然做出無可挽回的事。妳也有同感嗎？」

「妳是圖書館員。」關提斯夫人在講到關鍵詞時很含蓄地透露出鄙夷，就像有些人提起傭兵、大腸鏡檢查或是瘋狗與英國人的時候一樣。「讓妳說話太危險了。」

「那妳至少可以說明一下妳想做什麼吧。」艾琳提議。只要對方在說話，就不會開槍。

「妳說什麼？」

「嗯，我相信妳來這裡總有目的。」關提斯夫人是不是要拖住艾琳，等待後援出現逮捕她？還是她只是投機取巧，看到敵人在面前就拿槍指著對方，卻沒想好下一步該怎麼做？「如果妳是我的話，難道不會好奇嗎？」

關提斯夫人揚起一眉。「難道妳在暗示妳不排斥結盟？」

艾琳聳聳肩。「我要先知道利弊得失，還有現在的狀況。妳聽說過我們，也知道我們通常採取中立，只對書本有興趣。所以妳到底爲什麼要派手下來攻擊我？」

「妳是說哪一次？」

艾琳眨眨眼睛。「不只一次？」

「其實有兩次。第一次是妳參加完書籍拍賣會之後，我想看看妳和那條龍會怎麼應付突襲事件。那次之後，我確信必須先把你們分開，才能出手綁架他。第二次嘛，我承認是有點臨時起意。」

至少這說明了那些混混為什麼很不專業。「臨時起意？當時感覺來勢洶洶啊。」

關提斯夫人嘆了口氣。「要怪就怪妳自己了，妳和那個偵探反應太快了。如果事情照我的計畫走，這裡的拍賣會開始時，妳和韋爾先生應該還在琢磨那條龍的下落才對。他的家人會去他被綁架的世界調查案情，而妳身為他的上級，最後應該要為他的失蹤負起全責。這會使大圖書館顏面無光、方寸大亂，在戰爭開始時只能採取被動守勢。當然，龍族遲早會知道我們才是罪魁禍首，但等到那時候，我和我丈夫早就遠離他們的接觸範圍了——他們一定很樂意找一、兩個代罪羔羊。結果呢，我得匆匆忙忙雇幾個打手，這不是我偏好的做事方法。要是我知道自己終究得殺了妳，就會事先就聘請狙擊手，那樣就乾淨俐落多了。」

「如果那條龍的家人到他最後出現的地點來調查，對那個世界會造成非常嚴重的後果——受到影響的人不會只有韋爾和我。」艾琳指出。

「反正我沒打算再去。」

一絲恐懼的寒意沿著艾琳脊椎往下竄，不過其中也混雜著越來越強烈的憤怒，源自於這女人的言外之意。敖順已經明白表示，如果他們判定凱失蹤應該怪罪於韋爾的世界，他們就會摧毀它。而關提斯夫人顯然也知道。艾琳幾乎要敬佩起這女人徹底掩蓋行跡的功力，同時卻又對她的冷血極度反感。

而現在這女人親口證實了她是綁架凱的主謀。我不是來報仇的，艾琳心想，但我絕對不介意確保她不能再做類似的事。「所以妳現在不想殺我。」她說，讓聲音保持穩定，忍著不讓怒火爆發。

「嗯，這很明顯不是嗎？既然我已經制伏妳了，」關提斯夫人說。「妳活著比較有價值。」

「妳想拉我爲盟友嗎？」艾琳滿懷期望地說。

「這也不無可能。」

「那不然……？」她讓句子懸著，看看對方會不會回應。

「因爲妳是圖書館員，某些人會對妳感興趣。因爲妳是『妳』，溫特斯小姐，還有另外一些人對妳更感興趣。」她的微笑暗示這不是個愉快的話題，像她們這樣的好人不該再討論下去。

艾琳眨了眨眼睛。「我很意外呢，」她說。「我都不知道我在這方面這麼有名。事實上，我根本不知道我有任何名氣。」她是和妖精打過幾次交道，當然還有驅逐妖伯瑞奇的事蹟——而他確實是個危險而名聲響亮的叛徒。但她沒想過她的事會成爲茶餘飯後的話題，這使她覺得很沒有安全感。

關提斯夫人看起來有點困窘。「嗯，用『惡名昭彰』比較貼切一點。不過妳可別誤會，這是一種讚美。」

「我眞是受寵若驚。」

「所以我確實想不透妳爲什麼要做這件事。」她再度用安詳、善解人意的眼光看著艾琳。「自衛是一回事，但妳主動深入我們的領土，在我看來並不能稱作理性。而妳看起來是理性的人，溫特斯小姐。」

艾琳微微轉移身體重心，對準她的槍口並沒有因此出現任何反應。很好，她並不會因爲我動一下就射殺我。「既然我們都是講理的人——我想問妳做這件事的動機是什麼？」

關提斯夫人毫不遲疑。「爲大家創造一個更好的世界。」

「不會吧？但妳可能因此而挑起一場戰爭？」

「發動戰爭正是重點所在。」關提斯夫人堅定地說。她甚至沒有試著用理性來包裝自己，或是試著施展魅術，這都是你預期妖精會有的手段；她只是單純地說出她自己的想法，彷彿那是唯一的解決之道。「我們這一方可能沒辦法立刻贏得勝利，可是等我們撐到休戰期，將會有更多球界受我們影響。這對人類是好事，對我們也是好事。我們不打算干涉你們——我們很歡迎你們繼續在不礙事的地方偷書。妳眞的在乎龍族嗎？我是指除了這一條龍以外的龍族？」

「我們不是要講理嗎？」艾琳說。「妳說妳要挑起戰爭，卻影射我只是爲了一條龍才來這裡。妳認爲我有這麼不成熟嗎？」

關提斯夫人聳聳肩。「確實，我認爲我的同類中比較執著的一些人才會憑這麼狹隘的動機做事。我們把視角拉寬一些好了。」她的手槍仍堅定地指著艾琳。「你們這些圖書館員是爲了自己的目的而想偷書，聽說與穩定世界有關。你們沒興趣和我們或龍族結盟，因爲你們只想蒐集故事。妳只要別來礙我們的事，就不會受傷。蹚這渾水對妳沒有任何好處，溫特斯小姐。」

她是眞心想要說服我嗎？如果她在拖時間，又是在等什麼？「我還是不明白人類居住在類似這個威尼斯的世界中有什麼好處。」艾琳回答。

「妳可以問問外面的人，」關提斯夫人說。「他們很快樂。」

「他們……」艾琳一時間遲疑自己是不是眞的應該用這種語氣談論人類，好像她不是他們的一員。「但他們只是成爲這個地方的故事配角啊。一旦妳的同類和他們互動，那些人類就會失去他們的意志、他們的自由、他們的人生。在你們的世界裡，人類只是背景人物。」

「可是是很快樂的背景人物啊。」關提斯夫人反駁。「噢，我承認不是每個故事都有圓滿結局，但人都偏好習慣的事物。如果妳眞的去問他們，十個人有九個寧可選擇活在故事書裡，也不要活在可能永遠沒有圓滿結局的機械化宇宙裡。」

「眞的嗎？」

「妳相不相信我眞的做過調查？」關提斯夫人看來得意洋洋。「不是在這個世界做的，但我想我的論點仍然站得住腳。人們想要故事，妳應該比任何人都清楚這一點。他們希望自己的人生有意義，希望參與比自己更偉大的事物。就連妳，溫特斯小姐，也想當一個英勇的圖書館員——不是嗎？如果妳說人們需要擁有不快樂的自由，需要被強迫施加這種他們未必想要的自由，我可要質疑妳的動機了。」她整整停頓了充滿危險意味的一秒。「多數人並不想要美麗新世界，他們想要熟悉的故事。」

「感謝妳的說明，」艾琳客氣地說。「眞的幫助我了解妳對這個狀況的看法了。」

「不客氣。」關提斯夫人說。她動了一下並瞥向艾琳身後，但速度太快了，艾琳來不及利用這個機會脫身。

「基本上，妳對自己的正當性毫無疑問。」艾琳很快地說。如果關提斯夫人在等援兵，艾琳的時間所剩不多了。「妳是個自大的狂熱分子，爲了達到目的不惜毀滅整個世界。妳還想掌控人類，並說服自己他們這樣比較快樂。但又是什麼說服了妳執行這麼有勇無謀的計畫呢——是關提斯大人嗎？」

她往前跨出一步。

「待在原地！」關提斯夫人命令，她的嗓音突然變得尖銳。隔著手套可以看出她的手緊繃到僵硬的程度。

「夫人，妳何必這麼緊張？」艾琳盡力露出隱然帶有優越感的笑容，藉著這笑容表達她握有絕對的掌控權——儘管各種證據都顯示事實相反。「妳的意思是妳和關提斯大人不是平起平坐的夥伴？他人在哪呢？」

「在與十人會協商。」關提斯夫人凶狠地說。「不要再靠近了！」

「而妳沒有受邀？」艾琳刺激她。

關提斯夫人臉上閃過的憤怒說明一切。那種情緒稍縱即逝，但明確無誤，就和強酸一樣具有腐蝕性。「我沒有必要出席。」她說。

「也許應該由我來派工作給妳。」艾琳又換了個姿勢，藉機再靠近一點。她幾乎能搆著對方了。

「畢竟，席爾維說……」她沒把話說完，吊她胃口。

「他說什麼？」關提斯夫人質問。

「我們討論過妳和關提斯大人的事，關於你們之間的權力失衡之類的。」艾琳佯裝無辜地兩手一攤。「他和我說，妳只不過是妳丈夫利用的工具——」

「那個敗類根本不懂，而且永遠都不會懂！」關提斯夫人打斷她的話。憤怒使她臉頰泛紅，艾琳總算踩到她的痛腳了。「他只會從他自己的角度看待所有事。他不明白，要是沒有我，我丈夫根本不可能實現這個計畫。我丈夫了解這一點，也很看重我——」

艾琳迅雷不及掩耳地伸手把槍管往旁邊撥。

槍管擊發，子彈射進艾琳右後方的一排書之間，發出一聲悶響。

接下來幾秒鐘，她們陷入不怎麼莊重的扭打。關提斯夫人或許是優秀的正規射擊手，但艾琳在非正規的惡鬥戰方面經驗豐富。最後槍落在艾琳手裡，關提斯夫人則捧著扭傷的手指和被踩傷的腳。

「我可以大叫喔。」她陰鬱地喘著氣說。

「妳是可以，」艾琳說。「但還是改變不了……」她瞥向走廊，沒有任何人影。「我拿妳當人質的事實。關提斯夫人，妳對十人會來說有多重要？」

關提斯夫人沉默不語。顯然不怎麼重要。最後她說：「溫特斯小姐，妳不該這麼做。」

現在艾琳血管中流著純粹的腎上腺素。「我現在是在進行危機處理。」她回答。我可以問她卡切里在哪裡，但就算她知道，她會告訴我嗎？即使我威脅要對她開槍？這不值得我洩露自己的底牌。

「妳先待在原地幾分鐘，不要跟蹤我，這對我們兩人都好。」

關提斯夫人退後一步，做出投降的手勢。她的嘴巴惡狠狠地繃著，艾琳走過那個妖精身邊時，在肩胛骨之間有種新的麻癢感。她是不是有刀子，而且馬上就要用在我身上了？但結果沒有刀子，沒有尖聲恫嚇，也沒有隱藏的第二把槍所發出的槍聲。不過艾琳走出圖書館的每一步都讓她折損好幾分鐘壽命，她不斷前後巡視看有沒有追兵或妖精援軍。

最後她終於走到外頭的小廣場上。耀眼的陽光灑落在她及人群身上，她剛融入人群，就聽到從總督宮的方向傳來奔跑的腳步聲。她可以毫無顧忌地轉頭察看，因爲每個人都在做同樣的動作；她看到一隊穿黑色制服的男人小跑步穿過人群，路人紛紛讓道。其中一個男人制服鑲有金邊，想必是小隊長，他身邊還有另一個人同行——是史特靈頓。

艾琳嘆了口氣，轉身離開。好吧，看來她昨晚的僞裝並不如自己想的那麼有說服力。她甚至不怪史特靈頓告發她，畢竟她自己也是來當間諜的。

既然藉由大圖書館逃離這個世界行不通，現在我被困住了……不，她不會允許自己絕望。她還有工作要做，有一條逃亡路線被刪除了，並不表示就沒有別的辦法。

小巷的坡度往上延伸，通往一座跨越小水道的橋，她順著水道眺望湖灣的開闊水域。那波光粼粼的寬闊水面似乎無止境地延伸，其上卻橫放著一條黑線，是停在不可能存在鐵軌之上的火車。

我需要一條逃亡路線。「騎士」可能不願意幫我……但「駿馬」呢？

第十七章

艾琳原本預期人們會好像火車是一艘有老鼠的瘟疫船，對它和月台避之唯恐不及。可是她走近之後才發現，有很多遊客鬧哄哄地聚集在它周圍。

「妳知道這是什麼嗎？」她問人群中站在她旁邊的中年婦女。那女人把一托盤的蕾絲方巾抱在胸前，她把蕾絲方巾當作頭巾，將花白的頭髮一絲不苟地束在腦後。

那女人聳聳肩。「聽說是西西里島那邊開來的新船，因爲火山，他們給它加了金屬蓋子。」

艾琳無意義地點頭。「船上那些有錢人一定有錢沒地方花。」

「妳是打哪兒來的？」女人問道。現在她才正眼打量艾琳，眼神敏銳到令艾琳不安。「妳講話不像當地人。」

會像才怪。艾琳的義大利語是向一個奧地利人學的，而那個人的義大利語是在羅馬學的。她對自己的義大利語腔調所能抱的最大期望，就是「聽不出是哪裡的腔調」。「我和我哥羅伯托以前住在羅馬。」她順口胡謅。

「羅馬。」那女人表情有點不以爲然。「好吧，我猜總有人得住在那裡。」

在人潮推擠下，艾琳很快就和對方分開了，讓她鬆了口氣。問別人問題就是有這個壞處——他們也會反過來問你問題。

她很容易就能混入擠向前看火車的人群，也很容易就能走到月台上，瀏覽為了服務好奇民眾而在那裡擺設的攤販。這裡確實好像變成了觀光景點。火車本身狀甚不祥地靜立著，陽光燦爛地映照著漆黑的鋼鐵車身，並從車窗上反射回來。

艾琳向前推進，巧妙地滲透到人群內部。「抱歉。」她對端著一托盤糕餅的男人說。「借過。」她繞過一位老先生，他正在賣一組應該是聖物的紀念品；接著她發現自己已經緊貼著火車的一扇門。「不好意思。」她不對特定對象說道，並且試轉了一下門把。門把順暢地轉開了，她踏進火車車廂，吁了一口氣，然後迅速把門帶上。

車上景象變得不一樣了。現在走廊鋪滿光滑的黑檀木，以及暗沉的白鑞金屬結構，車窗則鑲著染色玻璃——顏色深到幾乎看不到外面。而且外面的聲音都被徹底隔絕了。外頭的人潮靜默地波動，臉孔和手都像陰暗海面上的蒼白浪沫。

艾琳做了個深呼吸。她現在要做一件非常莽撞的事。「我的名字叫艾琳，」她用語言說。「我是大圖書館的僕人。我想和『駿馬』說話。」

她的話像抽鞭子的聲音在車廂走廊間迴盪，緊接而來的是緊繃的寂靜。

拜託，拜託——請你至少會好奇現在是什麼狀況……

走廊另一頭的門伴隨著呼氣般的聲響滑開了，門板在溝槽內順暢地滑動。這大概是她所能得到最近似於邀請的反應了。

艾琳開始沿著車廂往那扇門走，卻一直走不到。這節車廂不該這麼長才對——不是看起來長而已，而是實際上眞的很長，雖然沒有任何明確的標示能標記距離或空間，卻不停延伸出去。她似乎永遠都離門一樣遠，距離永遠沒有縮短。

好吧，也許這是一項測試。它是不是就和她在這裡得要打交道的每個妖精一樣，想要用自己的方式與她互動？透過虛構的鏡頭？透過故事？但這次故事必須由她來說。

「我知道這類故事是怎麼講的。」她腳下不停，悄悄將語言切換回英語。「女人買了九雙鐵鞋、九條鐵麵包、九根鐵杖，她走遍全世界，直到每雙鞋都磨破了，每根鐵杖都細如火柴棒，麵包也吃到不剩一點殘渣，直到那時她才找到她所追尋的目標。但這是一個不同的故事。」

那扇門忽然和她縮短了十步的距離。仍然無法觸及，但變近了。

「很久很久以前，在一個很遠很遠的地方，有一匹奔馳在大地和大海上的駿馬……」艾琳開始說故事。她還清楚記得在伊絲拉阿姨聚會上聽來的故事。那是個標準神話故事，它的力量有一部分正源於此。她一邊複述故事一邊繼續走，那扇門仍停在同樣距離外——遠到搆不著，但近到誘惑人。

她終於講到結尾了。「他騎馬經過一個又一個世界，從故事大門騎到夢境邊岸，直到世界更迭，駿馬獲得自由。」她讓句尾在空中懸浮了一會兒。「故事說『直到駿馬獲得自由』，表示在某個時間點，駿馬確實會獲得自由。而這也一定表示駿馬能夠獲得自由。」

一眨眼工夫，門又往前躍進。現在它就在艾琳面前，幾乎近到能讓她穿過，但她每跨出一步，它都仍離她一步之遙。

她的背後滴下涔涔冷汗。它在聽我說話。我最好能實現我的承諾，否則這個敘事線會在非常短的時間內，變得非常混亂。

「當然，」她繼續說。「在這個故事裡，女主角未必知道該怎麼讓駿馬獲得自由。但通常駿馬可以指點她正確方向，例如拿掉馬軛或是解掉轡頭。當然，通常女主角想要讓駿馬獲得自由是有原因的。在某些故事裡，好心的女主角因為駿馬看起來悶悶不樂，就出手解救了牠，但我認為這個故事不是那種類型。」

門仍然在一樣的距離外。

「所以呢，這故事……」艾琳不再前進。少了她的腳步聲以後，走廊裡更是寂靜到讓人不安。

「年輕女人身在陌生的土地上，她到處尋找幫助，為了……」她應該說為了「她的真愛」——比較符合這類故事的標準模式——但不符合她和凱的真實情況。雖然她在這方面有點一廂情願，不過那不重要。她不能冒險說謊，因為她是用語言在說話。

「國王的兒子被偷走了，她穿過陸地和海洋來找他，穿著借來的鞋子和借來的洋裝，沒有真正的朋友相助。」這些話在她嘴裡有點刺痛，這是真話，卻也只是故事。她就像吃了一口雪酪，感覺它在嘴裡化開，寒意直竄腦門和耳朵。她感覺整個頭都被冰得暈暈的。「然後她說：『我要把他從他們關他的監獄裡救出來，要一起逃離他的敵人，阻止這場戰爭。』但她非常害怕，因為一旦國王的兒子逃出監獄，整座城市都會起而追捕他們。」

越來越困難了。艾琳從沒試過做這種事，連想都沒想過要試。但語言是一種工具，她要用意志來使用這項工具，而這個地方脆弱、虛軟、易受左右。她並沒有撒謊，只是換種方式說出實話。「當她

走向海邊，看到一匹被鐵鍊拴著、束著轡頭的駿馬，她說：『要是我跑得和你一樣快，我們就能逃走了！』於是駿馬也對她說話了，牠說……」

她原先彷彿在獨奏小提琴，而現在整個管弦樂團的其他人都在正確的拍子加入，音樂的重量突如其來地灌來，化作一陣貫穿她全身的顫慄。她向兩側伸出手臂，扶著走廊的牆面穩住自己，掙扎著呼吸，因爲那股像能把她壓垮的壓力似乎卡在胸腔裡，迫使她隨著它的節奏呼吸。走廊裡的空氣像鼓面一樣顫動。

「解掉束縛我的轡頭和韁繩，」有個聲音隆隆地迴蕩在她四周，聲音大到她幾乎聽不出確切的每個字眼。「我就帶妳穿過陸地和海洋，回到妳的家鄉。」

艾琳被故事之流帶著走，沒有思考就張開嘴想要應「好」，不過這時她的意志力堅守立場，掙扎著要講出不同答案。她必須謹慎地談這場交易，才能達到目的。一旦拍板定案，就沒有機會回頭、沒有機會重新協商了。儘管火車靜止不動，她的耳邊卻迴蕩著車輪轉動和引擎發動的嘈雜聲響，好像它正費力地要拖動遠方的重物。**「最尊貴的駿馬啊，」**她終於奮力說出。**「謝謝你的提議。我請求你讓我去找到王子，等我帶著他回來時，就會放你自由。而你要帶著我們兩人回到我們原本住的地方。」**

她以前很害怕被混沌感染。她曾經誤觸混沌，讓它在她血管中流竄；而在把它逐出體外前，它幾乎使她成爲殘廢。如果她與這個生物談條件，混沌又會對她造成什麼影響？

「好……」那個聲音在她周圍耳語，好像巨人呼出一口氣，眞切地拂動她的頭髮和衣服，並且把她往前拽，她因而無法再保持平衡，直接踉蹌地穿過眼前的門，進入下一節車廂。她的背、手腕和頸間的墜飾似乎都在燃燒。大圖書館烙印、席爾維的手鐲和凱的叔叔的墜飾——分別蘊含著不同力量——都在和她自願締結的新盟約對抗。她不是在火車車廂裡，而是墜入黑暗，她在燃燒……

我必須讓狀況不至於失控。艾琳跪在地上，但不知道自己爲什麼會跪著，她全身劇烈顫抖，抖到她都覺得痛了。「然後我們會分道揚鑣，各走各的路，」她用沙啞的聲音說，連她都覺得自己的聲音變得很陌生。「不再負有任何義務，我們之間也不再有任何連繫！」

壓力減輕了一點，而只要負荷減輕分毫，對艾琳來說都是天大的寬慰——艾琳的視覺又恢復正常了。她幾乎覺得痛，但不算眞的痛。

她偷偷瞥向手腕，看到洋裝袖口底下露出手鐲的金鍊子。她沒有眞的被燒傷。她理智的一面並不眞的認爲自己被燒傷了，但還是要確認一下。

現在她面前的車廂地板上有一副面具。是白色的全臉面具，眼洞邊緣描了黑金相間的眼線，嘴唇是畫上去的紅唇。

艾琳拿起面具，固定面具用的黑色緞帶由她手中軟軟垂下。「爲什麼要給我這個？」她問。

「這樣『騎士』才不會看見妳。」洪亮的聲音輕輕地說。它似乎想要調節音量，艾琳心懷感恩。

「去吧，帶國王的兒子回來，然後放我自由……」

再這樣下去，我身上掛的東西會多到讓我像是維多利亞風格的聖誕樹，還加上許多薑餅人。不過有副新面具來遮住臉應該很有幫助。艾琳沒怎麼遲疑，就把面具貼到臉上，在腦後將緞帶打結。

沒有什麼不尋常的後果。她沒什麼異樣的感覺，眞的。至少應該說，沒有除了剛戴上面具時會有的異物感之外的感覺。沒有詭異的刺痛或特別熱特別冷什麼的，什麼都沒有。她可能有被害妄想症。

「我得去做事了。」她說，她很訝異自己經過剛才那番大吼大叫後，現在口吻竟能這麼平淡。「謝謝你承諾合作。」

她身旁通往外界的車廂門打開，人群和城市的喧囂像是有生命的東西湧入車廂，還伴隨著遠方報時的鐘聲，使得嘈雜聲幾乎像是音樂。

艾琳猛然意識到太陽已經下山了，天色是暗的。人潮依然未散去，但現在籠罩著火把和路燈的光芒。她在內心暗罵一聲。已經傍晚了，她失去了半天時光。而她還沒找到凱在哪裡。

有一招她還沒試過。她側身穿過人群，直到找到一處陰暗躲藏其中，然後她從胸衣裡掏出墜飾，讓它垂懸在鍊子下方。「**龍族之物**，」她喃喃道。「**引導我去找你主人的姪子**。」

墜子開始旋轉。它像是被磁鐵干擾而失焦的羅盤指針般不停轉動，好像再轉一圈就能幫助它找到正確方向。隨著越轉越快，它開始發出哀鳴：像蚊子叫一般又細又尖的聲音，但音調緩緩降低，進入正常聽力範圍。它的動作越來越不規律，不斷拉扯鍊子，卻仍然無法固定選擇一個方向，艾琳感覺墜子越來越燙。

「**停止！**」她連忙低聲命令，以免墜子因爲這裡的混沌本質而自我毀滅，或是引來十人會的注意，或兩者皆然。她讓墜子再懸在空氣裡散熱一下，然後才把它收回胸衣。

該死。這招沒用，而在威尼斯到處搜尋卡切里已經不可行了——時間根本不夠。她得到歌劇院攔截凱，並且祈禱她能應付來看好戲的妖精。

第十八章

艾琳脫離人群，試著思考有哪些選項不會太誇張或太危險。她最喜歡的劫書——好吧，應該說借書——手法，得先花大把時間偵察目標區域。（相對於援救龍族工作）蒐集書籍行動通常含括與一些人結交，她才能向他們打聽情報。她也很無奈自己身上沒什麼錢，沒辦法賄賂守衛、建立好的假身分、安排逃亡路線，還有換取能讓人生好過許多的各種小東西。

她實在不習慣得要像現在掐緊預算，而且沒有時間擬定戰略。眞是糟透了。他們今天午夜就要讓凱站上拍賣台了，而及時找到最高機密監獄的機率如果高於零，她就要偷笑了。噢，也許女主角可以辦到，假如故事對她有利的話……但她不能仰賴這種狀況。

她望著人群，回想自己剛才做了什麼。她和一個妖精談定協議。不是她和席爾維那種便宜行事的合作關係，而是直截了當的交易，用語言承諾。她只希望大圖書館不會追究她的責任。年輕的圖書館員總會被警告，完全不可以和妖精打交道，更別說還和他們正式談條件。艾琳並沒有違反任何條例字面上的規定——她希望如此。她只是踩著條例精神跳上跳下，然後帶著條例走進暗巷，在刀尖脅迫下做出一些中肯的建議。救出凱並阻止戰爭可能可以爲她脫罪——但前提是要成功完成使命。

到處都是鐘，回聲通過街道、沿著水道傳送，讓空氣裡盈滿了聲音。她周圍有些人戴著面具，有些沒戴，他們聽到特定音符時會在胸前畫十字，艾琳試著做出同樣的動作，但避免模仿得太明顯。氣溫降低了一些，上流階層的貴婦用披巾裹住肩膀抵禦夜晚寒意，比較下層的那些女人則裸著肩膀並幾乎裸著胸部，昂首闊步地穿梭在街上。殘存的晚霞讓天空呈現橙色和粉紅色的紋路，像是從外層是灰絲絨般的雲朵間露出來的絲質縐褶。今天早晨這座城市看起來宛如浮在水上，像是用粉紅色和白色大理石雕出來、充滿建築之美的維納斯女神破水而出。此時此地，暮色漸濃，人群低語，這座城市又像是即將沉入和緩波動的水面倒影。

但她觀察到的不只如此。隨著夜晚而來的，是在人潮擁擠廣場上出現的更加確切猜疑感。也許稍早，在燦爛的陽光下，在日間各種活動的熱鬧聲響環繞下，她對這種狀況視而不見。可是現在天將暗下，微弱的鐘聲持續不斷迴響著，她感覺……被監視。被觀察。被窺探。

一張張面具後頭是閃著幽光的眼睛，角落裡有交頭接耳的人。每次她經過某人身旁，都有種想回頭，看他們是不是在盯著她的衝動。

艾琳停下腳步，向路邊攤販買了一分錢的糖漬堅果，並隨口問道：「請問從這裡到歌劇院要怎麼走？」

「哪一座歌劇院？」小販問道，他把圍裙拉平，發出一聲疲憊的嘆息。「鳳凰歌劇院嗎？」

對，伊絲拉阿姨提到的就是這一座，而且在很多平行世界裡，它都是歐洲數一數二宏偉的大歌劇院。要在午夜時分拍賣一條龍，還能選在哪裡？「對，請告訴我。」她積極地說。

「啊，不遠啦。」小販說完，劈里啪啦報了一串走法。「年輕小姐，妳經過聖母教堂時替我向她禱告一下，祝妳有個愉快的夜晚。」

艾琳也希望如此，她在面具後頭微笑，然後繼續上路，把那一袋堅果塞進內側口袋。她很樂意大快朵頤，她已經快餓癟了，但她得摘下面具才能吃東西，而她並不想測試自己的運氣。

逐漸接近目的地時，她發現自己根本不可能迷路，只要跟著噪音走就好。

早在看見前，她就已經聽到鳳凰歌劇院外喧譁的人聲了。有些城市——例如許多版本的倫敦——人們在大型文化活動開始前，會禮貌地排好隊，可惜這座城市不屬於這一類。人群像是會喘氣、旋轉的一團物質。很好，對我來說是更好的掩護。她很快就迷失在狂烈的熱情、熱情的期待和期待的友善中——整體氛圍隱含著一絲隱憂：假如人群變得太過興奮，情況有可能失控。穿著制服的男人圍繞著歌劇院，也站在水道岸邊，岸邊還泊著幾艘懸掛彩色三角旗、看起來特別華麗的貢多拉船。

艾琳再次慶幸自己有面具，而且她絕對不是人群中少數戴有面具的人。不論男女、不論穿著體面或寒酸，人人都把臉孔遮住，最後一抹夕陽將他們的眼孔變成可疑的黑洞。

有一群人數不算少、沒戴面具的男男女女，聚在一起分享幾瓶酒，並高聲談論今晚演出的主要歌手，艾琳不動聲色地晃到他們後方。「還要多久才會開始啊？」她問一個男人。

他瞇著醉眼打量她，把手裡的酒瓶傳給旁邊的女人。「再五分鐘，親愛的。他們已經在為前奏曲調音了。我們要到休息時間才有機會進去。妳在等人嗎？」

看來沒辦法走前門進去了。她得去後台入口碰碰運氣，或是等休息時間。這表示有一場眞正的歌劇即將登場——畢竟這裡是歌劇院嘛。也許是當作之後拍賣會的暖場表演？她若無其事地偷聽，發現這群人在等著欣賞的劇目是普契尼的《托斯卡》；她也對表演者的嗓音、個人習慣等其他資訊有了一此了解。「我好像看到他在那裡。」她含糊地說，側身離開他們。

艾琳花了十五分鐘繞到歌劇院後面，找到後台的門。再花了幾枚席爾維給她的錢幣，買通守門人放她進去。

後台的走廊功能大於美觀，裡頭擠滿了人——合唱團、舞台工作人員、警衛、技術人員，還有兩個男人用擔架抬著一個假人，它的胸前染著誇張的血跡。這不是閒雜人等可以逗留的地方，於是艾琳盡快走向歌劇院前廳。這裡舉目所及盡是大理石和昂貴的木材，與注重實用的後台有天壤之別。她看到一道寬樓梯，以及掛著畫作、繪著壁畫、燈火通明的休息室，但她繼續待在陰影中。

她剛才在後台能清楚聽見音樂聲，聽出第一幕已經開始了，不過才剛開始不久。她得查探一下這棟建築物的布局。要是能剛好聽見警衛在討論午夜拍賣會要拍賣的龍即將送到的消息，就更好了。

她的頸後有點麻癢——有人在監視她。她微微轉頭，盡量不引人注意地察看後方，看到果眞有個男人沿著走廊朝她走來。等等，他不是沒見過的人。剛才她從後台的門進來時，他和另外六、七個人在門邊徘徊。

她發揮超過二十年的經驗，開始若無其事地往走廊反方向移動。這不是巧遇，她被盯上了，這表示他待在門邊可能就是爲了找她。眞的很不妙啊，她得處理他——要不是把他甩掉，就是把他單獨引到黑暗的角落，打昏他再溜走——然後盡可能改變外貌，並躲在別人看不到的地方。

走廊在前方分成左右兩條，艾琳隨意選了左邊，剛轉過去就差點撞上另一個男人。「不好意思。」她用義大利語低聲地說，並匆匆行了個屈膝禮。

「抓住她。」她後頭的男人說，音量剛好足以傳到他們這裡，但不會吵到包廂或觀眾席。他的語氣專業，令她不安。

*該死。*艾琳把屈膝禮轉為直拳，揍向男人肚子，然後跨到他後側踹他的膝蓋；他失去平衡往前摔，她則趁機拔腿狂奔。這個地方太不隱密了，不適合停下來打架。

她沿著走廊狂奔，聽到追趕的腳步聲；她在心裡規畫怎麼繞回後台走廊最快。往左再往下應該到得了。她抓住門框甩身轉彎，鞋子在大理石地板上打滑。這裡沒有可以上鎖的方便的門，也沒有繡帷或地毯可以拿來丟追兵。

她在情急之下，一把抓出口袋裡的堅果，然後往後拋。「堅果，炸開來！」她聽到類似小型爆竹點火後的聲音，接著裹著糖衣的堅果碎片就朝四面八方噴射，有人咒罵一聲，她身後的腳步聲被打亂了。即使那些堅果沒有造成任何傷害，一袋堅果在面前爆炸，一定還是嚇了他一大跳。

走廊繼續往左彎，她看到前方有一道樓梯。就快到了。

這時候史特靈頓從她右側的一道門裡走出來。艾琳認出她的套裝，還有昨天買的面具。她右手拿著一樣東西，小到不可能是槍，但又鈍到不可能是刀。艾琳決定繼續跑，直到她的肌肉像發出尖叫般猛然抽搐，這完全出乎預料。她趴下去，四肢很不協調地攤開，她爬不起來，全身都被電得在痙攣。

*噢，好吧，是電擊槍。史特靈頓一定是從高科技世界來的。*艾琳的腦袋在罵髒話，但她的舌頭和嘴巴都是麻的。

「拉她起來。」史特靈頓對那兩個追兵說，他們已經趕上了。「請小心一點。」

「我們要確認她的身分嗎？」聽起來很專業的追兵問。「狼人說他確定是她的氣味，但如果我們帶錯人去見大人，他會不高興的。」

「不用。」史特靈頓說。「就算她換了面具，我也能確認她的身分。帶她過來。」那兩個男人把艾琳的手臂橫跨到自己肩上，從兩側撐起她，她像個娃娃似地掛在他們中間。他們隨著史特靈頓沿走廊往回走，艾琳沒辦法抬起頭，腳尖也在地板上拖著。

史特靈頓沒有朝著後台走，而是走向包廂區入口。看來他們要把我交給某個人。艾琳的胃直往下沉。她試著回想被電擊槍電過之後要多久才會恢復，然後希望可以再快一點。

她又能聽到音樂了。有個男高音和女高音在表演二重唱，男高音的歌聲極爲浪漫，女高音則放任自己被他打動，歌聲強烈到幾乎煽情。艾琳隱約記起在某些平行世界裡，鳳凰歌劇院經歷過一、兩次祝融之災，她好奇這座歌劇院是不是也曾化爲煙後再重建。

畢竟這能成爲一個好故事……

史特靈頓在一間包廂門外停下腳步，伸手過去扶艾琳的下巴，抬起她的臉讓艾琳能清楚看到自己。「妳應該了解這一切都是公事公辦吧？」她客氣地說。「我和妳沒有私人恩怨，克萊瑞絲。」

說眞的，在艾琳被下藥、電擊或其他被迫不能回答的情況時所聽到別人對她說的話，整體而言，這算是最和善的一種。但她不能回答意謂她不能憤怒地回應，也不能彬彬有禮地說「當然，這我了解」，史特靈頓似乎以爲她會有前者的反應。

史特靈頓點點頭。「那我們晚點見。」她用指節輕輕敲門，然後轉動門把，拉開門讓兩個男人把艾琳送進去。

當然，包廂裡一片漆黑。劇院中所有燈光都集中在舞台上，兩側所有包廂都熄了燈，每個包廂都是自成一格的隱密世界——垂著厚重的布簾、充滿奢侈的裝潢。一時間，包廂內的優越視野讓艾琳忘了呼吸。這座歌劇院真的太壯觀了。即使光線昏暗，她仍能看見劇院牆上緊密排列的一個個白色包廂，高聳而畫著壁畫的淺色天花板，高懸的水晶吊燈散發的璀璨光芒，還有底下座位都坐滿了——不，應該說塞滿了——許多威尼斯的市民。

包廂裡有兩張很寬的翼狀靠背椅，擺放的角度朝向舞台。她看不到兩張椅子上是不是有人，如果有人又是誰。

這時比較靠近舞台那一邊的椅子轉了過來，當艾琳看到椅子上坐的人是誰，她的心直沉到底。她並不笨，她早就懷疑是這個人，但她真的希望是別人。眼前是她在李明的平板電腦上看過照片的人，是她看到去火車旁接關提斯夫人的人，也是和關提斯夫人一起出現在酒館的人。關提斯大人。現在她被關進有他在的歌劇院包廂。

「是溫特斯小姐吧。」他的嗓音柔和而低沉，隱含著一絲命令的意味。他說的是英語。「請過來坐下。」

兩個男人撐著艾琳走到另一張椅子前，把她放進椅子後，向關提斯大人鞠躬行禮，接著便離開了。他們出去後把門帶上，同時管弦樂團席間發出一聲砲聲，音效撼動整座劇院。觀眾席發出驚呼聲。艾琳再次試著動動嘴巴，這次她更能控制自己的嘴巴一些，她考慮著自己能怎麼做。讓整個包廂垮掉，試著趁亂逃走還滿誘人的，不過在執行面上有些顯而易見的缺點。

關提斯大人讓她得到五分鐘的安寧，他專心看著舞台上的表演、聆賞著美妙的歌聲。然後他轉過來看她。他深灰色的絲綢和絲絨服裝融入了椅背投下的陰影，手套藏住了他的手，因此一時之間，他看起來好像只有一張飄浮的臉，或應該說一顆飄浮的骷髏頭。「請妳放輕鬆，我們有好幾件事要談一談。妳並沒有大難臨頭，所以希望妳不要驚慌失措，溫特斯小姐。還是妳比較希望我叫妳艾琳？」

我該裝作不能說話也不能動嗎？那沒什麼用；他會等我恢復正常再繼續。「以我們目前熟稔的程度而言，我希望你叫我溫特斯小姐就好。」艾琳大舌頭地說。

關提斯大人點點頭。「溫特斯小姐，妳的能力不容小覷。希望妳能包涵我的僕人對妳做的事，不過老實說，妳不但能跑來這個世界，還成功避開我的人好幾個小時，我寧可不要冒任何險。」

艾琳抽筋似地點了一下頭，一時間有點同情史特靈頓，她不但被貶低爲區區「僕人」，還揹負著沒能早點逮住自己的罪名。她能隔著裙子感覺到關提斯夫人的手槍令人安心地貼著她的腿，儘管她知道自己還沒有足夠動作控制力去使用它。史特靈頓眞是粗心大意——如果是我逮捕了別人，一定會搜身。

「對了，內人要我轉達她對妳的讚賞。」關提斯大人說。他現在不看表演了，而是專注地盯著艾琳。「她對妳的決心印象深刻。她原本以爲妳在和那條龍的搭檔關係中，是資淺的一方。」

這表示他大概知道我拿走了她的槍。「我也很佩服她追蹤我的功力。」艾琳客氣地說。現在她口齒比較清晰了，讓她鬆了口氣——如果必要，她能夠使用語言了。「她今晚沒和我們在一起有什麼特殊原因嗎？」

「她在負責把席爾維大人軟禁在旅館，」關提斯大人說。「並且等著看妳會不會去找他。好了，溫特斯小姐，請妳說明妳和席爾維的關係。」他的聲音又隱隱浮現命令意味，異乎尋常地在她體內產生共鳴——就像實際上推了她一把，敦促她開口說話。

「我本來打算勒索他。」艾琳大膽地說。她在唬弄他，她知道，他也知道，但他的個人特質正在發揮作用，驅使她得要給出某種答案。如果席爾維的力量是勾引和魅惑，關提斯大人的力量顯然就是控制和強迫人服從。

「勒索？席爾維大人？」關提斯大人眨了眨眼。「妳眞令我意外。」

台上的歌聲戛然而止，某個角色戲劇化地登場了，但艾琳的全副注意力都放在眼前妖精身上。

「你很意外我是個專業的勒索者？」

「那倒不是。我意外的是席爾維大人會做什麼事而讓人勒索他。我想妳不願意和我分享一下是什麼事吧？」

「絕對不行，那太寶貴了。」

「唔。」關提斯大人轉移注意力，回頭望著舞台。「我會說『貌似可信的胡說八道』，但顯然妳會堅持這個說法。好吧，妳有任何問題想問我嗎？」

「嗯，有啊。」艾琳承認。「但你竟然願意回答，眞讓我跌破眼鏡。」如果他只是想除掉她，爲什麼要坐在這裡閒聊，爲什麼讓她能恢復說話？這樣對待危險的敵人並不合理。

他露出微笑。「溫特斯小姐，我敢說我占有極大的優勢，回答妳的問題根本沒什麼大不了的。不過我希望用誠實來開啓我們的合作關係。」他望著她一會兒，艾琳感覺自卑感像一波浪潮席捲她，把她寒酸的洋裝、借來的信物和軟弱都看在眼裡。她知道這是他的力量在打壓她，這種認知有助於她抵抗他的力量，但儘管如此，她還是感覺自己渺小而卑微。「我打算拉妳入夥——一個溫馴的圖書館員是個奇兵——而妳擔任消息靈通的間諜會更有用處。」

她痛苦地意識到離午夜越來越近了，時間一分一秒在流逝，但她不能放過任何蒐集情報的機會。「我從關提斯夫人那裡知道，你想挑起一場戰爭。」

關提斯大人漫不經心地揮揮手。「有兩種可能，一是我們挑起戰爭，然後從中獲利；二是那條龍的家人決定犧牲他，買下他的人就會欠我一份情，我們還是能從中獲利。再怎麼說我都沒有損失。」

「我很意外你對成功這麼有把握。」艾琳說。

「那當然。」關提斯大人的語氣簡直像拍了拍她的頭頂，「紆尊降貴」這個詞可能就是爲了形容這種微妙的態度而發明的。「不過呢，溫特斯小姐，本質上來說我可以取得比妳多更多的資訊。」

「比大圖書館更多？」艾琳試探地問。

「比大圖書館極貧淺的成員更多。」

她得承認他說的可能有道理。「那你爲什麼要鎖定凱當目標？」

「因爲根據我的情報，他的地位高到足以引起戰爭，而且又待在一個脆弱的地點。我可不會想從他父親在的球界綁架他。哎，那怎麼可能。要是他能熬過這場劫難、有朝一日被送回他父親的保護下，我想他不會再被允許這樣自由地亂跑了。」他的手伸向一張小桌子，拿起一杯白蘭地，啜了一口，姿態像是話題已經結束了。

舞台上，斯卡皮亞正在和托斯卡對質。那只是第一幕而已——不管在舞台上或包廂裡都是。她得讓關提斯大人以爲她動搖了。「你爲什麼不喜歡席爾維大人？」她問。

他揚起一眉。「我以爲妳也不喜歡他。」

「我是不喜歡他，也很樂意勒索他。我只是好奇你的理由。」

他從喉嚨發出低沉的笑聲。他又顯露出紆尊降貴的態度，好像她說了什麼天眞而迷人的話。「親愛的溫特斯小姐，我出身尊貴。」他又用戴著手套的手隨意地比了個手勢。「而我這種地位的人，理所當然有我的使命，溫特斯小姐。一種責任，一種義務……」

「要發動戰爭？」艾琳忍不住臆測道。

「的確。」他賞給她抿著嘴的笑容。「相對來說，席爾維大人就是個半吊子，不但白白占據了超出他本事的地位，而且爬上那個位子後就把它拋在腦後。他冒犯了我對正確使用權力的想法。」

斯卡皮亞雄渾的歌聲漸強，穿透整個歌劇院，關提斯大人的眼睛映照著光線，像打火石一樣熠熠發亮。

「現在，溫特斯小姐，」他說。「我們該來處理妳的問題了。」

第十九章

「不過好像快到中場休息時間了。」關提斯大人說，目光移向舞台，讓艾琳能脫離他目光的重量而鬆了口氣。「溫特斯小姐，我能不能信任妳會安靜坐著，不要製造騷動？」

艾琳考慮可能引發的連鎖反應。我尖叫表示有人攻擊我，他叫警衛進來，我的身分被揭穿，被逮捕送進監獄。「嗯，當然可以。」她說。她試著讓語氣聽起來若無其事，好像掌控權在她手裡。

結果並沒有用，她能從關提斯大人放鬆的態度看得出來。此時台上的合唱團唱起一首讚美歌。他知道他根本不用忌憚我。而且他似乎眞心想要拉她入夥。可是爲什麼？凱比她重要多了。

簾幕拉上了，她望向觀眾席。觀眾席周圍的煤氣燈都調到最強，整個空間都亮了起來，人們開始交談，製造出低沉的隆隆聲。坐在較低處座位的人潮往外流動，但能夠負擔包厢的男男女女大部分都待在原位。

「你要不要去拿個飲料？」她客氣地提議。

「我怎麼可能把妳一個人留在這裡？溫特斯小姐。」關提斯大人回答。「誰知道妳會惹上什麼麻煩？」

艾琳兩手交錯放在膝上，隔著裙褶感覺手槍。她的動作控制力恢復正常了，如果她想要的話，可以使用手槍。可是他的力量不斷打壓著她，她寧可在他試著拉她入夥時按兵不動，等待適當時機出現。如果會有適當時機的話。

關提斯大人微微一笑，彷彿感應到她不打算反抗。「很好，」他說。「我就知道妳是講理的人。好了，我猜妳想知道妳有什麼選擇吧。」

艾琳心想，要是她被五花大綁，他應該會從說出這句台詞中得到更多樂趣。一切都和權力有關。

「我是這麼想過。」她喃喃道。

「嗯，妳要知道，妳是個有點聲名狼藉的年輕小姐。」

艾琳不確定該對「有點」這兩個字感到慶幸或不悅。她只好說：「人眞的很難察覺自己越界了，我不覺得我曾對席爾維大人造成任何不便。」

「噢，我指的不是席爾維。」關提斯大人拿起白蘭地酒杯，再啜了一口，刻意拖長時間。「我說的是妖伯瑞奇。」

這是艾琳最不希望聽到的名字。她從未爭取成爲大圖書館最恐怖噩夢的眼中釘，從不希望和活剝人皮的傢伙扯上關係。在他們上一回交手時，她自己都是死裡逃生了。「啊。」她說，讓聲音保持平穩，並再次慶幸自己戴著面具。或許大聲嚷嚷、讓自己被逮捕眞的是更好的選項，她可以趁亂逃跑。

「的確。」他望著她，眼神警醒地留意著任何脆弱跡象。「很便利的一位紳士，我是指對那些想要利用他獨門祕技的人而言。他很——怎麼說來著？好用。對，好用。他修煉的成果非常驚人，而且聽說他還在進步呢。他可能有他自己的規畫，但說到與人合作，他的專業是有口皆碑……」

「就是他告訴你哪裡有龍可抓的，對不對？」艾琳說。一切都說得通了。在上次交手之後，妖伯瑞奇勢必看出了凱的身分，而他絕對是會想報復的那種小人。

「妳說對了。」關提斯大人認可。「所以我欠他一份情，把妳交給他剛好可以抵債。」

飆升的恐懼差點讓艾琳的胃整個翻轉。她最恐怖的噩夢要成眞了……等一下，這未免太明顯了。理智冷冷地把她由驚慌中往回拉，讓她能進行批判分析。他刻意拿這駭人的事來嚇唬我，好說服我兩害相權取其輕。他這麼積極地要我替他做事，究竟是爲什麼？

「是啊，可不是嘛。」她附和，發現關提斯大人眼中閃過一抹懊惱。他原本預期他的話能製造更強烈的效果。來吧，向我吹噓，告訴我一點有用的事。「本地貴族一定很不高興吧，今晚他們的包廂全被占了。」她表示。「而且來了這麼多不同世界的人，卻好像沒人注意到，眞奇怪。」

「這是我們的威尼斯，溫特斯小姐。」關提斯大人把雙手指尖貼合聳起，望向底下的人群，露出領主般的神態。「這個世界我們說了算，而且始於威尼斯也終於威尼斯。除了威尼斯，沒有別的土地來干擾。十人會發號施令，人民把他們當主人一樣服從。就連我們腳下的土地都聽從他們的意志。一切都恰恰是威尼斯該有的樣子。拿破崙絕對不會來這個威尼斯；它絕對不會被征服，不會沒落，不會變成別的樣子。十人會希望人民只把他們選擇邀請的訪客看作外國人，所以他們就這麼做了。」他停頓了一下。「我說的是他們選擇邀請的訪客，我不認爲妳受邀了，溫特斯小姐。」

「我認爲我朋友被綁架，就算是一種無聲的邀請了。」艾琳面無表情地反駁。「也就是說，你就是招待我的人了，關提斯大人。」

他呵呵笑。「妳反應很快嘛，可惜是口說無憑。我不認爲妳在十人會面前可以引用法條來支持妳的說法。」

「那就是我們接下來要做的事嗎？」

「除非妳逼得我不得不這麼做，溫特斯小姐，或是有絕對必要這麼做。妳也知道這類事情的做法為何。匿名舉發，妳在公開場合曝露行蹤，妳被逮捕，妳被……訊問。」如果換作是席爾維，可能會刻意用不同語氣講出這兩個字，往不健康、淫猥的方向去暗示。關提斯大人不同，他只是自然地講出來，那兩個字顯得沉重，讓人聯想到黑暗、地牢和絕望。「我敢擔保，等妳站在十人會面前的時候，早就已經全盤招供了。」

「我很意外你還沒有把我交出去。」她盡可能若無其事地說。她意識到自己像走在剃刀邊緣，既要刺探他的眞正目的，又要小心別逼他逼得太過分。

歌劇院的燈光又轉暗了，觀眾席的噪音沉寂下來，簾幕拉開了。

關提斯大人等到台上的表演開始，才繼續說：「當然，還有別的選項。」

「是嗎？」艾琳說，她試著抑制語氣中的急切。

「但是現在妳的選擇非常有限，溫特斯小姐。有限到得由我來決定妳的新主人是誰，因爲妳現在是我的囚犯。」他停頓了一下，讓她能夠表示理解，但她不發一語。於是他自顧自地說下去。「我相信十人會很樂意收容妳，他們可以留著妳，以後再拿去交換別的好處。他們並不想和妳的組織結仇，所以大概會先榨乾妳知道的資訊，然後把妳關起來，直到妳能派上什麼用場。」

你這番話沒怎麼告訴我他們看事情的角度，倒是洩露了你看事情的角度。艾琳僵硬地點了一下頭，等著他繼續說。

「不過話說回來，如果我把妳送給我某個盟友，或是用妳來拉攏我潛在的盟友，或許都對我有好處。」他停頓了一下，可能是為了讓她能體會高階政治的奧妙，雖說這種政治的實際表現是交換俘虜。「我一些力量強大的同類，應該很樂意把妳放進他們的故事當作個人對手，或是學生。」

「學生？」艾琳訝異地說。

「最終結果啦，在經過充分的訓練後。或是……玩具。」他因為必須說出這令人不快的內容而語氣悲傷，但語氣也同樣傳達出，如果有必要，他仍然可以毫無困難地分類列出可能的屈辱、折磨或更惡劣的事——甚至親手執行。

艾琳吞了吞口水，她的嘴巴好乾。從專業角度來看，她知道他只是——只是？——想嚇唬自己。但實際體驗確實很嚇人，她感覺到一股想服從他的衝動，她得要使出全力來對抗，才不會向那股力量屈服。

關提斯大人已經控制住她了嗎？難道正因為如此，她才會這麼順從地坐著，說服自己這麼做是為了查探他的祕密？她在腦中瀏覽幾套計畫。把整個包廂弄垮；射殺他；用槍威脅他；砸爛他的椅子，然後用他的白蘭地點火。從包廂邊緣跳到觀眾席。她覺得每一項她都做得到……只要她拿定主意，只要她選擇那麼做。

「或者我也可以把妳送給妖伯瑞奇。」關提斯大人伸過手來扣住她的手腕，把她的手按在椅子扶手上。

艾琳扭動掙扎，但他的手扣得死緊，手勁大到弄痛她，他在椅子裡轉過身來看著她。他看她的眼神很愉悅，但不是對弄痛她而生的變態快感，只是陶醉在自己權力勝過她這件事。和席爾維一個樣，如果哪天我眞心想要羞辱他的話，我要這麼告訴他。「啊，不行，溫特斯小姐。這不是妳的選項，在我們決定妳的命運前，不管是哪種命運，妳都不能離開這個包廂。告訴我，妳眞的那麼怕他？」

「怕妖伯瑞奇？」她用不可思議的語氣問。「難道不應該嗎？」

「告訴我，」他在玩弄她。舞台上全是男性的聲音，威脅和反抗的情緒交織，預示著囚禁和死亡的橋段。「妳爲什麼這麼討厭他？」

「我相信你知道他都做了哪些事。」艾琳厲聲說道。

「我想聽妳親口說。」他對上她的眼神，這次即使她想，也無法移開視線。那對眼睛強力控制著她。現在是他的意志力和她的意志力在對決，就連她的大圖書館烙印也不足以拯救她。

她開口說話時，幾乎認不得自己的聲音。「他會剝人的皮——」

她的聲音破解了箝制的瞬間，她猛然往後靠向椅背，全身都在顫抖。她的背很痛，彷彿剛被人毆打。這比席爾維試圖鑽進她的防禦更糟，因爲關提斯大人辦到了。

她恍神了一陣子，現在台上換成托斯卡在唱歌了，她的歌聲滑順而毫不費力地往上飄，在歌劇院內劃出一道弧形，像是倒數計時的銀色鐘擺。

「動人心弦。」關提斯大人緩慢地說。「眞是動人心弦。」他的手仍按住她的手腕，他的手套平整無痕，好像完全沒有施力。「我開始明白席爾維大人爲什麼這麼喜歡妳了，妳很能激發人的靈感，溫特斯小姐，妳正是我要的。」

「可是你要什麼？」艾琳低聲說。她的聲音顫抖，正符合他成功嚇唬她的狀況。在此之前，也有別的人試圖破壞她的意志力，但沒有人眞的辦到，她不敢想這代表什麼。

「我想要在今晚，在眾目睽睽下，讓妳以我的僕人的身分亮相。」他的笑容具體說明了什麼叫得意洋洋。「到時候，我們已經證明我們可以擊敗龍族，若是再加上一個聽我差遣的圖書館員，更能證明在這場衝突中，龍族絕對不是我們的對手。妳不這麼認爲嗎？」

艾琳的心往下沉。他說得對，把她當作戰利品來展示，可能會促使某些妖精倒向支持開戰的立場。都怪她跑來自投羅網……

不對，那是他想灌輸她的想法。她想到頸間的墜飾。她跑來這裡是正確的行動——也是她唯一能採取的行動。

該換她出招了。「**白蘭地，沸騰！**」

裝著白蘭地的酒杯和酒瓶都噴出蒸氣並爆裂。白蘭地是易揮發液體，酒瓶誇張地炸開，效果很令人滿意。這突來的變故讓關提斯大人嚇了一跳，他的注意力由艾琳身上轉移，目光也在瞬間移向破碎的玻璃。

艾琳用沒被扣住的手抽出藏在裙子裡的槍，舉起來對準他。「換你下棋了。」她說。

他的注意力又移回她身上，這次他毫無保留。他的眼神像有一千噸的重量壓迫著她，像鉛塊一樣又冷又重，她的四肢和心臟都像被冰塊包住。他的手在她的手腕周圍用力收緊，她痛得驚呼一聲。她背上的大圖書館烙印帶來的灼燒感和頸間墜飾的重量，再次變得遙不可及，被他眼神的壓迫力給隔絕在外。

陪他演這場戲，假裝他贏了，她腦海中有個聲音提議。把槍放下……

她考慮著這個做法。最重要的訊息似乎是「把槍放下」，而那是她絕對不會做的事。她不能在這個節骨眼停止戰鬥，否則她就會輸。但她已經耗盡全力了，當她眼神失焦的那一刻來臨，她的意志力就會瓦解。

她感覺得出來自己快輸了，一點一點地敗退。她手裡的槍感覺冰冷而遙遠，她幾乎感覺不到自己握著它。

想想辦法呀。

「回答我。」他說。

她無法可想。

她掙扎著想用語言說「破掉、碎裂、墜落」，但她能感覺自己的嘴巴開始做出「好」的嘴形。

「我想這位小姐拒絕接受你的邀請。」韋爾從她身後的黑暗中發話。

第二十章

關提斯大人轉頭看韋爾，因而中斷了他和艾琳之間的連結。她大口大口地喘氣，發出類似哽咽的聲音。她的腦袋裡只剩一點思考的空間，而她的思緒告訴她：繼續用槍對準他。

「是派瑞格林・韋爾吧，這個包廂上了鎖，」關提斯大人說。「你是怎麼——？」

「我沒做什麼，」韋爾打斷他的話。「我早在表演開始前就來了，然後直接在這些布簾後頭等。我覺得你們的對話非常有趣呢。」

「原來如此。」關提斯大人的語氣仍然很鎮定，但艾琳察覺一絲熾熱的怒氣和疑惑。他似乎拿不定主意該拿誰當目標，來施展由他意志力驅動的力量。她突然懷疑他會不會不能同時控制他們兩人。

「你是怎麼來到威尼斯的？」關提斯大人質問。「我在忙的時候怎麼老是有人來攪局呢？」

「很不幸，工作總是會有意外。」韋爾說。「溫特斯，我們要走了嗎？」

「我不這麼認爲，」關提斯大人更用力地抓住她的手腕。「這位小姐要待在這裡。」

「很抱歉讓你失望了，」艾琳說，現在她恢復了自制力。「但如果你肯告訴我們卡切里在哪裡，我們會很感激的。」

關提斯大人嗤之以鼻。「妳眞的以爲我會告訴妳？」

「我堅持你要回答她的問題。」韋爾說。他的語氣冰冷且具威脅性。

關提斯大人聳聳肩。「不然呢？」他說。

「不然我會轟出你的腦漿。我知道你的族類有特殊能力，先生，但我不認爲你能同時對我們兩人施法，否則你早就這麼做了。而且從三公尺外把子彈射進你的腦袋，應該會讓你嚴重癱瘓。」

關提斯大人停頓了一下，管弦樂團那裡傳來一陣響徹歌劇院的鼓聲，好像在替他配音效。「至少告訴我你是怎麼來到這個世界的，」他說。「如果你在替席爾維辦事，也許我們可以協商一下。」他的焦點不再擺在艾琳身上，而是集中在更具迫切威脅性的韋爾身上。現在韋爾必須和關提斯大人的意志力對抗，他是不是開始因爲分心而皺起眉頭了？

關提斯在拖時間。而凱快要沒時間了。「椅子扶手，裂開。」艾琳喃喃道。

兩張椅子的扶手都碎了，她大概毀了一對珍貴的古董。關提斯大人往前倒，艾琳的手腕鬆脫了，她用力把手從他手裡抽回來。她繼續用槍指著關提斯大人，同時向後退到韋爾身邊。

關提斯大人瞪大眼遲疑了一下，然後從椅子上站起來，退到包廂邊緣，並投降似地舉起雙手。

艾琳偷空瞄了一眼，看到韋爾站在門邊。樣式普通的黑色半臉面具遮住他一部分的臉，他身穿樸素的深色緊身上衣和馬褲。換作別的情境，她絕對認不出他來，也不會多看他一眼。他並沒有將注意力由關提斯大人身上移開分毫。「處理一下門，溫特斯。」他若無其事地說。

「門開著。」艾琳回答。她伸手試了一下門把，一轉就開了。「我們該走了。」

整座歌劇院幾乎鴉雀無聲，托斯卡正在引吭高歌。「我爲藝術而生，爲愛而活……」她的嗓音及她後方的管弦樂團樂音盈滿了四周空氣，就像透過彩色玻璃照耀進來的光芒。

「你們逃不掉的。」關提斯大人輕聲說。他挺直背脊，力量似乎在他周圍的空氣裡形成結晶，幾乎變成堅固的實體。這不是威脅，而是預言。他們逃不掉。他們輸了。他已經贏了。

我差點就答應他了……憤怒使艾琳背後的烙印發燙，好像是用燃燒的強酸刻蝕出來的。我差點背叛了大圖書館。

她扣著扳機的手指往回收。

關提斯大人注意到她的動作，他退後一步，用一手抓住包廂邊緣，然後把身體翻出去。他脫離了她的射擊範圍，也脫離了他們的視線範圍，朝底下的觀眾席墜落。

他的舉動破除了他力量施下的魔咒。感覺好像原本耀眼的燈光突然一眨眼熄滅了，讓現場的人在平凡日光中感到昏眩。艾琳斜睨韋爾，看到他仍然用他的槍指著關提斯大人剛才站的位置，他用力到她都能看到他繃緊皮膚下的骨頭形狀了。「來吧，」她著急地說，同時把她的槍塞回裙子底下。「我們得離開這裡。」

某種內在的緊繃情緒解除了，韋爾點點頭，把他的武器收回緊身上衣裡，她剛才說的話話音剛停，他已經拉著她衝出門外，沿著走廊狂奔。幸好史特靈頓很聽主人的話，沒來打擾關提斯大人，因此走廊空無一人。

我應該射殺他的，艾琳腦中有個聲音鬧哄哄地說，我應該射殺他的……

「動作快，溫特斯。」韋爾兇巴巴地說，一邊拖著她跑。「我很訝異有個人從包廂掉下去，竟然沒人有反應。」

「嗯，因爲〈爲了藝術，爲了愛〉正唱到一半呀，」艾琳反駁。「這一段唱完之前沒有人會動一下的——」

主要觀眾席區響起一陣叫嚷和騷動，沿著走廊的牆壁傳過來，而他們正匆匆爬下樓梯。

「不過，我可能猜錯了。」她承認。不過這時她想到一個更重要的問題。「你到底怎麼來的？而且現在出現在這裡？」

「等我們有時間的時候，我會很樂意告訴妳。」他推她轉了個方向，從一道小門進入後台走廊。「如果我們能趕在他們封鎖歌劇院之前出去、混進人群裡，我們可能就安全了。」

艾琳想了一下，決定就目前的情況而言，如此定義「安全」還算恰當，於是點點頭。他們在跑的時候，她順手抄起別人遺落的披巾，再把自己的披巾扔了。這可能稍微有助於她變裝。至於韋爾，他已經夠低調了。

「表現得自然一點。」韋爾指示她，他突然減速，改成悠閒的漫步，同時他也放開她的手臂。前方傳來嗡嗡人聲。

「可悲的是，這種事對我來說已經很自然了。」艾琳挖苦地說。「在你的世界度過風平浪靜的幾個月，才是我人生中的特殊經驗。」她有樣學樣地擺出悠閒狀態，把裙襬撫順。然後他們一起彎過一個轉角，發現走廊幾乎被一群舞台工作人員和合唱團的人堵死了。

「你知道出了什麼事嗎？」合唱團有一個人問韋爾。他是個青年，已經換好下一幕要登場的制服，他剛化好的妝容在燭光照耀下顯得有點驚悚。「聽說有人在打架。」

「不對，我聽說有凶殺案。」另一個人插嘴，他是舞台工作人員，正拿著一塊骯髒的破布在擦拭額上和脖子上的汗。「聽說那男的在那女的的包廂裡把她勒死了。」

「都不對。」韋爾說。他的義大利語發音清脆，有一點鄉音，而他的肢體語言已經改變，變得和周圍這些人一樣心無城府、大剌剌的。「有人差點被總督的衛兵逮捕了，他從他的包廂跳下來逃跑。」

一群人都沉默了，大部分的人還在胸前畫十字。「那些衛兵還在嗎？」有個人問。

韋爾聳聳肩。艾琳也聳聳肩，克制著想要回頭看看有沒有追兵的衝動。

「那你們爲什麼想走後門開溜？」另一個舞台工作人員問。「你們有要避開總督的衛兵的理由，對吧？」

韋爾還來不及回應，艾琳就拽了拽他的袖子，露出哀求的表情。「親愛的，我們要快點離開啊！要是被喬吉歐逮到我們在一起，你也知道他會做出什麼事。這裡都是正人君子，他們不會出賣我們的……」

那些人互看一眼。「我們什麼都沒看見。」其中一人說，並且伸出空空的掌心。

「了解。」韋爾說。他伸手從內側口袋拿出一個皮夾，在那意有所圖的掌心裡放了幾枚錢幣。「敬總督身體康泰。」

他們點了點頭，就從後台的門出去了，兩分鐘後，韋爾扶著艾琳登上一艘貢多拉船。沒有大批暴躁的衛兵追殺而來，艾琳開始覺得他們可能眞的能逃走。

「繞到總督宮再過去一點，我們想看看風景。還有唱首歌來聽聽吧。」韋爾吩咐，並且多拋了一枚錢幣給貢多拉船夫。他扶艾琳坐在船身的主要區域（她還是不知道這個構造的正確用語，眞是圖書館員的大忌），在她背後塞了一個靠墊，然後便坐到她旁邊，修長的身軀彎折起來。他們表面上看來可能很自然——一男一女共乘貢多拉船，他的手臂搭在她肩上——但她能感覺到他的身體很緊繃。

「謝謝你。」艾琳勉強開口說道。她還因爲被關提斯大人的力量控制過而餘悸猶存，她很鄙夷地發現自己在顫抖。她咬緊牙關告訴自己，對付像他那種等級的妖精，本來就遠遠超出她的能力範圍。韋爾在這裡，他們平安無事——暫時是。他們需要談一談。

她抬起頭，望著韋爾的眼睛一會兒，然後伸手到自己腦後解開面具繩子。沒有人在看她，而且如果運氣好的話，根本沒有人知道該找尋什麼樣的臉孔。她按摩自己被捏傷的手腕，韋爾開始說話。他說的是英語，聲音很輕。

「很抱歉嚇了妳一跳，溫特斯。那時候席爾維大人不肯讓我上火車，我就想說最好自作主張。我很遺憾這意謂著我不但要騙過他，也要騙過妳，但當時實在沒有時間再從長計議了。我那時候憤而離去之後，就設法喬裝，混在低階妖精之間上了火車。」

她僵硬地點點頭，想起他怒沖沖離開席爾維的書房時講的話多麼傷人。「我很擔心你光是待在這裡就會感染混沌，」她說。「席爾維並沒有說謊，對於造訪這類世界的人類而言，這確實是個風險。你把自己曝露在——」

「目前爲止我沒有感到任何異狀，」韋爾馬上接著說。「或許我已經有免疫力了？妳先前說過，我的世界混沌程度高於秩序。而且我在火車上和其他妖精相處時也沒有問題。反正到處都是陌生人，我很容易就蒙混過關。我想妳應該一直積極在查案吧，溫特斯？妳查到什麼了？」

昨天晚上艾琳還氣他氣得要命，但現在她不太情願地接受了他的說法。也許仍令她耿耿於懷的是他那種吊兒郎當的態度吧，好像他並沒有做任何該道歉的事。她和韋爾詳細地講了一遍午夜的期限、她與火車談好的條件，還有凱在卡切里的事——不管那在哪裡。

「啊。」韋爾滿意地說。「和我自己的調查結果滿符合的。」

「希望我沒有浪費太多時間。」艾琳有點不悅地說。

「完全沒有，溫特斯。」韋爾放鬆了一些，和她一起靠向靠墊；他壓低音量，別人可能認爲那是情侶間在情話綿綿。「其實很簡單。威尼斯是知名的罪惡溫床，有很多犯罪集團、祕密組織和間諜。例如威尼斯人、威尼斯黑手黨、光榮會、燒炭黨……」

「燒炭黨的時代好像比『現在』還要晚個兩百年耶。」艾琳賣弄學問地說。韋爾當然對罪犯的世界瞭如指掌。「不過你可能注意到了，這裡的年代順序和你的世界不一樣。」

韋爾嘆了口氣。「那不影響我的重點，溫特斯，也就是這裡的人很習慣被戴著面具的匿名者盤問，而且盤問者認爲對方應該有問必答。當我查出這裡是由一個名爲十人會的神祕團體所掌控之後，我只要冒充他們派出的人員即可。我很容易就查到關提斯大人抵達這裡之後的動態——還有他是和一個昏迷的男人一起來的，想必就是石壯洛克了。我昨天晚上和今天白天都在城市裡到處走動，向目擊者探聽——」

「你假裝成十人會的祕密特務？」艾琳震驚地低聲問。

「來到一個面具之城也是有好處的。」韋爾說。在他的面具底下，嘴角彎成自滿的笑容，被月光照得一清二楚。

「我看你是低估了他們的能耐。」她克制著轉頭察看的衝動。「昨天晚上他們也跟蹤了關提斯夫婦，監視任何可疑動靜。他們差點逮捕我。」

韋爾點點頭，很自然地接受了她當然能避免被逮捕的事實。這種反應本身也算一種恭維。「不管怎麼說，我知道了在石壯洛克突然消失之前，最後會出現在什麼地方。那裡一定就是妳說的卡切里的入口了——至少離入口很近。但我沒辦法不著痕跡地潛入那個地方。我本來打算挾持關提斯或他太太當作人質，不過這可能有點異想天開。」

「但是我們聯手可能就能做點什麼……」艾琳提議。感覺就像擺錘在甩動，從幾乎必然的失敗甩到了可能成功的位置。離午夜還有兩、三個鐘頭，他們可能還有時間救出凱。

「如果我們不知道該去哪裡，那麼跟蹤關提斯大人應該是符合邏輯的下一步。」韋爾換了個姿勢，深思地望向前方水道，以及黝黑水道兩側散發光芒的油燈和窗戶。

他們的貢多拉船夫暫時中斷演唱（他的聲音儘管比不上歌劇家等級，仍不失為悅耳的男高音，可以媲美六月、月亮等形容詞），向經過的另一艘船打招呼。艾琳緊張地打量那艘船，但船上只有另一對斜躺的情侶，就像她和韋爾一樣。沒有士兵，沒有審問者，沒有關提斯大人。

她試著仔細思考韋爾剛才的說法，而不是直接否決。關提斯是她最不想見到的人之一。「你認為既然我們已從關提斯大人手中脫逃了，他仍會去凱那邊確認凱沒有問題嗎？」

「可能性很高，溫特斯。他也很可能會設下陷阱。可惜我們的意圖相當明顯——那就是盡快找到石壯洛克。」

艾琳皺起眉頭。「可是難道關提斯大人不會料到我們會跟蹤他嗎？畢竟那是唯一找到凱的方法。所以他應該會做好準備？」

韋爾沉吟著。「如果他打算設陷阱，就需要時間布置，也需要時間折回去，再讓自己出現在醒目的地方，才能吸引我們跟蹤他。而這些都導向我們本來就要做的事——那就是先到卡切里，並希望我們在石壯洛克被帶去拍賣會場之前先找到他。」

艾琳正準備點頭附和，卻突然意識到水道上的聲音有了變化。他們周遭靜了下來，寂靜像是有形的東西飄向他們的貢多拉船，所經之處的細微聲響都被它吞沒。她坐直身體，脫離韋爾帶有保護意味的臂彎，看到有六艘籠罩在陰影中的貢多拉船朝他們的船移動。逐漸接近的船夫個個身著黑斗篷，動作流暢到不像人類，他們的船槳幾乎沒有擾動水面。

第二十一章

「快點轉向，」韋爾對貢多拉船夫說。「我會給你加錢——」

「加再多錢也不值得和十人會作對啊。」貢多拉船夫用顫抖的聲音說。他威脅似地朝他們揮舞船槳。「你們給我乖乖待著別動。」

裝無辜是行不通的。現在的問題是：艾琳爲了安全離開，願意製造多大的騷動。很大，她決定。

她爬起身來站直，深吸一口氣。「水道的水，結成厚厚的冰！」她放聲大喊。

她的話聲在寂靜中迴蕩。接著他們的船突然停住，震得艾琳跪下去。韋爾抓住她，把她扶起來，並且穩住她的身體。四周不再寂靜；現在空氣裡充斥著木頭船被困住的嘎吱聲，突然凝固的水道表面浮上一股寒氣。剛才朝他們逼近的貢多拉船也被困住了，船上的人一時間似乎也錯愕得靜止不動。

「這冰面撐得住我們嗎？」韋爾當機立斷地問。

「最好可以。」艾琳邊回答邊從船邊翻出去；冰面被她的體重壓得發出聲響，但沒有破裂。她開始拖著腳步往水道岸邊急走——水面結凍時還保留了波峰和波紋，讓她的腳能找到著力點。她以前在寄宿學校除了有差點溺斃的經驗之外，還曾經在半結冰的湖面上進行危險的活動，所以她不是第一次做這種事了。韋爾差點滑倒，她扶穩他的身體。較遠處的貢多拉船附近傳來碰撞聲，顯示對他們的追兵來說，要在冰上行走沒那麼容易。

在正常情況下，應該會有大批好奇的旁觀者擠在岸邊看熱鬧，但因爲十人會的祕密警察現身了，就等於很有效的清場。艾琳和韋爾從冰面爬上岸時，沒有任何人擋路。他們爭取到大概一分鐘的優勢，僅此而已。現在那些一身黑的蒙面人都沿著冰面朝他們奔來，態度看起來比較有自信了。

該進一步拖慢他們的速度了。「**冰塊，裂開！**」

有趣的是，不是所有的冰都以同樣方式裂開。有的碎成小碎片，像塵埃一樣沉入水裡，有的則維持著大塊冰塊的形狀，像是一座座小冰山朝著下游漂去。在詭異的寂靜中，冰面上的人落入冰冷水裡，但他們仍奮力掙扎著朝艾琳和韋爾游來。

韋爾抓住艾琳的手臂，拖著她跑進最近一條巷子，巷子夾在一排老房子之間，前方有一道窄橋。

「我們得躲開他們。」他說，她不禁思考講廢話是不是他的個人癖好。

「最後有人看到凱的地方在哪裡？」艾琳問道。

「聖馬可廣場。」韋爾回答。他托著她的腳幫她翻過兩棟房屋之間的石牆，進入一座私人花園，接著他自己也跳進去。「聖馬可鐘樓。」

「顯然十人會秉持著『最危險的地方就是最安全的地方』原則。」艾琳喃喃道。她踢開一隻擋路的自由放牧雞，那雞拍著翅膀咕咕叫。「抱歉。」她對打開後門抱怨的火大屋主道歉。煙幕彈、煙幕彈——他們需要製造煙幕彈。「韋爾，如果我們是外國間諜，特地來這裡搞破壞，會拿什麼當目標？」

「十人會啊，」韋爾說。「或是暗殺總督，或炸掉軍械庫。軍械庫難度最低，因爲它和聖馬可鐘樓都在這裡的東北邊。妳可以讓我們的追兵誤以爲那是我們的目標嗎？」

「我可以試試看。」但她很懷疑該怎麼做。她現在想起威尼斯軍械庫是什麼樣的地方了——它是由造船廠和軍械庫組成的大型建築群，規模之大且極度工業化的風格，讓但丁在《神曲・地獄篇》裡描述了它的作業景象。而她對這座城市的地理概念，足以讓她知道軍械庫就在水岸邊，面向著零星錯落的小島和外海。

他們後方遠處傳來奔跑的腳步聲。雖然韋爾只憑一天就培養出有點超自然的能力，能在這城市的陋巷裡認明方向，但十人會的爪牙仍然緊追在後，而且正在縮短距離。

要讓聲東擊西之計奏效，她得留下夠明顯的行跡才行。「我們得去水邊，」她簡短地說。「我需要一艘船，還需要可以放在船上的東西。」

韋爾歪著頭思考，然後點點頭。他轉了個方向，帶她走右側街道，前往濱海區的嘈雜人聲。

他們衝進一座小碼頭，那座碼頭夾在兩排旅舍和商店之間，碼頭盡頭繫泊著大約六艘划艇。好極了。不過這是一條死路，前面只有一片水而已。所以這個主意最好有用。

「解開那一艘船。」艾琳指示韋爾，並指著距離最近的船。她扯下罩在隔壁那艘船上的油布，把它塞進第一艘船裡，爲了保險起見，再把自己的披巾放上去。她從他們站的位置可以看到威尼斯潟湖的大圓弧，還有圓弧外側的海洋。從這麼遠的距離看去，火車像根鐵鍊橫放在凸出去的月台上，不過她也能看到月台後方是位於圓弧另一側的建築，在他們東方超過八百公尺處。現在她知道方向了，軍械庫看起來十分顯眼。即使已經夜深了，那裡仍亮著煉冶爐的火光，整個建築群的輪廓因為發光的煙囪、高牆和船桅而顯得很不規則，煙霧從那個位置不斷飄上無雲的夜空。

繩子解開了，韋爾悶哼一聲，退後一步。「如果妳要讓船走那麼遠，妳可以遙控它嗎？」

「我可以讓它啓航，然後讓他們追著它。」艾琳勉強自己用充滿自信的語氣說。她剛才讓水道結冰又碎裂，頭一直在隱隱作痛，而且也有種虛弱的感覺。她眞希望自己有時間吃晚餐，或是午餐，甚至是早餐。船在水中上下擺動，她伸手按著船的龍骨。「好，你退後一點……我手摸著的船，快速駛向外海，繞過妖精的火車，然後前往東邊的造船廠，沒到目的地前都不要停。」

能量從她身上洩出，就像失血一樣。不過韋爾趕在她一頭栽入水裡前抓住她，同時船也向前駛出，切過波浪朝外海前進。韋爾一手攬著她的腰，帶著她走進兩間魚店之間的小巷，並且拉著她躲進陰影中。

他們才剛躲好，追兵就趕到了。

艾琳緊貼著牆，很慶幸這幢破破爛爛的老房子提供了不規則的陰影。她和韋爾一齊看著那群蒙面人（大多因為掉進水道而渾身滴著水），他們指著現在已遠離的船，評估了一下航向，接著船彎向軍械庫，他們就順理成章地有了結論。

十人會的爪牙走了以後，他們又繃緊神經繼續等待。她得確定十人會的爪牙不是躲在轉角後等著她和韋爾離開藏身處。艾琳心裡有兩個時鐘——一個在計算還有多少時間，讓她足以確認出去是安全的；另一個更大一點，在倒數距離凱被拍賣還剩多少時間。這種想像畫面令她很不舒服。

等他們再上路，街上仍然很熱鬧，但沒人多看他們一眼。少了陰沉的十人會爪牙，現在周遭有足夠的噪音，讓艾琳能放心沒人竊聽他們的對話。而且現在每個人都戴著面具。油燈的光讓眼孔變成漆黑空洞，把沒有裝飾的面具變成骷髏頭。某棟房子的高樓層窗戶飄出管樂器的聲音，讓即將降臨的深夜平添了一抹不祥氣氛。韋爾向攤販買了兩個糕餅，分了一個給艾琳，兩人繼續走。

他們在廣場外圍停下來，艾琳望向他們的目標。聖馬可鐘樓孤零零地矗立在廣場一角，高度足有九十公尺。她隱約看得到淺色大理石建成的鐘室、頂端的角錐形尖塔，還有在星光下閃著幽光的風向儀。鐘塔磚造結構的其中一面是有一排細窄大理石窗框的窗戶，一路往上延伸，像是一條虛線。它離周圍其他建築都太遠了，她和韋爾沒辦法沿著屋頂靠近它。更重要的是，鐘樓底下的唯一門前，有八人組成的衛兵隊在站崗。「我們來祈禱他們的原則不是『看到人就格殺勿論』吧。」她做出結論。

「如果我們離得夠近，妳能不能施展那種技巧？」韋爾問。「就是妳能說服他們看見的是別人那種？如果不行，我們就要假裝成信差了。」

八個人破了她先前的記錄，但他們也沒有什麼選擇的餘地。「我在做的時候你得幫忙撐住我。」她把糕餅吃完，拍掉手上的屑屑。「我會精疲力盡，至少會維持幾分鐘。但你說得對，這是最好的選擇了。眞希望我們能看見裡面是什麼情況。」

「我先前探路的時候只能看到一些樓梯，」韋爾說。「當然我是扮成乞丐。那時候離得比較近，可以看到拱門裡面。要說再有什麼障礙物的話，應該是在更上面的地方了。」

*而且很可能是我得處理的東西。*艾琳點點頭，做好心理準備。「那我們最好快點開始吧，趁著關

提斯大人還沒追上來。」她說。她勇敢地跨出去，韋爾的手臂仍然貌似親密地摟著她的腰；她盡量不扭頭察看或傾聽有沒有追兵。

他們走到衛兵隊面前時，其中兩人上前一步，用長槍交叉擋住韋爾和艾琳。「朋友，今晚不行。」其中一人說。「如果你是新來本市的訪客，明天再過來，你可以在廣場上聽鐘聲。」

韋爾瞥了艾琳一眼，她知道換她上場了。她深吸一口氣，上前一步。「在你們的認知裡，我和我身旁的男人有權來到這裡，並且進入聖馬可鐘樓。」她說，刻意提高音調讓所有衛兵都能聽到。

她感到那股強制力生效，像是現實中的釣魚線繃緊，然後衝擊力擴及她身上，讓她腳步踉蹌了一下。她又流鼻血了，血在面具底下順著臉往下淌，一時間她的腦袋轟然作響，音量大到她幾乎聽不見韋爾命令衛兵開門的聲音。顯然當你試圖同時影響好幾個人，反作用力確實會更大。知道這一點也好，不過希望再也不必這麼做了。但是看看現在的局勢，也許明天早晨她就得故技重施，而且還沒有咖啡幫忙。

衛兵敬禮後退，把長槍立在地上。「沒問題，先生，」第一個衛兵說，表情驀然轉爲尊敬。「我們聽候差遣。」

韋爾短促地朝衛兵隊點了一下頭，暗暗收緊攬在艾琳腰間的手臂，把身體微微搖晃的她扶牢。接著他帶她往前走，進入大理石拱門入口。石頭上雕刻著許多神祇，油燈光芒讓她視覺錯亂，覺得那些人像都譴責似地睥睨著他們兩人。另一對衛兵替他們打開精緻的青銅大門，讓他們進入鐘樓主體。

艾琳在頭痛折磨中好奇地猜想，那些衛兵把他們當成誰了？關提斯夫婦嗎？十人會嗎？還是來鐘樓裡看蝙蝠的一般遊客？

聖馬可鐘樓裡非常暗。細窄的窗戶讓稀微月光透進這空洞的建築，但是那斜射的光線只能照亮牆壁，因此牆壁中間的鐵製螺旋梯只能在相對較暗的黑暗中向上延伸，貫通這幾乎空無一物的高塔中央。這裡面沒有衛兵。

「妳能站嗎？」韋爾邊問邊放開她。

艾琳膝蓋軟了一下，但仍站著。「應該可以。」她說。她稍微掀開面具，用袖子去擦鼻血。她的鼻血差不多已止住了，但頭仍作痛。

「我們最好快點了，剛才實在太容易了，我覺得事有蹊蹺。」

出力的又不是你，艾琳心想，不過她也不得不贊同。他們能從關提斯大人手裡脫逃，還搶先來到這裡，真是太幸運了。這種幸運維持不了多久。被害妄想症已經讓她在猜測這是個陷阱了；但她和韋爾還是爬上鍛鐵樓梯，韋爾打頭陣。他們踩下的每一步都發出響亮的嘎吱聲，在密閉鐘樓裡顯得異常大聲。樓梯外側只有弧狀鍛鐵枝當作安全防護，不過階梯本身在她腳下顯得很堅固可靠。

他們爬到離地大約四十五公尺的高度時，韋爾突然停下來。他們都花了片刻時間喘氣，然後他指著上方。他們頭上出現一片天花板，而螺旋梯直接穿過它。

艾琳豎耳細聽，但上頭沒有任何聲音，而且周遭就像所有空曠的空間一樣死氣沉沉。他們都戒備地往上走，結果鐘室裡空無一人。但是螺旋梯仍往上延伸，再次穿過天花板。上到那一層之後，他們看到頭頂的屋椽間掛著許多鐘，金屬集合在一起的視覺效果非常嚇人。月光從鐘樓的四面牆上的四個深拱窗透進來，把鐘室地板的地磚花紋照得一清二楚，因此現在他們至少能看得比較清楚了。

韋爾皺著眉頭環視周圍。「它是在這裡的某個地方，還是要再上去？溫特斯，妳注意到什麼不尋常之處了嗎？」

「我……」艾琳極力思索該如何描述她的感覺。「這整個地方感覺像是某種中心點。我只能判斷到這樣而已。你還有什麼別的感覺嗎？」

「我只是個人類。」韋爾說。即使隔著面具，他還是察覺了她的怒氣。「說眞的，溫特斯，以我們目前的處境而言，妳應該慶幸我只是人類。」他穿過拱門進入小房間，開始在地上到處遊走，用專業的眼神掃視地磚。「很可惜，敲鐘的人把任何可能有用的證據都弄亂了。我只能確定有些人還繼續往樓梯上走。」

除了這地方整體呈現的震懾感外，艾琳還覺得有種異樣的感覺。她覺得她漏掉了某種連結。她低頭看看韋爾在戳弄的地磚，又看看自己踩在鐵樓梯上的腳，突然醒悟過來。「有意思。」她喃喃道。

「妳說什麼？」韋爾問。

「鐵。」她用腳尖輕點樓梯。「我遇過的每個妖精都不喜歡這種材質，那麼爲什麼要建一道鍛鐵樓梯來當作通往私人監獄的主要入口呢？」

「建築學上的必要考量？」韋爾提出想法，但他自己也並不眞心這麼認爲。

「不。」她在思索這座監獄的用途。「這所有的一切——包括地點、衛兵和鐵樓梯——都不光是爲了阻礙入侵者而存在的。是爲了阻礙妖精入侵者。」

「那我不禁要懷疑監獄裡關的都是哪種人了。」韋爾回到樓梯上。「不過我想這一層沒什麼可查探的了。」

「我同意。」艾琳說。「我們得繼續往上爬。」

他們爬到和大鐘齊平的高度時，樓梯離大鐘近得令人不安，近到艾琳伸手就能摸到暗沉的青銅鐘面。有別於先前快速卻嘈雜的步調，他們現在盡可能不發出聲音地爬樓梯。他們上面一層有燈光，是油燈裡火焰散發的黃光。但他們沒聽到說話聲或任何動靜。

這時候突然有一聲槍響劃破空氣，子彈打在金屬樓梯上。艾琳向後縮，想要尋找掩護，不過沒有任何地方可以躲藏。

「把手放在頭上。」上方有個聲音用義大利語說。那聲音很緊繃，聲音的主人是個男人，他對任何驚喜都會做出不好的反應。「你們慢慢上前來，不要做出任何我們可能誤解的動作。待在樓梯上，不要試圖離開樓梯。我們知道你們有兩個人，別想裝作只有一個人。」

韋爾點點頭，舉起雙手。「我們來了，」他朝樓梯上喊道。「我們不會輕舉妄動。」

「最好如此。」那聲音回應。

鐘樓頂端小小的閣樓非常擁擠。四名衛兵舉著槍在等他們，空間顯得很狹窄。艾琳在韋爾後頭兩步距離，從他腰部旁邊探頭察看，能把那四個人都看得清清楚楚。樓梯兩側各有兩盞掛在屋椽上的油燈，衛兵們可以輕鬆射擊目標。他們在樓梯通到屋頂的唯一出口後方就定位，而被困在兩條緊密交織的安全護欄之間的艾琳和韋爾，根本無處可躲。

但是樓梯本身還繼續往上延伸。並沒有停在屋頂處，雖然根據邏輯和常理，它都該到了盡頭，實際上卻不可思議地向上延伸。一陣涼風往下吹送，挾帶著水和石頭的氣味。

卡切里，艾琳心想，我們一定已經來到它的邊界了。

「報上你們的身分，」第一個衛兵說。「如果有證明文件，拿給我們看，但動作慢一點。」

威脅利誘都無法讓他們通過這些衛兵——對方警覺性很強，也很專業。誘騙他們或許可行，不過這次還有更簡單的解決方法。艾琳轉過頭，讓嘴唇貼在樓梯旁的安全護板上，然後悄聲說：「**鐵板，密合起來圍住樓梯，讓外面的人進不來。**」

金屬移動時似乎發出了尖叫聲，嘎吱作響地拉扯著外側護板框架和把它固定住的鐵桿。樓梯側面整個變形，形成他們和衛兵之間的屏障，護板原本細緻的花紋都被扭得凹凸不平，變成一塊廢鐵。不過它是一塊有保護作用的廢鐵。韋爾立刻應變，往樓梯更高處衝——經過守在屋頂閣樓的衛兵，進入不該存在的空間。艾琳只比他落後一步。

其中一個衛兵反應過來，立刻開槍。他的子彈打在鐵板上，反彈射到石牆。另一個衛兵腦袋比較靈光，他繞著樓梯跑，直到在兩片變形鐵板間找到空隙，然後他把槍口塞進去，朝上瞄準韋爾和艾琳。子彈擦過韋爾的前臂，打在樓梯中央的鐵柱上，再沿著階梯滾下去，發出一連串叮叮聲。韋爾手臂濺血，他咒罵一聲按住手臂，不過他們還是繼續跑。

隨著越往上爬，樓梯也不可思議地越來越寬，他們把憤怒的衛兵拋在後頭。就實際層面來說，他們現在應該已經超過了鐘樓屋頂，但樓梯還在往上延伸。現在兩側牆面也越離越遠了，在黑暗中幾乎看不到，只看得出巨大石塊的輪廓。

艾琳甚至不知道這些微的光源是打哪兒來的。她決定不去深入探究，不過她希望它不要消失。在近乎全黑的環境下，爬上一道高度不明的脆弱鍛鐵樓梯，底下還有衛兵虎視眈眈，已經夠悲慘了。如果在完全黑暗的情況下這麼做，會慘上加慘。

一陣強風沿著樓梯颳下來，使得金屬顫動，發出嘎吱聲響。

「越來越暗了。」韋爾扭回頭喊道。

艾琳眞希望他沒這麼說。「也許他們通常會帶提燈，」她回答。「你的手臂怎麼樣？嚴重嗎？」

「只是皮肉傷。」韋爾滿不在乎地說。「妳不能用語言讓傷口癒合嗎？」

「你是活生生的人，」艾琳在喘息的空檔解釋。「我可以叫傷口癒合，但它未必會保持密合。我需要精確的解剖學知識才能讓傷口眞的合起來。綁帶的幫助還比較大。」

這時候光線又變亮了。兩側牆面變得很遠，他們爬的樓梯成了大得嚇人空間中央一道金屬做的螺旋物。他們還是看不出光源究竟在哪裡。艾琳隔著鐵護板的空隙望出去時，可以看到遠處的牆壁和更遠處的天花板，但看不到天空或人工照明設備。現在她重重地喘氣，兩腿也十分痠痛。

更強的一陣風讓樓梯再次搖晃。這次她和韋爾都慢下腳步，她看到韋爾用力扶著中央的柱子來穩住身體。他的袖子上有血痕，短上衣也濺了血跡。

「在這裡停一下，」艾琳堅定地說。「光線夠亮了，我得先幫你包紮手臂，免得你繼續失血。」

韋爾從護板之間往外窺視。「我看到再上去一點有東西，也許我們應該先走到那裡再說？」

「如果上頭有危險，我寧可先幫你止血，也不要直接面對它。」

「噢，好吧。」他不在意地說，在樓梯上坐下來，綳緊手臂擱在膝蓋上。「感覺沒那麼嚴重。」

艾琳不確定該把他的態度解讀爲沒把受傷放在眼裡——中槍可能算是職業傷害——或是他只是不想示弱。她懶得和他鬥嘴，直接坐到他身邊，把他的袖子往外翻。子彈擦過他前臂肌肉的位置，有一條滲著血的細傷口。「你運氣不錯，」她冷靜地說。「子彈沒有傷到動脈。」

「如果有，我一定會注意到的。」韋爾碎唸。「妳身上有沒有白蘭地？」

「沒有，但我覺得我們也沒剩足夠的時間讓傷口化膿了。」

時間，沒錯。時間像貪得無饜的時鐘，不停吞噬每分鐘，逼得他們越來越靠近災難。「冒犯了。」她說，並且亮出刀。幾秒鐘之後，韋爾染血的衣袖已經變成兩塊布墊，手臂的上側和下側各一塊，她的裙襬則改造成綳帶。

韋爾看著包得很醜的布塊。「溫特斯，妳受過護理師訓練嗎？」他咬著牙問道。

「只有基礎的急救和救生訓練，例如扭傷、骨折、槍傷、硫酸灼傷之類的。」她把刀收起來。「不曉得上面還有沒有更多衛兵。」

「我們去搞清楚吧。」韋爾又開始爬樓梯，速度快到艾琳懷疑他是不是刻意想證明什麼。不過這時他突然停步，指著某處說：「妳看那裡。」

艾琳順著他指的方向看過去，樓梯終於不再延伸了——像是垂直圓管的末端，而天花板還在上頭某個不確定的高度。她光是想到他們爬了多高就一陣天旋地轉。前方樓梯側面出現另一道拱門，一道和樓梯同樣材質的鐵拱橋從這個開口延伸出去，跨越他們周圍的環狀深谷，另一端陡斜而下，銜接到對面的某種路面上。

這道樓梯就像一片很大的空曠區域中央的一個點，而在空曠區域再過去的地方，是一片不可思議，甚至不可能存在的建築地景。在遠處的那片地景上，矗立著許多有拱門的石牆，而且規模大得超出人類建築的合理範圍，就像是面積足以容納整個國家的大教堂。在這些拱門之間有小小的谷豁，其上有石橋或鐵橋作連接，在半明半暗的光線中呈現淺灰和深灰色。一道道樓梯沿著牆面蜿蜒而下，或是用長纜線懸吊起來，再固定在高處某種天花板上。飛拱和高塔側面有許多小小的鐵窗，標記出窗戶位置，從艾琳和韋爾的位置遠遠看去其小無比。風颯颯地穿過石造建築，在高聳的樓梯間嗡嗡作響，經過一排排拱門時又有如低語。那是一座迷宮。它規模很可能遠比他們所能看見的更大，而且他們也無從確認它到底延伸到多遠的地方。那片地景後方既沒有顯著的圍牆，也沒有村落景物。

而且到處都沒有人，一個都沒有。

「好迂迴的巴洛克式入場方式。」韋爾語帶不滿說。

艾琳正在思考。「也許，」她慢吞吞地說。「這個地方的唯一出入口，至少對妖精來說，就是走這道樓梯。鐵製的階梯會削弱想要進去——或出來——的妖精力量。畢竟通常力量夠強大的妖精可以穿越不同世界，如果他們可以直接在這裡面出現，不就失去監獄的意義了嗎？」

韋爾點點頭。「嗯，我們只能希望它沒有防龍族或圖書館員的功能。他們一定用了某種方式限制石壯洛克的行動，但如果他們能綁住一條龍，只希望我們有辦法替他鬆綁。」

艾琳嘆了口氣。她摘掉面具，在爬了半天樓梯後稍微享受一下涼風拂面的快感。「恐怕我需要一座圖書館來自行打通出口，或至少要有很多書的地方——前提是這一招在這裡有用，而在威尼斯是行不通的。」

「啊，這個嘛。」韋爾說。他很難得地對她笑了。「剛才衛兵在訊問我們時，妳對鐵板動的手腳非常高明。我很佩服妳。」

艾琳回以笑容。「我們是很好的搭檔。」他竟然會稱讚她，而不是理所當然般看她大顯身手，還眞是太陽打西邊出來了。但她不想給他太情緒化的回應，免得他難爲情。

「確實。」韋爾贊同。他轉身面向鐵橋，開始過橋。橋的寬度夠讓兩個人並排前進，幸好兩側都有護欄，但儘管如此，它的結構還是脆弱到令人不安——不，艾琳在心中糾正自己：它夠堅固了。只是因爲和周遭其餘建築誇張的規模相較起來，才顯得不堪一擊。

他們由橋上踏到橋下的石頭路面後，韋爾再次停步，若有所思地打量周圍。「這片區域大到不可能搜查。不過送石壯洛克進來的衛兵一定在兩天內走過這條路，如果我們能發現他們的足跡——」

「其實我有另一個想法。」艾琳說。「我之前在底下的威尼斯試過，但當時環境裡有太多混沌力量在干擾。但既然這裡是專門關妖精的地方，搞不好就能用這個方法了。請等我一下。」

韋爾點點頭，退後一步看她怎麼做。

她拉出凱的叔叔的墜飾，在右手腕上繞了兩圈以免弄掉——鍊子拉扯到關提斯大人新留下的瘀青，讓她痛得皺了一下臉。這是龍的物品，而這附近只有——至少理論上是——一條龍。

艾琳舉起手，讓墜飾懸在她面前。「**同類相吸**，」她用語言清楚地說。「**指向擁有你的龍的姪子**。」

墜飾抖動了一下，然後往某個角度甩出去，指著他們面對的方向約四十五度角處。它鎖定位置後，還拽了拽她的手腕。

「那裡。」她說，極力克制著不因爲鬆了一口氣而腿軟。當然她也可能是因爲累壞了而腿軟。這次終於有效了。剛才全神貫注在墜飾上頭讓她精疲力盡，而現在她的精力仍然在流失，就像血不斷滲出一道小傷口。「應該可以了。」

「幹得好，溫特斯！」韋爾叫道。「它能維持多久？」

「我不確定，」艾琳坦承。「但如果我們需要作三角定位的話，我可以再做一次。」

韋爾點點頭。「既然如此，希望目的地不是太遠。」

他們朝廣大的空無邁進，踏在石頭上的腳步發出回音。感覺好像他們正穿越巨大的舞台布景，而兩側正有一群隱形觀眾在看著他們的一舉一動。

第二十二章

他們走了至少半個鐘頭，才聽到除了他們自己的腳步聲之外的聲音。墜飾的效力一直維持得很好，像是占卜用的靈擺一樣拉著艾琳手腕，只不過它不太人性化，只是指著概略方向，也就是直線路徑，而不是在每個岔路口或樓梯前改變方向。

這整個地方的氣氛，只能用「死氣沉沉」來形容——而且是從來就沒有活過的死氣沉沉。就連冰冷的花崗岩和大理石之間出現木材或繩索時，看起來也像化石一樣僵硬，而不曾顯露出有機物質的特性。他們經過一些封閉式湖泊，湖水清澈而黝黑。水裡沒有東西在游動，沒有任何擾動水面的物體。水裡沒有任何生物。

她沒有考古學或建築學背景，沒辦法分析此地的石造建築。韋爾有好幾次指著石獅或拱門的弧度，碎唸著「受到巴比倫影響」或「典型的撒克遜人工藝」之類的，但她只有點頭的份。她甚至不確定為這些建築歸類，究竟能不能界定這地方的眞實歷史軌跡。那種假設的前提是以前眞有人曾在這裡生活。

路上也沒有可以幫助他們判斷的腳印，沒有泥土或灰塵的痕跡——應該說這裡連灰塵都沒有。韋爾對這一點也有意見，嘟囔幾句後歸因為「這裡整個就是不正常」。

唯一的好事是，威尼斯的高度混沌環境讓她的大圖書館烙印很痛，而現在疼痛緩和了。艾琳幾乎不再注意到烙印，但她倒是察覺到痛楚消失這件事。這也算合理。既然這裡是關妖精的監獄，它會削弱而非增強妖精的力量也是應該的。

他們正從一座高聳的棱堡底下經過時，聽到第一個怪聲。它來自棱堡牆壁另一側，聽起來像是低沉又具有穿透力的耳語。它在石材間迴蕩，並且使得他們身邊靜止的水道用漣漪來回應。它幾乎……幾乎是有意義的，讓艾琳想要停下來仔細聆聽，試圖分辨內容。

她轉過頭，看到韋爾露出同樣渴盼的眼神。

她攥住他的手臂拉著他走，遠離那個漸弱的耳語聲，直到寂靜中再次只剩下他們的腳步聲。那耳語聲仍然誘惑她回頭看、在那裡多待一會兒，好像她忘了什麼重要的事，她眞該回頭處理的事。

但墜飾依然指導他們前進。他們爬上一道宏偉的樓梯，過了另一座高聳的橋，接著又走過一連串彎折的樓梯，那樓梯始終往左彎，可是很神奇，他們並沒有繞回原點。至少就她看來是沒有。

這時一聲尖叫打破寂靜。尖叫來自一個巨大的金屬球體──不，應該說是球型籠子──它懸吊在一片空地之上。吊住它的是一組纜線和鐵鍊，一路往上延伸到幾乎看不見的天花板上。那聲音來得突兀又很駭人，像是寧靜的夜晚有隻貓頭鷹無預警尖啼。那聲音就和貓頭鷹一樣不像人類所發出，像是野獸。不管籠子裡關著什麼，艾琳都不希望牠出來。

稍早前，她曾認爲其他的囚犯可能成爲他們的盟友。她考慮過她和韋爾要不要放出一些囚犯，再趁亂帶著凱逃跑。但她在這以廣闊和冰冷爲基調的監獄裡待得越久，就越不喜歡這個點子。這類監獄勢必是專門爲極度危險的囚犯打造的。連其他妖精看了都會害怕的怪異瘋子。因此放他們出來可能眞的是壞主意——最後會以尖叫和碎裂聲畫下句點的那種壞主意。

「溫特斯，妳覺得還有多遠啊？」韋爾問。

「不知道，」艾琳聳聳肩說。「要我說的話，因爲方便性考量，我覺得凱不會離入口太遠。不過也許他們有某種交通工具，速度比走路快。」

韋爾點點頭。「我原本希望至少能找到一些足跡。」他再度重申，用手比了比他們前方光潔如新的石頭路面。

「我覺得現在的狀況可能沒有我們想的那麼糟。」她堅持說道。

「怎麼說？」韋爾問。

「有些妖精可能想開戰，」她回想這兩天的所見所聞。「但是這裡的人並沒有把關提斯大人奉爲上賓。他需要叫自己的手下負責歌劇院的保全工作；十人會的祕密警察也在監視他。聽起來十人會只提供他最低限度的合作關係而已。」

「但是如果十人會不是全力支持關提斯夫婦，爲什麼不乾脆拒絕合作呢？」韋爾說。「假如他們寧願管好自己的地盤、無意擴張領土，那也是他們的特權，爲什麼又要蹚渾水來參與這樁大陰謀？」

「因爲如果關提斯夫婦看起來要在政治上闖一番大事業，十人會就不能不和他們合作了。」艾琳說。「那會像是，嗯……」她試著回想韋爾那個世界的政治局勢。「像是有人在倫敦市中心逮捕了一個惡名昭彰的法國間諜，還昭告所有報社。英國政府不得不公事公辦，雖然他們寧可掩蓋消息，悄悄把間諜遣送回法國，或甚至拿他來交換他們自己被逮到的間諜。關提斯夫婦玩的權力遊戲，使得本地的十人會不可能保持中立，那樣他們將承受顏面及權力受損的風險。如果關提斯夫婦成功了……十人會一定能從戰爭中撈到好處，其他妖精也是。但如果關提斯夫婦失敗了，搞得灰頭土臉，十人會會想和關提斯夫婦切割，就和其他人一樣。」

「滿有道理的。」韋爾說。「但是溫特斯，我們現在想闖入十人會的私人監獄，如果我們成功了，他們會有充分理由希望我們死，和關提斯夫婦一樣強烈，甚至更強。我們現在是直搗他們的權力基地，就算我們把責任推給關提斯夫婦——」

這時他停下來，示意要艾琳保持安靜。她隱約聽到遠方傳來腳步聲，儘管四周充斥著窒人的寂靜，那聲音也只是勉強可聞，是因爲此地建築物的奇特構造才傳到了他們耳邊。

衛兵，或追兵，或兩者皆是。

接下來一段階梯可夠折騰人的。它以大約六十度角往上延伸，每一階都是滑溜的淺色大理石，而且高到艾琳的腿才抬到一半的高度時就已經拉得很痛了。韋爾率先爬到最上面，他往回看——還沒有人追上他們。

艾琳吃力地爬上最頂端那一階。接著她咬牙察看墜飾。它總算指向明確的東西了——它指著他們走的樓梯右側一根巨大的柱子。那根柱子非常粗，直徑大概將近三十公尺，就她視力所及，這根柱子由地板一路延伸到天花板。許多道橋由柱子的不同高度向外伸出，就像靴刺一樣，此外柱子上還裝飾著許多凸出的三角旗，旗面上有一些難以理解的灰色圖案。

但是當他們走到柱子邊，卻看不到任何明顯的窗戶或鐵窗能通向內部。艾琳繞著它走，滿懷期望地舉著墜飾；不過儘管墜飾不管從哪個方向都指向這根柱子，卻沒有開示任何下手之處。

「我可以試試命令它。」她懷疑地說。「叫它打開之類的？」這招應該有用，但可能也會打開她聲音所及範圍內所有關閉的門。而她實在不想認識其他囚犯。

「我先檢查一下。」韋爾果決地說。他現在非常警醒，神經緊繃且專注。他跪在柱子前，傾下身去，直到鼻子離地板只有一公分。接著他四肢並用繞著柱子爬，瞇眼察看。感覺過了很久，他快速站起身，手指沿著兩塊石頭的接縫往上摸。「我——對，我應該找到了。這裡。」他講話聲音很輕，但緊繃得像調好音的小提琴琴弦。他點了點大約與眼睛齊高的某個位置。「溫特斯，我認為這裡有某種鎖，通常要用鑰匙來開，但以目前狀況而言……」

艾琳點點頭。她站到他身邊，傾身湊向前，直到嘴唇幾乎碰到石頭。「鎖，打開。」她小聲道。石柱上的接縫分開了，其中一塊石塊向內翻轉，露出一條又短又暗的通道，通道另一頭隱約可見一處開放空間。他們躡手躡腳地走進去，四周完全寂靜無聲。

柱子中央的房間寒冷而陰暗，只有細窄的光線提供光源，光線來自高處牆面上的細孔。他們終於看到凱了，他被鐵鍊拴在另一頭牆上。

比較有尊嚴的做法是隔著一段適當的距離說幾句漂亮話，但艾琳早就顧不得什麼尊嚴了。她不管會不會有陷阱，直接撲上去擁抱凱，抱了很久很久。

他身上的襯衫和長褲都像歷盡磨難，背心鬆鬆地掛在身上，臉上還有明顯的瘀青。一個沉重的黑色頸圈環住他的脖子，看不出是用什麼方式鎖住的，他的手腕則被很粗的鐵手銬拴在牆上。他看著艾琳和韋爾的眼神，好像他們是不可能存在的，好像他們根本沒有眞的出現在這裡。

艾琳深吸一口氣。她的眼睛熱辣辣的，一時之間，她擔心自己會難爲情地哽咽起來。「這邊的住宿環境還眞不怎麼樣。」她說，有點不情願地放開凱。他還活著——在最悲觀的時刻，她對這一點是抱持懷疑的。她把墜飾套回自己脖子上。「韋爾，你能撬開這些鎖嗎？」

韋爾似乎說不出話來，他緊握住凱的肩膀一會兒——也許這是他能做出最近似於艾琳的擁抱的舉動了——然後他轉頭察看凱手上的鐵手銬。「如果這是普通的鎖，我有把握能打開。」他說。「不幸的是，我懷疑這上頭施了妖精魔法。石壯洛克，你能給我這手銬的任何資訊嗎？」

凱張開嘴，又閉上，又張開。「艾琳……韋爾……」他的嗓音又乾又啞。他渴切地望著他們兩人。「你們是眞的嗎？不是某種幻覺吧？如果我要你們掐我一下，你們會掐我嗎？」

「會，」艾琳嚴厲地說。「我會。而且我會用力到你後悔要求我做這件事。凱，我們在這裡——你沒有出現幻覺。我們來了。」她再度擁抱他，試著說服他。「而且時間快不夠了，我晚點再回答你的問題。你對這套枷鎖有任何了解嗎？」

「這頸圈施了魔法，好讓我維持人形，並限制住我的力量。」凱說完停頓了一下，甩甩頭。他的聲音在顫抖。「抱歉，我還是不能……其他的我就不知道了。也許如果艾琳運用語言的話——你們是怎麼來的？我們在混沌的盡頭耶。」

「我們在一群特別邪惡的妖精打造的古老監獄裡，他們的世界有點像浪漫的十七世紀威尼斯。」韋爾說，他退後一步，幾乎是用實質作爲把自己抽離情緒化的表現方式。「我們是坐火車來的。溫特斯，妳來處理鐵鍊吧，我沒辦法撬開這些鎖。」

艾琳眞希望她向考琵莉雅回報時，也能這樣化繁爲簡。當然要向考琵莉雅回報的前提是她能活著離開這裡……「唔，」她說，彎下腰去盯著鐵鍊。「我的能力不足以看出這有什麼異常之處。韋爾，你退後一點。我先試試頸圈。」

她思考了一會兒，然後盡可能精確地說：「**環住龍脖子的頸圈，解鎖、分離、打開。**」

她的聲音像是墨汁滴入水裡般在空氣中暈開，語言在室內迴蕩。她刻意輕聲細語，但不知爲何，空氣像鼓聲被悶住一樣地震動。她感覺韋爾縮起身子後退，凱則痛得倒抽一口氣，頸圈在他的喉嚨周圍收緊，他的背弓了起來。

艾琳在剎那間想著「我害死凱了」，那心跳一下的時間，感覺彷彿永恆那麼久。「**頸圈，打開！**」她尖叫，將全身力氣和精神都灌注在話語中。

頸圈抖動著，表面像波紋綢一樣現出漣漪狀的閃光，然後崩裂開來。碎片向外迸射，有兩塊碎片擦破凱被吊起的手臂，然後嵌進石牆和地板。凱身體一軟，被手腕上的鐵鍊吊著，又是咳又是喘。他的喉嚨顯現一圈鮮紅色勒痕。

艾琳已經耗盡心神，伸出一手撐住牆，搖搖晃晃地站著。她意識到韋爾衝上前檢查凱的脈搏，並且向他咕噥了什麼話，但就眼前來說，她得專注在呼吸和保持站立上頭。那個頸圈是有使命的，她花了很大的力氣才破解它。

「艾琳？」凱的聲音沙啞，但還能說話。

「我來看看手銬。」她說。她振作了一下，走到韋爾和凱身邊，希望自己看起來不是蹣跚而行。

「希望這是專門給妖精用的東西。」韋爾表示。「如果是，它對石壯洛克的作用應該比較弱。」

「專門給妖精用的？」凱說，他嫌惡地看著自己的手腕。

「這裡是妖精監獄，」艾琳說。「你不是平常的入住者。好吧，我們開始吧。」

艾琳只用語言說了一句話，手銬就毫不戲劇化地脫落了，和剛才比算是反高潮。凱往前跪倒在地，但很快就奮力爬起來，揉著被金屬箍痛的手腕。

現在房間裡還有一股別的力量。它和凱眼中越來越深的怒氣及他散發的氣場緊密相關。那類似凱的叔叔把全副注意力放在艾琳身上時，她所感受到的壓力，只不過凱的力量更原始、更危險，也更一觸即發。他們囚禁了一條龍，當那條龍重獲自由，會發生什麼事？她好像聽到遠處傳來轟隆隆聲響。她得讓他保持專注。「凱，」她說。「注意力放在我們這裡，我們有個逃出去的計畫，但有人在追我們。我們得回到威尼斯、搭上妖精火車，那是我們進出這個世界的方法，但如果你顯出眞身，我想你是受不了這個世界的。」

凱望著她，他的眼睛突然間變成全黑。有片刻時間，他的臉頰和手上的皮膚浮現蕨葉狀的鱗片，臉部輪廓也變得不像人類，顯得十分駭人。

艾琳迎視著他的目光。「振作一點。」她說。如果能握住他的肩膀，請他成爲她所信任的那個人，事情會好辦得多。但那意謂把他當人類對待，而現下他離人類很遙遠。

「妳不曉得妳正在對我做出多麼過分的要求。」凱輕聲說。他的語氣有種低沉而有共鳴的潛在憤怒，像是遙遠的海浪受到壓抑的巨響。

艾琳知道韋爾退後了一步，但她不能把目光從凱身上移開，她不願意中斷他們的視線連結。

「不，」她說。「但不管怎樣，我都希望你照做。」

凱猛然吸了一大口氣——然後冷不防地，他又恢復成徹底的人形，踉蹌地往前張開雙臂抱住她的肩膀，倚在她身上，他全身都在顫抖。雷聲撼動外頭的空氣，感覺變近了。「很抱歉，」他用蚊子叫似的音量說。「我很抱歉，艾琳，我想要相信有人會來救我，但我以為沒人到得了這個地方。」

他們腳下的地面在震動，有一波轟隆隆的音波緩慢地沿著石頭傳送過來，像是脈搏；艾琳突然意識到——也像是警示。

「沒時間了。」韋爾果斷地說，她本來也想說這句話，被他搶先一秒。「石壯洛克，你能走路嗎？」

凱和艾琳拉開距離，他的呼吸漸漸緩和下來。她拍拍他的背，試著擺出安撫的導師態度，而不是洩露她有多在乎他。「我們好像觸動警報了。」她說。

「那我們最好快點了。」韋爾說。

他們走到外頭才突然驚覺，剛才聽到的雷聲和沿著石頭傳來的脈動，並不是什麼小型大氣異象。待在石杜裡讓他們受到保護，不知道現在有陣沉鬱的暴風在橫掃整個地方。地面不時就會震動一番。先前艾琳並不喜歡這裡無菌室般的寂靜，但是這新的強烈風暴也沒有比較好。她迅速用語言關上牢房門來掩蓋行跡，還有點報復心態地希望關提斯大人看到牢房是空的會嚇一大跳。

遠處有巨石崩落，空洞的撞擊聲穿過整片橋梁和拱門傳過來，有如遙遠的砲聲。感覺震動離他們越來越近了。不，不是她在幻想。震動確實離他們越來越近。

「我們最好用跑的。」她說，於是他們拔腿狂奔。

他們開始踏上回到監獄入口的漫長旅程時，韋爾向凱快速說明這兩天發生的事。艾琳偶爾會插一、兩句話，但大體而言她把氣留著用來跑步。她也能趁這個機會好好看看凱。他的健康狀態似乎還算良好，沒有受什麼嚴重的傷。他的瘀青看起來並不比混混隨手揍兩拳的程度來得深（艾琳自己也被這麼揍過一、兩回）——只有脖子上被頸圈留下的勒痕看起來比較嚇人。但他還是比以往憔悴。他少了平常的自信，少了那股想都不用想就確信自己是附近力量最強大生物的信心。就長遠來看，挫挫他的銳氣可能是好事，不過……我還是希望他沒遇到這種事。而且我不知道他能不能戰鬥。

他們在下樓梯時，凱看到什麼東西。「等一下，」他說。「我們可不可以暫停一下？」

艾琳順著他的眼神看去，只不過是一潭死水。她有種揮之不去的感覺，覺得那水很不祥，裡頭可能充滿長了太多觸腳和太多牙齒的生物。雖說目前還沒有任何東西想要吃掉他們。

「只能一下下喔。」韋爾皺起眉頭；落石聲越來越近了。「我們擊敗的衛兵現在一定早就敲響警報了。而且那個不知道是什麼的聲音——」

「可能是警報，」艾琳說。「表示有人在追捕我們；也可能我使用語言的結果是破壞了這地方的根本——所以它在自我毀滅，天花板開始掉下來。我不認爲這種可能有好到哪裡去。」

凱跪在池邊，用手捧起一些水，然後從頭上澆下去。水流過他的頭髮再沿著他的襯衫往下淌，讓他的衣服貼在身上。他如釋重負地嘆了一口氣，閉上眼睛用水潑臉。「這水很安全，」他說，他站起身，轉回來面向韋爾和艾琳。「我只是需要清潔一下。這水裡沒有任何活的東西。」

「這整個地方都沒有活的東西，」韋爾說。「除了囚犯之外，我想。溫特斯，妳覺得他們能脫逃嗎？」

「如果警報系統設定成一被觸動就會自動釋放所有囚犯，那也未免太蠢了。」艾琳說。他們上方有一座凸出的拱門，拱門上撒落一陣塵土，讓深色池面浮現長長的波紋。地質不穩的現象越離越近了。「現在先跑，晚點再聊？」她提議。

他們再度狂奔，地面在他們腳下晃動。位於高處的橋梁和廊柱開始崩解掉落，砸在地上時製造出巨大的爆裂音，伴隨著四散噴濺的大理石碎塊。感覺就像噩夢場景以慢動作播放，落石和狂風永遠都緊跟在他們身後，逼迫他們跌跌撞撞地前進，他們的肌肉痠痛、氣喘吁吁，卻不容許半點休息。停下來就沒命了。現在近在他們後方不到一百公尺距離，石頭地面正在瓦解，碎石不斷墜入萬丈深淵。呼嘯的風聲中夾雜著遙遠的尖嗥，那是看不見的囚犯在對著風暴嘶吼出他們的憤怒。艾琳的心思只能專注在奔跑上頭，把一隻腳移到另一隻腳前面，眼睛盯著前方出口。他們得要在天崩地裂追上他們之前逃出去，否則他們全都死定了。現在他們和出口之間應該只剩兩座橋了，只要他們及時過橋……

這時冰冷的醒悟像一根尖刺貫穿她的腦海。*我們不是在逃跑，而是像驚慌失措的兔子被驅趕。*有獵人在驅趕兔子時，就表示另一頭有陷阱在等待。

她逼自己抬頭看看四周，掃視地平線而不是只盯著前方通往橋的道路。這麼一瞧，她才注意到槍管映出的反光。她做了一個讓腿痛得尖叫的動作，她縱身往前一撲，把韋爾撞倒在地，同時一顆子彈以毫釐之差掠過他的頭。

第二十三章

他們三人各以不同風格趴到地上，艾琳在千鈞一髮之際希望這座橋的護欄和柱子可以擋住絕大部分子彈。

她匍匐前進，從護欄的間隙窺探子彈發射的來源，看到六個看來訓練精良的衛兵組成的小隊。他們部署在一根柱子旁環繞的斜坡，高度和橋的中央差不多，因此他們占據極佳的射擊優勢。剛才用長槍開火的人現在正以冷靜的高效率重新填彈，其他人則已經跪好，隨時可以開槍。

「那些看起來是前膛槍。」韋爾用氣音說。

「什麼意思？」她喃喃回應。

「意思是它很準，溫特斯。」他剛才這一折騰，搞得臨時湊合的繃帶裡又滲出新的血跡。「剛才那一槍原本就不該打中我，只是要嚇嚇我們。」

「要不是我把你撞倒，你早就中彈了好嗎！」艾琳沒好氣地說，她現在得提高音量，因爲石頭崩塌的聲音很吵。「韋爾，他們絕對想活捉凱，他們甚至可能想活捉我，但我不認爲他們會在乎是否殺了你！老天爺啊，你趴低一點！」

「該死，」凱喃喃道。他朝旁邊扭動，稍稍抬起上半身，察看橋的另外一端。「等我們過橋以後就沒有護欄作掩護了，那表示我們會變成活靶。但如果他們不打算把我們射死，就是想把我們困住……」他吞了吞口水。

直到有別人來收拾我們。艾琳的右手腕彷彿想起被扣住的記憶而發痛，她把手腕貼到冰涼的石頭上。「我們可以回頭嗎？」她問。

「我們離入口只剩不到十分鐘的路程。」韋爾抱怨地說。「如果現在回頭改走不同的路，搞不好再也找不到入口，而且勢必會浪費更多時間。」

艾琳努力思考。他們都奮戰到這個地步了，她絕不接受失敗。「凱，如果你變身的話——」

「在我飛上天之前就會成爲坐以待斃的目標，」凱很快地說。「就算他們現在不對我開槍，也不保證我變身之後仍然如此。」

艾琳嘆了口氣。她甚至還沒講到「你可以自己先逃走，韋爾和我再分頭出去」這部分，但她懷疑他已經猜到了，所以一口回絕。

「我們這裡可能太高了，不適合從橋上跳下去。」韋爾說，他從一根柱子旁邊往外窺探底下的狀況。「唔，又是那種超大的人工水庫。看起來裝了很多水，應該可以當我們的緩衝，但不知道水到底有多深。而且那些士兵占據的柱子差不多就貼在水庫邊上了。」

艾琳懷疑他的冷靜是不是裝出來的。他們進退維谷，後有天崩地裂、前有槍管士兵，還有利刀般的鐘擺在倒數他們所剩的時間。她需要奔跑、應變、想點辦法，但願她知道該怎麼做。

「等一下。」凱突然用威嚴的語氣說。「我看看。」他爬到下一根柱子邊，撐起上半身察看底下的水。「唔，不錯，高度落差有三十公尺。對你們來說行不通，不過水量很大——看起來足夠。也夠深。」

「夠深要幹嘛？」韋爾質問。

「湧上來啊，反正水裡沒有活著的東西能阻止我。」

「凱——」艾琳開口，但他已經開始行動了。

「你們躲好。」凱朝她和韋爾點了一下頭，就霍地站起來，一鼓作氣翻出護欄。一顆慢半拍的子彈打在石頭上，把它削掉一小塊。

艾琳差點尖叫出聲，硬生生忍住，只是靠在柱子之間看著凱墜落。他就像職業運動員一樣優雅地把跳躍轉換成跳水姿勢，筆直地栽入水中。那水彷彿湧上來迎接他，像液態水銀一樣閃閃發光，他則消失在底下陰暗的水裡。

有那麼一會兒，什麼事都沒發生。她的喉嚨像是哽住了似地，讓她幾乎無法吞嚥。韋爾兩手緊握一根柱子，她看到他的指關節從皮肉底下泛出白色。

這時水像穹頂一樣往上鼓起，凱則在水中跟著被帶上來。他似乎毫不費力地往上漂移，直到他站在穹頂頂端，而水看起來似乎像玻璃一樣堅固。艾琳根本不敢看下去，因為那些在柱子邊呆住的士兵離凱非常近。但是就在他們開始瞄準時，凱抬起一手，一波大浪便跨越被抽乾的巨大水庫掃向他們。那水就像毒蛇伸直了原本捲起的舌頭，邊上升邊加速。它回應凱的手部動作往上和往外延伸，以超乎自然的重量轟然砸在士兵聚集的小平台上。大水把他們沖散了，水落地時的空洞轟鳴在洞穴中迴蕩，一時掩蓋了落石聲響。

「溫特斯，快走。」韋爾凶悍地說，好像剛才他沒有呆若木雞地看著凱。他托著她的手肘拉她站起來，他們兩人跑過橋到達另一端的階梯，然後毫不低調地衝下樓梯。

現在水降到他們的高度，凱大步走過水面來和他們會合。他衣服、頭髮和手上的水汩汩流下，直到最後一道水流像蛇一樣在他身邊溜轉，然後縮回剛才撐起他的水庫水體。「那些衛兵都昏過去或受傷了。」他向他們報告，並舉起雙手撫過頭髮，發出一聲嘆息。「啊，好舒爽，我想外面的水不會這麼舒服，應該會有太多妖精味。」

「我都不知道你可以做出這種事耶。」艾琳不知道還能說什麼，她感覺頭暈暈的。也許他們現在有一絲逃生機會了。她有點想親凱——然後她的理智出面阻止她。現在不是時候。

那什麼才是對的時機或地點呢？她內心有個聲音在添亂。他剛才救了妳一命。他就站在那裡，衣服貼著身體。他又不會阻止妳。事實上，他看妳的眼神……

「你還能再做一遍嗎？」韋爾急切地說。

「可以啊。」凱活動了一下肩膀，胸肌跟著伸展。「水會服從我的意志——至少在這裡是。到了外面可能就有困難了。」

「我不認爲你在威尼斯十人會面前還能這麼威風。」艾琳警告他，那曖昧的一刻就這麼過去了。

「我打的算盤是這裡，不是那裡。」韋爾說，一邊示意他們繼續上路。他腳邊有一塊石頭鬆脫了，艾琳抓住他的手臂讓他穩住身體。「溫特斯，如果我沒記錯，在通往這地方的螺旋梯附近還有另外一大片水域？」她點頭贊同。「嗯，如果石壯洛克可以把水撈出來，讓它升到螺旋梯的高度，然後帶著我們一起呢？我知道他能保障我們在水裡的安全，因爲他曾經做過。十人會可能可以阻止三個跑下樓梯的人類，但如果有洪水替我們開路，他們可能招架不住。」

「我想重力可以搞定大部分威脅吧。」凱同意。

艾琳想像了一下那個畫面。滔滔大水沿著樓梯奔流而下，沖進聖馬可廣場。她喜歡。但是儘管韋爾抱持樂觀主義，她還是忍不住擔心他們的人身安全。「我們還是要從鐘樓進到威尼斯，」她深思地說。「衛兵不太可能沒在外頭等著抓我們。當然，如果水勢夠大的話，水流沖下鐘樓之後，他們是沒辦法阻擋我們的。凱，你能讓水勢夠大，又能讓我們——嗯，活命嗎？」

凱思考了一下，這反應不像艾琳期望中那麼令人安心，不過接著他點點頭。「可能會不太舒服，但你們會平安無事。」他說。

「好極了。」韋爾說。「啊，快到了。石壯洛克，我們穿過那片空地後，就會看到我先前說的最後一座湖了。湖面上有最後一道高橋，過了橋就是出口。他們可能會在那裡部署武裝衛兵——換作是我就會這麼做。你可能得先讓水湧上來把他們沖走，你辦得到嗎？」他轉頭直視凱的眼睛。

「這是我的榮幸。」凱說。「但這個地方已經快整個崩塌了，萬一我把出口弄垮了怎麼辦？」

「這仍然是我們最好的選項，」艾琳堅定地說，她決定不把自己的擔憂說出口。「再說，你們有沒有發現震動已經減輕一些了？也許他們的目的就是驅趕我們跑向埋伏——」

更多碎石落下來——這次差點砸在他們身上——他們腳下的大理石路面顫動著，並且裂成碎塊。一陣狂風颳來，他們差點站不穩。

「或許不是，我們速戰速決吧。」艾琳急急地說。她並沒有說出「因爲它可能在聽我們說話」，但從他們的表情可看出同樣的想法。

他們一齊往前跑。現在已經沒必要謹慎行動了，反正落石和風聲也蓋過了他們製造的任何聲音——他們跑上最後一座橋時，並沒有看到任何衛兵或狙擊手的形跡。

幾乎沒有。艾琳瞥見一抹紅色，一條衣袖匆匆縮回藏身處，但在一片蒼白大理石間極度顯眼。

「妳覺得前面安全嗎？」凱用恰好能讓她聽到的音量問。

「不，看那裡。」艾琳邊指邊說，音量也一樣低。「他們守在入口那裡，等著我們自投羅網。」

「完全不出我所料。」韋爾贊同。「現在，照我們的計畫進行吧，石壯洛克。」

凱點點頭，跑向橋的邊緣，留下一串濕腳印，然後他在助跑後一躍而下，消失在湖面底下。湖水開始湧現一波大浪，往上和往前膨脹，每秒都變得更高。

他們腳下的拱橋劇烈搖晃。

如果他們往前，可能就會中了埋伏；如果待在原地，她和韋爾可能會被壓扁。「石頭，保持密合！」艾琳用最大的音量喊道。她的聲音傳不到天花板上，但如果她能讓橋保持完整久一點，凱就能收拾那些士兵了。

在落石的嘈雜聲之外，他們前方傳來尖叫聲。艾琳腳下出現長長一道縱貫橋面的裂痕，在白色大理石上黑得十分明顯，像是孩子的塗鴉。他們腳下的橋發出石頭崩碎的長吼，但仍然保持完整。艾琳和韋爾互看一眼，覺得中埋伏的危險比較小。他們拔腿狂奔，大理石橋面在他們腳下波動，它仍然保持完整，卻因爲和想要把它甩碎的力量對抗而顫動著。現在除了轟隆隆的落石聲和尖嘯的風聲，幾乎什麼都聽不到了。

「來這裡！」凱用幾乎超越人類肺活量的音量大吼。「我清出一條路了！」

艾琳聽到清脆的叮一聲，有個東西敲在她旁邊的大理石護欄上。她原本以爲是碎石，仔細一看才發現是子彈。「不，他沒有。」她喃喃道。

「他可能已經盡力而爲了。」韋爾在風中大喊。他和她一樣在聽到子彈聲時暫停動作，現在焦急地環顧四周。「溫特斯，沒別的路了，我們得賭一把。來吧！」

的確如此。圖書館員講話速度再快，也來不及擋住子彈。他們差不多已經過了一半的橋，所以剩下的距離都是下坡，但那沒什麼幫助……

對了，她想到了。「凱，準備好接住我們！」她叫道，「大理石橋面，變滑一百倍！」

她孤注一擲地滑向前，接著橋面又震動了一下，使她一屁股坐了下去。這姿勢讓她滑得更快。她就像小孩子滑下山坡一樣，無能爲力又勢如破竹地衝下弧形橋面，遠比用跑的快。不停抖動的石頭讓她毫無規律地滑向左右，她希望這能使得狙擊手更難射中往前衝的她。從她後方傳來的咒罵聲判斷，韋爾和她一樣無法控制行動，一串子彈劈里啪啦地打在他們後方幾公尺的石頭上。

凱現在站在橋和路面的交接處，水庫波動不止的水面上。水在他周圍環繞著流動盤旋，並在四周形成盾牌狀。地上散落著被水沖暈的衛兵，有的人則是被巨浪拍打後痛得呻吟，總共有六個人。不消說，他們的火藥也和他們一樣全都濕透了。再過去二十公尺處，終於出現了他們的目標：那道把他們從威尼斯帶到這裡的金屬螺旋梯，直挺挺地矗立在黝黑的深谷裡，那深谷再往下會變成鐘樓。跨越那道深谷、連接到路面的金屬橋就在他們眼前。凱看到他們時點點頭，擺出嚴陣以待的預備姿勢，當艾琳和韋爾朝他滑過來時，他把雙臂高舉到空中。

他四周的水猛然往上衝，把他包在一根越來越高的水柱裡。那水就像不正常的龍捲風般往上朝遙遠的天花板延伸，還伴隨著轟然巨響，連落石聲都掩蓋不住這聲響。然後水柱不再升高，力量被約束在即將崩潰的邊緣。在水中的凱頭髮漂起，像是被風吹得往後飄，他的襯衫袖子被強勁的水流沖得不斷波動。

一道浪伸出去包住艾琳和韋爾，把他們從平滑如冰的大理石上抄起來，並且固定在它的掌握中。還能動的士兵都手忙腳亂地爬開找掩護，槍也丟著不管了。他們四周的水彷彿沸騰起來，艾琳尖叫一聲，拚命把頭伸出水面，她的裙子很礙事地絆住她的腿。

「準備好！」凱的聲音透過咕嚕嚕的水聲傳到她耳中。「我可以控制水什麼時候開始沖下鐘樓，但大概控制不了什麼時候結束，所以你們要憋住氣！」

在混亂之中，「等一下會很痛」的念頭浮出腦海。她先把肺裡的空氣排光，然後盡可能用力吸氣，盡可能多存一點氧氣。她和韋爾現在離地一、兩公尺，被水帶著流向凱製造的噴水口。她懸在地面上方時，出現一股新的畏怯感。儘管凱掀起了滔天巨浪，但與這座監獄的規模相比仍是小巫見大巫，這監獄是設計來監禁體型和力量都遠勝過他們的生物。那些生物即使重獲自由，應該仍塞不進這窄窄的樓梯——她希望如此。

模擬龍捲風的水畫出一道高高的弧線，彎向鐵橋的另一端，然後懸在他們進入這座監獄時走的螺旋梯上方。接著嘩地洩入深谷，像是以螺旋梯爲中心的一道液態黑暗迴旋而下，當水衝撞鐵的時候發出巨大轟鳴，整道螺旋梯爲之震動。這聲音大到艾琳忍不住抬起手摀住耳朵，想要阻絕那噪音。她可以想像水順著樓梯的螺旋結構往下時，衝力會有多強。當然會有許多小水柱從護板縫隙朝四面八方噴射出去，但主要的水流還是會往下沖。等到環繞樓梯的黑暗管狀空隙越縮越窄，漸漸恢復成和底下鐘樓同樣的直徑，到時候水流將更無處可去。無處可去的水，只能往下和往外沖。

她希望在大水路徑上的任何人都聰明到懂得逃命。

這時候凱朝著她和韋爾招招手，水就把他們帶向他面前，好像他們只是遇到暗流的稻草。她深吸了最後一口氣，恐懼讓她的胃彷彿打了結，接著大水就把他們三人輕巧地掃上去，進入漏斗狀的水柱。她鬆了一口氣，因爲她還能呼吸，表示凱確實按照他的承諾在保護他們。他們就像乘著射出去的箭，畫出滑順的弧形越過深谷，然後向下鑽入樓梯井。

一開始感覺出奇平順。她出於本能蜷起身子，兩手抱頭、全身蜷成一顆球。光線很快就消失了，水帶著他們三人繞過樓梯最上面的兩個彎。感覺起來並沒有想像中那麼令人暈到想吐。怎麼說，感覺比較像遊樂場的螺旋溜滑梯那種有節制的滑行體驗，而凱顯然能夠掌控局面。她把這個念頭當作護身符緊抓著不放。她正在黑暗中乘著水流以極快速度衝下一道極高的樓梯，但她能夠信任凱，他控制住局面了，她不斷告訴自己。

突然間感覺變冷了，水不再包著她前進，而只是像帶動一根稻草一樣帶著她。我們越過邊界、進入威尼斯了，她一邊努力憋住氣，一邊陰鬱地想。凱在這裡無法發揮力量，我們得靠自己撐完剩下的路程。

現在水讓她撞向樓梯外側，她像船難殘骸一樣往下滾，旋轉速度越來越快。她又撞到樓梯了，再撞到護板、底下的樓梯和上頭樓梯的底部。她大概是用屁股和肩膀撞到那些東西，她始終緊緊護住頭，肺裡憋住的氣像火在燒。她根本沒有思考的餘裕，只有純粹的驚慌伴隨她在黑暗中一路往下撞。

水突然把她嘔了出來。她被水沖出鐘樓優雅的門廊和敞開的大門，直接來到外面的廣場。艾琳在路面上滾了好幾公尺才停下來，她保持蜷曲姿勢躺在漸漸洩盡的水中，身上撞擊過樓梯的部位都在發痛。她大口喘氣，冷水從她臉頰邊流過去。她的腦子還在旋轉，忍不住把胃裡僅有的東西都吐在剛被沖洗過的石地上。

「溫特斯！」韋爾朝她喊道，他的聲音在一片騷動中特別突出。「來這裡！」

她暈頭轉向地望向四周。夜已深，油燈被風吹得瘋狂擺動，燈火一明一滅，廣場上亂哄哄的。其他人也和她一樣癱在水裡，最後一些水往廣場漫過去，滲進緊鄰廣場的商店和公家機關建築，或是經過路面流入大海。鐘樓入口周圍的制服衛兵也都掙扎著要站起身。現場人數不少，本來——在近乎全黑的情況下突然來了一波大洪水之前——可能更多。現在人又多了起來。幽暗的城市燈光，再加上大部分人都戴著面具，讓眼前景象彷彿是噩夢場景。

凱面朝下趴著，痛苦呻吟。韋爾看起來被撞得很慘，但還算行動自如，他把凱的一條手臂橫跨到自己肩上，試著撐他站起來。過了老半天他還沒成功，說明了韋爾自己狀態並沒有多好。他的手臂又在流血了。艾琳戴上自己的面具，然後歪歪倒倒地走過去找他們，她每跨一步，關節都在抗議。她用自己肩膀撐起凱的另一條手臂。「去——去火車那裡。」她邊咳邊說，每講一個字都嚐到膽汁味道。

「溫特斯，妳不用特地說明這麼明顯的事。」韋爾沒好氣地說。

「抓住他們！」關提斯大人從黑暗中的某處大叫，他的聲音聽起來已經憤怒到全然失控的程度。

我大概不會再受邀欣賞歌劇了。

艾琳遲疑了一下，分辨著東西南北。「那裡，往右走。」她喘著氣說，用空著的手指著廣場通往水邊的方向。她全身痠痛，好像被人當作地毯拍打過似的。「繼續往右走，假裝我們要去瑪西安圖書館。」

「當然。」韋爾吃力地說。他比她承受了更多凱的體重。「關提斯會以為我們要去圖書館……」

艾琳省下說話的力氣，只是抽筋似地點了一下頭。現在他們四周充滿了人，都急慌慌地要逃離廣場。雖然她和韋爾是濕得最徹底的人，卻不是只有他們在攙扶著半昏迷的朋友走。

他們後頭傳來人群的哀叫，關提斯的爪牙正用棍棒在人群中快速開出一條路——因此艾琳必須掩飾他們的目的地。就在走到廣場出口時，她踉踉蹌蹌地停下腳步，和凱還有韋爾站在兩個油燈之間。

「**油燈，破碎並熄滅！**」她放聲尖喊。

她的聲音蓋過人群的喧囂傳出去，上方的油燈玻璃齊射，火焰彷彿被同一口氣瞬間吹滅。在她聲音所及範圍內的其他小型油燈，像是掛在商店窗口或是攤販處的，或是人群中有人用手提著的，甚至戲劇化地就地化成碎片。

他們周邊的區域突然暗了下來。人群更加驚慌，變得礙手礙腳，但有一好沒兩好。

「現在我們可以跑了。」艾琳喘著氣說，他們拔腿狂奔。

第二十四章

他們三人跌跌撞撞地在黑暗中飛奔。凱幾乎沒有意識，沙啞的呼吸聲在艾琳耳邊喘得厲害，艾琳自己也很想倒在地上休息幾分鐘。但即使她可以不管緊追在後的關提斯大人和他的爪牙，空氣裡還有一種她不喜歡的感覺，一種預示騷動的發熱緊繃感。他們即將面臨一場暴亂，或是更糟的場面。路面的石頭彷彿刻意絆住她的腳，但她咬緊牙關奮力前進。她不會成為拖累他們的人。

「好痛……」凱嘟囔道。

「就快到了，」艾琳喘著氣向他保證，實際上卻根本沒確認是不是眞的。「再撐一下就好。」

「不，」凱口齒比較清晰地說，他的聲音聽起來眞的很痛苦。「我的腳……」

艾琳和韋爾都停下來，韋爾推推她要她低頭看。凱鞋子周圍的路面鼓了起來，在近乎全黑的環境下不祥地冒著泡，似乎想要抓住他的腳。艾琳緊張地看向自己的腳，但這種狀態似乎沒有影響她或韋爾。

韋爾深吸一口氣。「溫特斯，放開他。」他囑咐她。「還有準備好替我們開路。」他彎下腰把凱扛到肩上，發出一聲悶哼。他手臂上的繃帶滲出更多血。

好吧，那可能有用。如果凱的腳沒有直接接觸地面……他們幾乎到火車邊了，也許再五分鐘。如果他們能走到。

她用肩膀和手肘替自己和兩位男士強力開路，硬是從人群之間鑽過去。她身後的喊叫聲似乎變得更響亮也更集中了，她盡量不去想等到關提斯發現他們根本不是要去圖書館時，會發生什麼事。他們得趕上那列火車——依照關提斯大人的頭腦，他絕對想得到。關提斯夫人又在哪裡呢？艾琳希望不知道她的行蹤不會成為他們的致命傷。

席爾維給她的手鐲似乎貼在她手腕上震動，還陣陣發熱，她的面具則像一隻手按在她的臉上，讓她快要喘不過氣。這是不是十人會也在找我的徵兆？她心想。他們可能在找任何非本地製造的東西。而這裡只有凱和我既不是妖精、也不是普通人類……

她繼續在人潮中往前推進，直到突然踉蹌地走到一片空地，原來她已來到水邊。就連盲目的人群都懂得不要太靠近邊緣，只見黑暗的海水一路延伸到遠處，浪尖映照出油燈光芒，呈現白色褶狀泡沫。再過去一些的小島上有燈光，看起來像遠處會發亮的針尖，光點中斷了夜空與海水難分難解的一段長長黑影。以這片黑暗為背景，火車像一段刺眼的發亮線條，透著光的車窗是一格一格明亮的小方塊，彷彿在邀請人上車。不過就實際層面來說，它還在碼頭盡頭一百公尺外。至少一百公尺。

人群製造的噪音有了變化，艾琳回頭察看，寒意沿著她濕透的背部往下竄。他們移動，還有說話的樣子不太對勁……

他們的動作整齊畫一。就像一群狗，在把焦點集中在入侵者身上時，個個慢慢豎起了頸背的毛；眼前的人群也像是被同一個智慧體操縱著，全盯著他們三人。那些威尼斯人的眼睛在幽暗中像貓眼一樣發光，他們的呼吸甚至同步——細微的呼吸聲匯聚，變得比波動的水聲還要清晰。空氣裡充滿一股非人類的專注力，好像有某種存在，能讓血液凝固、心智凍結，只剩下驚慌。十人會。十人會找到我們了。

「溫特斯……」韋爾極輕地說，好像生怕再大聲一點就會觸發暴力反應。他沒說出口的話是：想想辦法。

艾琳迅速排除了腦中蹦出來的好幾個想法。語言可以讓水結冰，但沒辦法凍住整座潟湖，就算只凍住夠讓他們走到火車的水量也沒辦法。至於擾亂這麼多人的認知，更是超出她的能力。

就連貢多拉船上的船夫都一個個轉頭盯著他們……

她連再想一遍的時間都沒有，便已經採取行動，撩起裙子跳上離她最近的貢多拉船。船夫沒料到她這一招，她用肩膀撞他肚子，把他推下船去，他在水中掙扎呼吸。韋爾緊跟著她，已經在把凱拖上船了。

整個人群仍然在死寂中盯著他們瞧，眾人皆目瞪口呆。艾琳被口水嗆住了，腎上腺素與恐懼交雜，讓她得拚了命使嘴巴和舌頭恢復運作，不過她終於能發出聲音了。「**繫泊用的繩子，解開。我站的這艘貢多拉船，往火車移動。**」

他們這艘船的繩子（以及聽到她聲音的所有繩子）都還沒完全解開，船便已經動了起來。在駭人的一瞬間，仍被繫在碼頭上的船扯著繩子，而人群則異口同聲發出憤怒尖叫，並向前衝來。她能看到他們大而無神的眼睛露出了眼白。屋頂和屋簷上的海鷗尖叫飛起，在黑暗中拍動一雙雙白色翅膀。

這時繩索啪一聲扯斷了，末端像鞭子一樣揮動，船也猛然向前航行。韋爾和半昏迷的凱跌作一團，艾琳則四肢著地跪下去，貢多拉船以汽艇般的速度切過水面駛向火車，她幾乎以為她聞到馬達的煙味了。

接著她腦中閃過不祥的預感，於是轉頭看著凱。他的皮膚與貢多拉船木頭船身接觸的地方，木頭果真已被燒黑，還在冒煙，而凱的皮膚也同樣變了顏色，像疹子一樣蔓延。這個地方對他過敏，就像他對這個地方過敏一樣。*我根本就不可能先把他藏在這裡，過幾天再逃走。*她轉回頭看著逐漸接近的火車，因為發現又多了一項阻礙而感覺既害怕又惱火——他們該怎麼爬上車？不過和他們拋在後頭的事物比起來，要從位在水面高度的著火貢多拉船爬上火車還算小問題。

貢多拉船撞上火車側面，在原地瘋狂地上下擺動。離他們最近的火車車門立刻開啓，像是無聲的邀約，韋爾攀住車門，讓貢多拉船穩定地靠在火車車身，艾琳則爬進車廂。其他貢多拉船正快速朝他們開過來，上頭載滿眼神狂亂的威尼斯人，他們完全沒發出任何聲音，幾乎比起尖叫或恫嚇感覺更可怕。她拉著凱的肩膀、韋爾則在下面推，兩人藉著腎上腺素激發的力量把他拖上火車。她才剛把凱的上半身弄上車，韋爾腳下被燒焦的船就沉了。他縱身一躍攀住門口邊緣，看著腳下的木板沒入水中。

「韋爾！」艾琳尖叫一聲，放開凱的肩膀，衝過來拉韋爾。

韋爾吐掉一口海水。「我沒問題。」他喘著氣說，一邊踢水讓自己浮起，一邊撐著地板爬上車廂。「去照顧石壯洛克！」

艾琳急忙去拉凱。他重得要命，雙眼緊閉、身體癱軟，但她還是設法把他整個人拉進車廂，同時韋爾也爬了上來。她用眼角餘光看到人群在月台那一側的門邊拍打，她沒管他們，她不認為火車會放他們進來。

火車裡面很安靜，他們發現自己身在一節豪華的車廂，內部用象牙白天鵝絨裝潢，相形之下，他們又濕又亂的衣服顯得更加不得體。不過現在最重要的挑戰，是趕在「騎士」或十人會——或任何人——能阻止他們之前，盡快逃離這個威尼斯。

時候到了。艾琳深吸一口氣，站起身，堅定地說：「火車，**駿馬，良駒……不管我該怎麼稱呼你，我是來放你自由的，好讓我們一起逃走。教我吧。**」

一聲尖嘯撼動車廂，音量大到不可能是由人類發出來的，艾琳用手捂住耳朵，然後才後知後覺地聽出那是火車排放蒸氣的聲音。噪音漸漸變弱，成為勉強能夠忍受的震動，車輪在原地顫抖，但還沒有開始轉動，活塞在它們的外殼裡搖晃。

「它為什麼不走？」韋爾質問。他把黏在臉上的濕髮往後撥。

「我想在我放它自由之前，它是不能走的。」艾琳說。她環顧四周找尋明顯的指示，暗自希望她不必再到外面去。

韋爾皺眉。「妳先前用的是什麼方法——講故事嗎？」

韋爾竟然在教她使用語言，讓艾琳有點不快；她壓抑住這種感覺，點點頭，開始構思敘事線。好，有了。「**公主冒險歸來，帶著王子同行，**」嗯，他在地上。「**她的騎士隨侍在旁。**」她不能冒險不把韋爾加入故事，否則火車可能會把他留下。「**公主對駿馬說：『我要放你自由，你的轡頭和韁繩在哪裡呢？』**」

車廂與走廊之間的門開了，韋爾嘆了口氣，再度把凱扛到肩上，凱的重量壓得他搖搖晃晃。

艾琳先走出門外——結果門在她出去後就砰然關閉，差點夾到她的指尖。她能隔著車廂窗戶看到另一側的韋爾和凱，卻怎麼撬也撬不開門，怎麼轉門把都沒有用。「放他們出來！」她大叫，她看到韋爾身後的黑暗中有一張張臉孔，都是擠在火車外月台上的人。

引擎的嗡鳴聲變成規律的「喇—卡—喇」，像是渴望出發而顫抖著。也許在這個故事裡，公主必須自己去解放駿馬。到目前為止她都很信任它——她得再相信它一次。

艾琳朝著車窗作出自認爲安撫的手勢，便沿著走廊走去。

走廊盡頭的門後是一片黑暗，不是勉強能看到路的那種黑暗，而是地底深淵或祕密地窖那種伸手不見五指的漆黑。她不認爲下令開燈能有任何幫助。

艾琳在心裡嘆了口氣，往黑暗裡跨去。

突然間她便置身火車的火車頭裡，雖然也很黑，但她現在能夠看得稍微遠一點。這裡滿是複雜的儀表板和控制桿，有個提供蒸氣的燃煤鍋爐，還有許多油光閃閃的活塞。她環顧四周，尋找能啓動火車的顯著線索。

找到了。最大的一支控制桿被沉重的銀色掛鎖和鎖鍊給綑住，使它維持往上的角度。那掛鎖看起來比較像裝飾品，好像任何人都可以輕易把它拿掉。不過她提醒自己，在這裡，象徵意義可能很重要。幾個月前的另一條鎖鍊，以及其上附加的陷阱，對她來說記憶猶新，她不禁遲疑。那一回她被活生生的混沌所感染，全靠凱救她脫困她才能活下來。而他現在並不在這裡。

機器在她周圍嗡鳴。這時汽笛發出另一聲刺耳的尖嘯，彷彿——不，她確定是這樣——火車對於她拖拖拉拉感到不耐煩了。但她做的任何事都可能讓自己染上混沌，她要怎麼在這高度混沌的環境裡保護自己呢？

嗯，也許這次她可以先做好預防措施……

她用手指挖了一坨油污，快速在左手手心用語言寫下自己的名字，然後再用同樣方式寫在右手手心。希望用這種方式爲自己下定義，可以有助於把混沌阻隔在外。這招最好有效，她已經沒點子了。

「**公主看到了駿馬的轡頭和轠繩，**」她一邊活動手指一邊朗聲道。說出口的話在她口腔裡嗡鳴，再在火車頭裡迴蕩。「**她對駿馬說：『現在我要自束縛之中解放你，而你要以幫助我和我的同行者逃走作爲回報。』**」

她四周的嗡鳴聲變強了，聲音大到讓她耳朵都痛了。「**於是公主拿起轡頭和轠繩……**」現在她得用喊的，才能在引擎的嘈雜聲中聽見自己的聲音。語言拉扯她的喉嚨、壓迫她的肺。她邊說身體邊做出動作，即使她頭腦是清醒的，也不能確定她是憑自己意志在動，還是語言在強迫她動。

她用雙手握住鎖鍊，席爾維給她的手鐲立刻瓦解、化成碎片撒向地面，手鐲的環節叮叮噹噹響。蒙住她臉的面具也融掉了，崩解成粉塵黏在她潮濕的皮膚上。她能感覺到她用語言寫下的名字燒灼她的皮膚，但鎖鍊的金屬本身仍是涼的，感覺就像這裡的任何東西一樣正常。「**她將它從駿馬的脖子上取下來……**」她的手臂往上抬，把像是套索一樣掛在金屬把手上的鍊子揭起來。有好長一會兒，它似乎勾在控制桿的頂端，拉也拉不開，彷彿不願意被拿掉。

她咬緊牙關。「然後它脫落了！」她大喊。

鎖鍊鬆開，發出叮一聲，貫穿整個車廂，聲音比轟隆鼓動的引擎還響亮。現在她捧在手上的金屬環節很光滑，像是變成固態的油。它們在她的手上蛇行，幾乎愛戀般地纏繞著她的手腕。

整列火車都在顫動，有如鞭子猛然抽了一下，火車動了起來。艾琳失去平衡跪下去。她手上的鎖鍊彷彿就在等這一刻，飛向她的脖子。她嚇得大叫，把已被綑住的手盡可能伸長遠離自己，並徒勞地抓著鎖鍊阻止它再靠近。鎖鍊末端冷冷地擦過她的皮膚，還一直想接近她的喉嚨。

突然間，鎖鍊從她指間滑開，放開她的手腕，卻撲向她的脖子。她及時把手指塞在鎖鍊和脖子皮膚之間，但鎖鍊不斷收緊，很惡毒且刻意地想要置她於死地。她的脈搏聲在耳腔裡鼓譟，甚至比火車的汽笛聲更響亮。

她閉上眼睛，強力壓下驚慌，緊抓住最後一絲清醒的意識。她的肺裡還有空氣。「鎖鍊，放鬆，」她氣喘吁吁地說，聲音輕得幾乎聽不見，「放鬆到讓我能呼吸。」

鎖鍊放鬆勒緊，她眼前的閃光消退了。鎖鍊在她手指外圍移動、伸展，沿著她的脖子爬行，彷彿在找新的攻擊路徑。如果它算是活的，語言就無法對它發揮持久的作用。或許她可以把它丟出窗外？或者把它摧毀更好？叫它變成碎片？但是萬一它能重組呢？

她的目光被鍋爐的門吸引，她踉踉蹌蹌地走過去，把那道門打開。一股熱氣衝出來，讓她的臉都快被燙傷了，而且她又被嗆得不能呼吸。鎖鍊彷彿有所回應，它用力磨擦她貼在頸部的另一隻手，試著把她的頭往後拉。

「妖精銀鍊，」她咬著牙，盡可能精確地說。「鬆開！靜止下來！不要動！」

鎖鍊放鬆到夠讓她把它從頭頂上取下，再用雙手牢牢握住。她把它纏成一團，然後丟進火爐，它在脫離她手的時候發出喀答喀答的聲音，還扭著想要撲向她。她迅速關上鍋爐的門把它關在裡頭，高溫讓她的手都痛了。鎖鍊不斷撞門，但幾秒鐘後，它最後絕望的叮鈴聲也聽不見了。

這時候那個大控制桿自動壓了下來。

汽笛發出尖嘯，但這次是獲得自由的歡呼，它終於可以自由奔馳了。整個火車頭都在震動，火車開始前進。

第二十五章

有好一會兒工夫，艾琳什麼都不能做，只能彎著腰把手撐在大腿上，一口一口地呼吸。她裙子潮濕的布料緩解了她掌心被磨傷的痛，而她的心靈感到又痛又麻木的呆滯。她做到了。火車在動，他們三人都安全地在車上。

他們做到了。

車窗外盡是黑暗的水，水波震顫騰湧，浪尖白沫映照出遠處燈光。希望回到韋爾的倫敦會比來時要快，火車上的大氣對凱來說一定就和威尼斯一樣毒。

她打開火車頭的車門，然後頓住了。下一節車廂並不是她原本在的那節車廂。火車先前一定用某種方式自我調整過，好把她快速帶到火車最前端來。「啊……」她開口，覺得用這種日常對話的語氣對火車發言有點愚蠢。「可以麻煩你把我送回我同伴在的車廂嗎？」

車廂一片靜悄悄。

好吧，看來答案是「不行」，她得走上一段路了。大聲斥罵火車是白費力氣——不過甩門這個動作確實讓她心情舒爽了一點。

和先前一樣，每節車廂長得都不一樣，而且豪華程度更勝之前。唯一寒酸的東西就是她。她沿著長長的火車往前走，感覺行進狀態比之前來得不穩定，像是普通的蒸汽火車一樣會震動和搖晃。艾琳每跨出一步都得左搖右擺地保持平衡。

第六個包廂乍看之下也空無一人，不過她定睛一看，才發現有個人斜躺在黑絲絨沙發上，手裡端著一杯淺綠色的酒。她打破腦袋也想不到會看見這個人。

「札雅娜？」她愣愣地問。

「克萊瑞絲！」札雅娜想要把酒杯藏到沙發底下去，卻不小心灑了一些出來，酒滴在地毯上留下嘶嘶作響的污漬。她換回了比基尼，古銅色的修長四肢風姿綽約地擺在深色沙發上，秀髮蓬鬆地垂在一邊肩膀上。「我正準備繼續搜查……」她皺起眉頭。「等一下，我要搜查的目標就是妳嗎？」

「是嗎？」艾琳試著捏造可信的謊言。「嗯，那妳找到我啦，妳可以不用擔心了——」

這時她突然醒悟過來。札雅娜在火車上，顯然是爲了找她。這表示還會有其他人在找她。那韋爾和凱……她的胃直往下沉。

「妳爲什麼要找我呢？」她拚命祈禱什麼答案都好，就是不要是她想到的那個。

「欸。」札雅娜無意識地用手指捲著一綹頭髮，但她也垂著眼皮謹慎地盯著艾琳。「有人在傳，說妳救了那條龍，正帶著他逃亡。親愛的。而我們先前和妳在一起，所以被當作可能的共犯——直到我們答應幫忙搜索，好證明我們沒有涉案也不是叛徒。親愛的。」

艾琳敞開雙臂。「我看起來身上像是藏了一條龍嗎？」

「不像。」札雅娜彷彿早有答案。「那是因爲有人在火車後面的車廂把他看住了。」

艾琳深吸一口氣。「既然如此，」她說，她很訝異自己的語氣竟然這麼正常。眼前又冒出另一個阻礙，該死的關提斯夫婦又在該死地阻撓她，她不是應該胃也痛、頭也痛、又急又惱——不，應該說氣炸了嗎？「我只好想點辦法來處理了。」

札雅娜皺起眉頭。「克萊瑞絲，妳確定妳該告訴我嗎？」

「換個角度來看好了。」艾琳說。她悄悄摸找著不知爲何還藏在她濕答答裙子裡的手槍槍托。槍裡的火藥應該早就濕透了，但札雅娜並不知道。「和像我這樣一個有武器、能救龍的危險人物作對，眞的對妳有好處嗎？說眞的，札雅娜，妳之前不是還在抱怨妳都沒機會和英雄互動嗎？」

「我抱怨的是我都沒機會勾引英雄，親愛的。」札雅娜微笑說道。她又繞了繞頭髮，牙齒白燦耀眼，而且有一點太尖了。「不過妳有在聽，我覺得很窩心。」

「如果妳把我交給關提斯夫婦，妳就完全沒機會了。」艾琳說，在心理上做好準備，順從地配合有點礙事的誘惑戲碼。不過如果札雅娜和席爾維有半分相似，就算艾琳拒絕她，大概也會同樣得到滿足——只要過程夠煽情。但她首先要能脫身，才能談下一步計畫。「下一節車廂有人嗎？」

「亞綽克斯菲洛克斯和阿森奈斯。」札雅娜說。她皺起眉頭。「我們說的是正統誘惑嗎？眞正的激情產物？」

「如果事情落幕以後我們還活著，就很有機會。」艾琳說。她可能說得有點誇張，不過札雅娜似乎被說服了。不過她能慫恿對方到什麼地步呢？「妳知不知道亞綽克斯菲洛克斯或阿森奈斯的恩主是比較想走穩定路線，還是想與龍族開戰？還有妳的恩主又怎麼想的？」

「亞綽克斯菲洛克斯的恩主是法官大人，他想要穩定。」札雅娜毫不遲疑、有問必答。「所以亞綽克斯菲洛克斯來這裡是爲了回報事件發展，而不是爲了和好戰的關提斯夫婦合作。親愛的，法官大人是值得依靠的那種人，這沒有疑問。但我不清楚阿森奈斯，或是他的恩主怎麼樣。也不知道他到底有沒有恩主。」

「那妳的恩主呢？」艾琳逼問。她聽都沒聽過法官大人這號人物，但聽起來他立場中立，讓她士氣大振。

札雅娜嘆了口氣，肩膀一垮，看起來眞心洩氣。「親愛的，他根本不在乎。所以他才會派我來，而不是派他眞正信任的那些代理人。他會和以前一樣見風轉舵，哪一邊人數多就往哪邊靠。當然他不希望我害他利益受損，所以我不想被人逮到犯任何錯，不過除此之外，他根本不在乎這裡在幹嘛。」

這表示札雅娜不會爲她出頭……除非艾琳給她一個扮演角色的機會。「根據妳的說法，他對成爲輸家沒有興趣。」她若無其事地說。「要是關提斯夫婦失敗了，他寧可不認識他們——甚至會否認曾經認識他們。」

「嗯，當然啊，」札雅娜說，她又瞇起眼睛。「有誰不是這樣嗎？」

「嗯。」艾琳說，她很清楚這麼做風險極高。不過要是計畫奏效，她就爭取到一線生機了。她從滴著水的裙子裡抽出濕淋淋的槍，然後交給札雅娜，槍托在前。「札雅娜，我需要妳幫忙。當我的戰友，當我的朋友。在我說話的時候，我要妳站在我後面，利用我的身體遮住這把槍。如果談得不順利，我要妳用槍來威脅別人。」也許稍微暗示會有情感上的交流是個好主意。「拜託？」她用期待的語氣說，還搧著眼睫毛，希望增加一點魅力。

札雅娜瞪大眼睛。「妳要我拿著上膛的武器站在妳後面？」

「對。」艾琳堅定地說。

「噢，親愛的。」札雅娜撲向艾琳，把頭依偎在她胸前，兩手緊緊摟住她，毫不在意艾琳身上是濕的。「我這輩子還沒有聽過這麼浪漫的話。」

艾琳輕輕把她推開，她手裡的槍頂得她不太舒服。「咱們就這麼做吧。」她說，在心裡祈禱札雅娜說亞綽克斯菲洛克斯的立場中立，這件事沒有說錯。畢竟他也有槍。

艾琳打開下一節車廂的門時，他和阿森奈斯站在走廊上，一看到艾琳，立刻舉起槍。那槍看起來很有未來感，槍身呈流線型，而且尺寸大得出奇——不過那可能是因爲它正指著她的視覺效果。

她把手舉到肩膀以上，同時意識到札雅娜站在她身後。「晚安，兩位男士。」她愉快地說。

「克萊瑞絲。」亞綽克斯菲洛克斯打量她，瞇起黑眼珠。「還是叫妳別的名字更恰當？」

眞是好極了，我在這個故事裡被定型成間諜大師了。我寧可別人低估我。「我的眞名不重要，」她刻意端架子地說。「重要的是我爲什麼在這裡。」

「聽說妳是來犯下重大叛國罪的。」阿森奈斯插嘴。他把一把魯特琴斜揹在胸前，兩手緊繃地按在弦上，好像它是個武器。「難道還有別的詮釋角度嗎？」

艾琳慢慢垂下手。亞綽克斯菲洛克斯並沒有射殺她的意思，而手一直舉著也很累。「我個人會稱之爲阻止戰爭。要不要稱之爲重大叛國罪，大概要看你的政治立場爲何了。」

「把話說清楚很有幫助，」亞綽克斯菲洛克斯說，他並沒有把槍放下，但艾琳判定他到目前爲止都沒有開槍是好兆頭。「誠實地說明會更有幫助。」

「綁架龍王的兒子，把他拍賣給出價最高的買家，眞的是膽大包天，我不得不佩服他們。」艾琳說。她轉頭面向阿森奈斯，不過仍用眼角餘光注意著亞綽克斯菲洛克斯。「這麼做可能引發戰爭，你們甚至可能贏得戰爭的勝利。不過我們就別探究各個球界的普通人類會面臨什麼後果了，對吧？那太掃興了。但是綁架了龍王的兒子，卻又在威尼斯，也就是十人會的地盤上把他弄丟，還讓他逃走？我對關提斯大人和夫人的表現可不怎麼欣賞啊，一點都不。如果有人想發動戰爭，我希望是辦事能力更牢靠的人。眞正偉大的領導者不該這麼容易出包。如果我是你，阿森奈斯，我不會把妨礙他們的詭計稱爲『重大叛國罪』。我會稱之爲能替你們省下一大堆麻煩的舉手之勞。」

「我對戰爭的輸贏並不關心，」阿森奈斯說。他的手指往下移動，擦過琴弦。「也許參與本身才是重點？爲了名氣，爲了故事……所以我不確定我眞的在乎妳的論點。我承認妳的說法很聰明，但還不足以救妳一命。」

「或許吧。」艾琳還沒來得及想出新的說法來回應，札雅娜的聲音就從艾琳背後傳出來。「但這個可以。只要你敢彈一個音，我就會對你開槍。」

阿森奈斯吞了吞口水。「亞綽克斯！她也變成叛徒了——射她！」

「你如果射她，」艾琳面不改色地說。「就會把她的恩主也牽扯進來。你眞的希望那樣嗎？」

「是她拿槍指著我，不是我拿槍指著她。」阿森奈斯厲聲說道。「至於妳——我們根本不知道妳是什麼人或什麼東西。就我們所知，妳是另一條喬裝的龍。」

「我只是用了化名而已。」艾琳說，暗自琢磨在阿森奈斯呼叫援手之前，她還有多少時間。如果下一節車廂就有衛兵，他可能只要喊一聲就夠了。「這件事不值得你花時間處理，最好的做法就是袖手旁觀，不要被捲進關提斯夫婦的失敗中。人們會記得名氣和故事沒錯，阿森奈斯，但他們也會記得失敗。趁著能脫身時快脫身吧。」

她看到亞綽克斯菲洛克斯身體繃緊，她做好低頭躲子彈的準備，可是他卻往反方向移動，皮衣帶動黑色鋼鐵轉了半圈，用槍托狠敲阿森奈斯的頭。阿森奈斯翻白眼癱軟下去，魯特琴壓在他身上，琴弦發出刺耳的刮擦聲。

艾琳深吸一口氣，然後說：「謝謝。」

「妳的論點很有道理。」亞綽克斯菲洛克斯乾脆地說。他用左手摟住阿森奈斯，讓那個昏迷的男人靠在自己身上。「何必浪費力氣去做一件必定失敗的事呢？就算現在我們把囚犯抓回來，氣勢也早就損失大半了。關提斯這個姓氏已經沒有原本的力量了。」

「對啊，」札雅娜附和。「他從歌劇院包廂跳出來，被大水沖過半個聖馬可廣場，然後又狂奔追火車——實在沒有恩主的樣子。他們應該不用親自做這些事才對。」她停頓了一下。「克萊瑞絲，那些事和妳有關嗎？」

「有一點。」艾琳盡可能若無其事地承認，暗自享受著關提斯大人像塊濕抹布被沖過廣場的想像畫面。

亞綽克斯菲洛克斯仍保持他矜持的態度，但他睜大眼睛，明顯看得出來他感到佩服。「我最後見到關提斯夫婦時，他們在四節車廂以外。他們手上有兩個囚犯——那條龍，還有一個我不確定來頭的人。那個車廂有人看守。另外還有人在追這列火車。」

「追？」艾琳警覺地說。她沒想到事情還可能更糟，可是事實擺在眼前。好個錦上添花啊。

「我們強大的同類都想插一腳，」亞綽克斯菲洛克斯說。「就連對那條龍沒興趣的人，也想把火車占爲己有——用新的封印約束它。『騎士』本人也在全力衝刺，他想奪回屬於他的東西。因此『駿馬』沒命地飛馳。」

「他們抓得到它嗎？」

「大概一小時之內就會抓到吧。」亞綽克斯菲洛克斯聳聳肩，緊身服上的鋼片映著燈光。「如果他們運氣好的話，時間還可能更短。」

艾琳忍著用手抓頭髮的衝動。「如果我說錯了麻煩糾正我，現在關提斯夫婦在車上，他們挾持了兩個人質，他們和這裡隔了四節車廂，那裡有——有多少個衛兵來著？」

「兩個武裝衛兵，」亞綽克斯菲洛克斯說。「還有史特靈頓。我暫時先把阿森奈斯放在沒人會打擾他的地方。」他打開包廂的門，把他安置在奶油白的沙發上。

「那我們和他們之間，每節車廂各有多少衛兵？」艾琳想要評估對手的斤兩，但不管怎麼算，「妳輸了」三個大字都一直跳到她眼前。

亞綽克斯菲洛克斯聳聳肩。「每節車廂六個人，他們再過去的車廂也是每節六個人。妳一定讓他們如臨大敵啊。」現在他的用語明顯沒那麼正式了，夾雜著嚴肅與戲謔，艾琳不禁好奇他先前有多少裝腔作勢的成分。

札雅娜嘆了口氣，靠在艾琳背上，用雙臂摟著艾琳的脖子。「親愛的，我眞不想說出來，但聽起來實在不太妙啊。妳能對他們的眼睛下咒嗎？」

「大概不行。」艾琳承認，對方人數太多了。她快速動腦思考別的策略。畢竟她讀過《孫子兵法》，知己知彼，百戰不殆。前提是亞綽克斯菲洛克斯沒有設陷阱——再加上札雅娜，她目前只能選擇信任她，如果她能信任任何人。

她得跳出框架思考。其中一種可能是讓亞綽克斯菲洛克斯和札雅娜把她當作俘虜一樣架過去，但她能想到太多種計畫出錯的可能。

有個念頭在戳弄她的意識深處。跳出框架思考。火車基本上就是一連串框框，所以她必須到火車外面才行。但是她能不能……？她抬頭看著包廂的天花板。天花板上有兩扇不起眼的活板門，包廂兩端各有一扇。

好吧。

「克萊瑞絲？」札雅娜催她，艾琳這才發現他們都在等她說話。

「我有個主意了。」她說。眞的很爛的主意。「我要把裙子弄短，還需要有人把我撐起來，我還需要一把槍。亞綽克斯菲洛克斯，你的槍可以借我嗎？」

他考慮了一下，便把槍遞出去。「如果有人問起，我會說妳把我打倒，從我身上硬搶走槍。」他警告她。

「聽來很合理。」艾琳說。她從他手裡接過槍，在手裡掂了掂重量。「這槍裡能裝幾發子彈？」

「十五發。這槍後座力很小，妳試了就知道。」

「妳剛才說把妳撐起來是指什麼？」札雅娜問。「還有我們什麼時候有戲分？」她從某處拿出一把刀——艾琳決定不去深究比基尼裡哪裡能藏刀——並交給艾琳。

艾琳把槍夾在腋下，然後開始用刀子粗暴地把裙子割到膝蓋長度。「我指的是我要去火車車頂上。」

一片死寂。最後札雅娜才說：「親愛的，妳眞的徹底瘋了嗎？我是說，妳眞的是超級勇敢，可是——」

「火車到目前爲止都沒有試著阻止我。」艾琳說。刀子扯開她濕透的裙子，露出絲襪和鞋子。「我希望這表示我可以沿著車頂移動。我很感謝兩位幫的忙，但我不想害你們惹上更多麻煩。」她在撒謊，可是這麼說總比承認她想甩掉他們有禮貌多了。「不過如果你們能幫忙分散注意力，我會很感激的。」

「這是我們分內之事。」亞綽克斯菲洛克斯一本正經地說。

札雅娜把指節抵在唇邊，露出白白的牙齒啃著自己的手。「我會放聲尖叫，」她保證道。「我們會把一些衛兵引開。噢，請妳一定要小心啊，克萊瑞絲。」

妳現在走的是典型「焦慮少女」路線，而不是「危險誘惑」模式，艾琳挖苦地想著。不過她只說：「妳也要小心，」同時把亞綽克斯菲洛克斯的槍塞進腰帶。「你們兩個都是，拜託了。」

他們點點頭。然後亞綽克斯菲洛克斯單膝跪在最靠近的活板門底下，讓她能夠拿他墊腳。艾琳在他肩膀上設法站穩，然後抬頭。圓形活板門大到夠讓她通過，一側有沉重的門閂，另一側則是兩個粗鉸鍊。這門的開關機制可謂一目瞭然。她現在再度因腎上腺素而充滿能量，因此她趁自己還來不及改變心意，迅速拉開門閂並用力推那冰冷的金屬門。鉸鍊處發出很響的磨擦聲，門往上掀開，淒厲的風聲立刻充滿包廂。打開這門的過程並不算靜悄悄——她到另一頭時得記住這一點。

她抬頭看看夜空，空中除了滿天星斗就是一片漆黑。「就是現在，麻煩你了。」她說。

亞綽克斯菲洛克斯在她底下站直身體，順暢地把她頂上去。她扭動身體爬上火車頂端，手指摸找著可以攀住的地方。

她都還沒平衡好，就差點被強風扯離車頂；她驚險地趴在金屬板上，在火車車頂上滑行，同時她底下的活板門咚地一聲關上了。關門的力道震得她倒向車頂一側裝飾用的護欄，她在慌亂之際使盡全力抓住它。光滑的金屬護欄非常冰，有一瞬間，她的手開始滑脫。她逼自己抓得更緊一點，嘴巴無聲地發出灌飽了風的咒罵，語言在這個狀況下幫不了她。最後她總算設法把屁股卡進護欄和火車車頂之間狹窄的空隙，才算是穩住了身體。

寒星下方有無數淺色沙丘，像雕刻品一般疾速掠過，她試著讓自己再次開始移動。對死亡的恐懼非常實際也非常迫切，與她想要救朋友的心在角力。但是時間越來越緊迫了。她把自己推向前。

她好像在玩高速旋轉的遊樂設施，被氣流緊壓向車頂，但是只要保持平貼著金屬表面的姿勢，她就能穩當地繼續往前爬。風聲和火車車輪聲塞滿她的耳朵，讓她全身震動，直透入骨頭。

等她爬到這節車廂的末端，快要到把它和下一節車廂銜接起來的有篷部分時，她把頭抬起來一下子，往火車後端望去。火車似乎還有幾十節車廂一路延伸下去，像是穿越沙漠的一長條幾乎沒有盡頭的水銀與黑暗。在火車後方，已經到達她視野邊緣的地方，是一群追兵，讓她的胃揪緊了。她看不清楚，但有些是暗的，有些是亮的；有的可能是獵犬或野狼，其他可能是騎馬或騎機車的人，甚至有人開車。但他們在地平線一字排開，全都無情地追著火車跑。位於最前方的是一個獨行俠，他沿著鐵軌狂奔。是「騎士」，他要奪回「駿馬」，完成他自己的故事。

在那一刻，她看出自己將會失敗。除非她能想起一件事。

她放棄一手所抓住的珍貴護欄，在車頂金屬板接縫處用力磨刮她的手指，直到感覺鋒利的邊緣勾住她的皮膚，讓她破皮流血。接著她伸手從緊身胸衣裡摸出凱的叔叔給她的墜飾，把它從脖子上取下來。鍊子勾到她凌亂糾結的頭髮，她硬把它扯開。他是怎麼說的？

……在這上頭沾一滴妳的血，然後把它拋向風中……

艾琳用她破皮的手握住墜飾，但什麼事都沒發生。墜飾的溫度沒有戲劇性變化，沒有發光——什麼都沒有。如果能有點徵兆她會比較安心。

拜託有用吧，艾琳心想，並且把墜飾往黑暗中拋出去。它在她視線中閃了一下，也許是銀鍊子的反光，然後就消失了。

她沿著火車繼續爬。

第二十六章

艾琳千辛萬苦地爬行，火車又是晃又是顛，讓她整個過程都像與死神共舞；爬完四節車廂後，她判斷目的地到了。

現在她要確認一下車廂內狀況。幸好那句「人從來不會看上面」的老套說法是眞的。而且他們也聽不到她在這上頭。她在比較靠近她的活板門旁邊就定位，牢牢抓緊，大喊：「活板門，變透明！」

鋼鐵很聽話地變透明了。車廂內看起來挺舒適的，陰暗、鋼鐵風格的舒適。也許是和在寒冷的黑暗中爬過好幾節車廂相比，煤氣燈的光芒看起來特別溫暖吧。最重要的是，她的視角讓她能清楚地看見韋爾和凱。兩人都被綑住手腳，手還被固定在背後。他們待在她這一端的車廂，而且兩人看起來都昏迷不醒。史特靈頓站在他們面前看守，手裡拿著手槍，擺出只要受到此微刺激就會殺了他們的姿態。她看起來像隻豎起全身羽毛備戰的小鳥，所以艾琳首先一定要解決史特靈頓，還有她的槍。

關提斯夫婦在比較靠近車廂另一端的位置。關提斯大人坐著，眉頭深鎖地盯著兩名人質，他對他們的專注視線幾乎化爲具體有形的東西。別一直看著他，艾琳的直覺在告誡她，於是她強迫自己改看向關提斯夫人。那女人慢吞吞地在包廂兩側之間來回踱步，很做作地把一隻腳擺到另一隻腳前面。她穿著灰色船型鞋，身上完全是乾的。（關提斯大人就不一樣了，他的高級絲絨衣服上有一塊一塊濕掉的痕跡。）她走動時絲質長禮服在她腳踝邊飄逸，毛皮披風緊緊裹住肩膀；她用戴著手套的手緊抓住披風邊緣，說著艾琳聽不見的話。

「活板門，恢復成你原本的狀態。謝謝你。」艾琳盡量小聲地喊道。她不知道自己運用語言的權限到什麼程度，但她不準備冒任何風險。她輪流活動自己的手，讓自己恢復知覺、做好準備。好吧。她的狀況非常緊迫，但她有出其不意的優勢，還有語言助陣。還有一把槍。

不過史特靈頓也有一把槍，關提斯夫人和關提斯大人也可能有武器。

也許她應該確保大家都沒有槍……

艾琳一點一點地退回兩節車廂銜接的地方。銜接處的天頂和側壁都是用帆布做的，隨著火車行進而危險地搖擺著。幸好她不用對它動什麼手腳，因爲車廂側面就有一道扶梯。她攀在扶梯上，總算脫離了強風吹襲，她把打結的頭髮從臉上撥開，好看得更清楚一點。

車廂銜接處通往車廂的走廊，而不是內部的包廂。而根據札雅娜和亞綽克斯菲洛克斯的情報，走廊上應該有很多衛兵。他們應該不會料到她突然突破包廂的牆壁衝進去——前提是她還有足夠的腎上腺素來使用正確的語言。她用汗濕的手握著亞綽克斯菲洛克斯的槍，覺得槍托好冰。

「我面前的火車牆壁，」她大喊。「像門一樣開啓，讓我能進入車廂的末側。然後再關起來。」

她面前的金屬順從地滑開，讓她鬆了一口氣，她跨入車廂，就在史特靈頓和兩名囚犯後方一公尺處。壓力和強風突然消失，令艾琳腳步踉蹌了一下。但史特靈頓已經轉過身並舉起槍，關提斯夫人快速轉身，一手探進披風底下，關提斯大人則站了起來。艾琳把亞綽克斯菲洛克斯的槍擲向包廂另一端，目標對準關提斯夫婦。

「手槍，」她大叫，同時史特靈頓把槍舉起來對準她。「爆炸！」

車廂內像打了一個暴雷，火車整個晃了一下。

場面非常混亂，這是無可避免的。史特靈頓的槍在她手裡化作一團火球，炸成碎片，她痛得尖叫。她緊抓著自己血淋淋的手腕試圖止血，而她的手慘不忍睹，血肉模糊間還露出白色的骨頭。關提斯大人和夫人都在從地上爬起來。亞綽克斯菲洛克斯的槍炸得比史特靈頓的槍更慘烈，但他們兩人離得沒那麼近。那把武器只剩一團焦黑，像是後牆的灰色布幔上一團顯眼的污漬。金屬碎片嵌進了座椅軟墊和厚地毯，也把深色玻璃窗刮出一道道痕跡。

但是關提斯夫婦兩人看起來都毫髮無傷，只有衣服被波及。不管關提斯夫人披風底下藏著什麼，都不是一把槍。或許是一把刀。艾琳不認爲她是不帶武器的那種女人。

「門，閂住。」喀喀兩聲，由包廂通往走廊的兩道門自動上鎖，讓任何小嘍囉都被擋在門外。「只要你們敢輕舉妄動，」艾琳很快地說，她還因爲剛才的爆炸在耳鳴。「我會做出更可怕的事。史特靈頓，去和他們站在一起。」那女人一臉蒼白，跌跌撞撞地穿過車廂走向關提斯夫婦。

「親愛的溫特斯小姐，」關提斯大人說。「妳似乎已經耗盡妳的應變能力了。」他講話語氣帶有若無其事的傲慢，但他眼裡的怒火和銳利的嗓音洩露了他的自制力已經脆弱不堪。

「關提斯大人。」艾琳趁著他還沒能再次先發制人時趕緊說道。關提斯夫人也把全副注意力放在艾琳身上，夫妻倆都沒有任何想幫史特靈頓的意思，而史特靈頓大概已經嚇傻了。「如果我想的話，」艾琳繼續說。「我可以讓窗戶破碎砸在你身上，可以破壞地板和天花板，可以放火燒了這裡的裝潢，我也可以唸出你身上的骨頭名字，唸到哪根、哪根就會斷掉。」幸好她不是用語言撂下這段話，因爲她說的不完全是實話。但有部分是。她的手探向仍然插在腰帶裡札雅娜的刀子。「我對發揮全部實力一點都不會良心不安。」

「那我們該假設妳和妖伯瑞奇一樣危險嗎？」關提斯夫人懷疑地問艾琳。她微微向右挪移，離關提斯大人遠一點。

有人在用力拍包廂的門。

「你們確實該假設我很危險。」艾琳回答。

關提斯大人朝他的左邊挪了一步。他們想分散我的注意力。「那妳爲什麼還不使用妳神奇的力量呢？」他用客氣而好奇的語氣問道。

「那會對這個車廂裡的所有人都造成危險。」拍門聲越來越響亮了。她深吸一口氣；她得要表現出掌控局面的態度。「但是淪爲你們的囚犯下場更慘，所以逼不得已的話我還是會動手。怎麼樣，關提斯大人和夫人，請你們提供我一個更好的選項吧。叫你們的人退下，我們好好談一談。」

「如果我們不照做呢？」關提斯夫人問。她的手又悄悄伸到披風底下。

「那麼首先我會命令這把刀刺進妳丈夫的眼睛。」艾琳從腰帶裡抽出刀子。「不管妳在打什麼主意，夫人，我都會比妳快一步。」

她一定展現出強大的氣勢，顯示她說的句句屬實，因此關提斯夫人的動作慢了下來，現在她的手仍然在披風底下，而關提斯大人對他的妻子微微點了一下頭。

艾琳用眼角餘光瞄到韋爾有動靜。他的眼皮在瞬間睜開了一下，然後又闔上——不是人在慢慢恢復意識時費力的眨眼動作，而是明確的暗號。他是清醒的。

「衛兵，退下！」關提斯大人提高音量對著門外厲聲說道。「這是命令，全都退下。」他的嗓音彷彿在艾琳的骨頭裡迴蕩，她得刻意挺直手臂來避免手發抖。「如果有麻煩的話，我再叫你們。」

走廊上安靜了，火車喀答喀答地飛速前進，窗外有巨樹的影子不斷掠過。關提斯大人望著妻子，然後轉回來看艾琳。「溫特斯小姐，妳很有說服力，但我並不準備投降。」

「我並不想要求你投降。」艾琳說，她飛快動著腦筋，想弄清楚自己應該要求什麼。「一定有什麼做法能讓我們雙方都全身而退。你可能已經成功觸發戰爭了，這條龍的家人，」她用腳輕戳凱。「已經知道他是被你綁架的了。」

關提斯大人揚起眉毛。「被我？」

「當然還有關提斯夫人。」艾琳公允地說。「他叔叔給我看了你們兩人的照片。你們已經不需要凱了，你們已經達到目的了。」

關提斯大人皺起眉頭。「妳是說妳向他親自指認出我們？」

「你們早就曝光了，」艾琳說。「他有你們的照片。大圖書館也有你們的記錄，我絕對不是唯一指控你們的人。所以就算我出了什麼事，你們還是會被認定為罪魁禍首。」

「也就是說放了妳也無濟於事。如果我們放妳走，妳還能呈報更多事。」關提斯大人愉快地說。

艾琳發現自己被他的話誘哄，還感覺一股他所散發的強制力量席捲而來，她趕緊咬了一下自己的舌頭。她給他越長的時間說話，就等於給他越高的機會運用魔法。「但是只要你待在高度混沌世界裡，他就動不了你，不是嗎？」她追問。

「妳絕對想不到龍王的勢力範圍有多廣——」關提斯大人開口。

「親愛的，我們不要扯遠了。」關提斯夫人打斷他。「假如我們談個條件，讓你們安全離開，那我們能得到什麼好處？」

艾琳幾乎如釋重負地吁出一口氣。「嗯，我會讓你們安全離開啊。」她微笑說道，拿刀揮了揮。

「就這樣？」關提斯夫人說。

「事後要編什麼故事都隨你們，」艾琳冷淡地說。「我只關心我們能離開這裡，讓凱受到他叔叔的保護。我要你們發誓保障我們的安全。你們可以說我們死命哀求、卑躬屈膝，你們把我們玩弄於股掌之間——隨便你們怎麼向其他妖精吹噓，我們都不會反駁。你們可以聲稱從頭到尾都是你們占上風，我不會有意見，反正我也不會在場。」

「那可能值得考慮一下。」關提斯大人若有所思地說。「唉，史特靈頓，不要再唉唉叫了，把妳的手包紮一下。但是我要更多。」

「你的挑釁行爲已經夠過分了，戰爭一觸即發。」艾琳憤恨地說。除非我能說服凱的家人，說他平安歸來就夠了，希望能保持和平……「可以說你把我趕出威尼斯，而且揭穿了一個想要滲透妖精的圖書館員的間諜身分，如果你想這樣詮釋的話。你也可以說我們太不重要了，不值得你花時間追捕，或者你也可以居功說把我們趕得遠遠的。任君挑選。」

「那妳想要我們立下什麼誓言呢？」關提斯夫人質問。她朝艾琳跨近一步，現在她兩隻手都是空的，目光則緊盯著艾琳手裡的刀。

艾琳知道如果她現在說錯話，就會前功盡棄。只要她的話有一絲游離空間，就會讓妖精用對他們有利的方式去解讀。「我要你們兩人都發誓，你們允許我們——包括我、韋爾和凱——」她邊說邊用手勢指指他們。「此時此刻就離開這裡，安全離開，不管你們，或聽命於你們，或和你們結盟的人，都不得以作爲或不作爲方式阻礙我們，要讓我們平安回到凱被綁架的那個世界。」到時候她會趕緊把凱（如果必要的話也包括韋爾）弄進最近的大圖書館入口。接下來兩、三年他們可能都得僞裝身分或是到別的世界避風頭，但能活下去。

「這段誓言眞是面面俱到，溫特斯小姐。」關提斯大人說。他退後一步站在史特靈頓旁邊，低頭瞥向她受傷的手。「唔，那妳打算如何回報我們呢？」

「離開此地後，不再追究你和你的相關人等。」艾琳說。「我和我這兩位同伴也保證不會以作爲或不作爲的方式報復你們。」凱一定很不高興，但他欠她一份情。不過他的家人要怎麼做，她就管不著了。艾琳希望他們能讓關提斯夫婦在接下來幾百年都提心吊膽。

「妳不打算要求我們替妳辦事嗎？」關提斯夫人問道。

「絕對不會，」艾琳說。「我早已對大圖書館立下誓約，不允許做這種事。」

「妳現在是代表大圖書館發言嗎？」關提斯大人問道。「妳似乎是以妳個人的立場在談判耶，溫特斯小姐。我很意外妳沒有眞正的權力，卻還口氣這麼大地提出條件。妳的上級會怎麼說？」

艾琳又感覺到他的意志帶來的壓力了，她知道他找到了自己的弱點。她確實是自己跑來這裡的，她確實沒有收到命令就去救凱。如果她和他們私下談成交易，再加上她和火車做的約定，等她回去她會不會有更大的麻煩呢——前提是她要能逃得掉……

她在墜入自我懷疑的深淵前把自己拉回來。「胡說！」她厲聲說。「聽你在亂講！我知道我的上級不希望開戰，掌握住這個重點就夠了。你要怎麼影射都隨你，但你給我聽清楚：我能代表大圖書館發言。」

這句話像是大雷雨中的高壓電線一樣，在車廂內嗡嗡作響。她等著語言爲了她撒謊而懲罰她，但這句話竟有效力。關提斯夫婦都畏縮了一下，就連因爲手痛而沒在專心聽的史特靈頓都蜷成一團。

「這樁交易還是偏向對妳有利。」關提斯大人說，他的力量離她太近了，讓她惴惴不安。艾琳刻意把目光從他身上移向關提斯夫人，發現她也離她太近了點。「但也許我們可以協商一下。有妳這樣的對手，我甚至想考慮安排長期計畫——」

「就這麼說定了。」關提斯夫人打斷他。她深吸一口氣。「親愛的，我們得就現有的選項盡力而爲。我覺得就接受溫特斯小姐的條件吧。」

「也許……」關提斯大人開口。

這時候史特靈頓發出極度痛苦的哀鳴。艾琳不由自主地看向她——看到關提斯大人彎下腰，用他的拇指去按壓史特靈頓手上的傷口。關提斯夫人就在這一刻行動。這女人用艾琳難以置信的速度縮短她們之間的距離，用力撞向艾琳。她把艾琳撞倒在地，再用體重壓制住她。關提斯夫人整個人趴在艾琳身上，她拚命掙扎想要緊握住刀，但關提斯夫人狠狠肘擊她的肚子，她光是要呼吸就很費力了。這時關提斯夫人把她的頭壓在地上，很有效地用前臂堵住她的嘴。她用左手壓住艾琳的右手腕，讓她沒辦法使用刀子。

艾琳咬下去，嚐到關提斯夫人的血。

關提斯夫人的臉皺了一下，她的臉離艾琳只有三十公分，她帶著勝利的眼神更用力地壓住艾琳。

「別再浪費時間了，溫特斯小姐。妳也沒比別人強——也很容易分心嘛。親愛的，可以麻煩你過來把她打暈嗎？」

艾琳更用力地咬下去，並且抬起左手去扭關提斯夫人的右手臂。但關提斯夫人占據力量、體重和施力角度的優勢。艾琳聽到關提斯大人踩著不慌不忙的腳步走過來，腳步聲襯著史特靈頓的呻吟聲。她拚命掙扎，但就是掙脫不了關提斯夫人的箝制。關提斯大人居高臨下站在她身邊，等待出手時機。艾琳試著把頭往旁邊撇，想讓臉不被蒙住、能開口說話，但關提斯夫人把她壓得死緊。

但艾琳用眼角餘光瞄到韋爾在動，他彎起的兩腿往旁邊一掃，從側面撞向關提斯大人，還順勢滾動用體重加重力道。關提斯大人怒哼一聲往前摔倒，跌在關提斯夫人和艾琳身上。關提斯夫人失去平衡，艾琳趁機把頭別向一旁。關提斯夫人手臂的血從艾琳嘴裡流出來，艾琳把血呸掉，放聲尖叫：

「**妖精，離開我的身體！**」

她講這話沒有經過大腦思考，純粹是在憤怒和驚恐之下脫口而出，不過還是有用。語言攫住了關提斯夫婦，把他們兩人都推離艾琳——應該說把他們撞開，而艾琳則癱在地毯上吃力喘氣。她看到韋爾掙扎著跪起來，他不知道怎麼有辦法把被綁住的手移到身體前方，但凱仍然昏迷不醒。艾琳的手握緊刀柄，整個人跪坐起來。這時關提斯大人突然衝到她面前，掐住她的脖子。先前鍊子想要勒住她脖子所留下的印子還很明顯，他就掐著那個位置拖她站起，硬把艾琳的頭往後扳，讓她只能直視他的眼睛，卻一個字都說不出來。她無法呼吸。她感覺脈搏像榔頭一樣在腦中一下一下地敲打，速度比火車車輪還快——同時他的目光也緊緊盯住她，就像用大頭針釘著蝴蝶。現在他是握有一切權力的人。

不過她仍然握有刀子。

艾琳把刀子往上和往前捅，她沒有對抗掐著她的手，反而還靠向它。這是一把鋒利的刀，一把好刀，她把刀子往上刺入關提斯大人的胸腔，由肋骨下方刺向心臟。感覺就像有人畫好示意圖要她照做一樣。這個故事就是該這樣結束。

他的手鬆開了，她再度跌向前，每一次呼吸都疼痛無比。她聽到關提斯夫人在尖叫，但和她自己的喘息聲相比，那只是微弱的背景音。

韋爾來到她身邊，她能看到他手腕上的縛繩。理智有如火花一閃，讓她振作起來，用沙啞的聲音痛苦地說：「縛繩，離開韋爾和凱的手腕和腳踝。」

關提斯夫人跪在血淋淋的地板上，把丈夫摟在臂彎裡。他雙眼緊閉，身體一動也不動，刀柄仍由他的胸部突出。它看起來不該出現在那裡，很沒有威嚴，但很有人性。

艾琳站起身，韋爾扶著她。她想要推卸責任，說「我問過他要不要談條件了」，但她無法否認眼前的事實。她的脖子上有血，是關提斯大人的手套轉印上去的；她的手上也有血，來自她自己施予的致命一擊。她感覺得到血又濕又黏。

關提斯夫人慢慢地把她丈夫的頭垂放在地板上，溫柔地脫下他的右手手套，摺好後塞進她的緊身胸衣。淚水沿著她的臉滑落，但她太平靜了——平靜到艾琳因爲反感而胃部緊縮。「我不準備抵抗，害自己也送命，」她說。「但這事並沒有結束。」

艾琳想要說點什麼，設法緩解她的眼淚、可怕的平靜並阻止她們結下血海深仇。但就連語言也不夠用。「妳走吧，」她說，「我們不會阻止妳。」

關提斯夫人點點頭，站起身來。「史特靈頓？」

「啊，不，夫人。」史特靈頓蜷縮在包廂後側的座位上，看起來已經失去爲任何人出頭或反抗任何人的能力。「很遺憾，我要停止爲您服務了。這個遊戲對我來說口味太重了。」

關提斯夫人點點頭。「那再見了。溫特斯小姐、韋爾先生、龍。」她走到門邊，戴著手套的手按在門把上。「我不會叫我的衛兵來對付你們，現在看來已經沒這個必要了，我寧可把你們留給更心狠手辣的追兵。他們很快就會追上來了。」說到這裡她微微一笑，令人看了心裡發寒。「如果妳從他們手裡活下來的話，我們絕對後會有期。」

「門閂，打開。」艾琳說。她現在最不樂見的就是關提斯夫人留在車廂裡。

關提斯夫人跨到外面的走廊上，然後把門帶上。

「有人在追我們？」韋爾質問。

「對，」艾琳簡短地說。「是『騎士』——還有很多其他妖精。他們一定已經快追到我們了。」

她突然覺得精疲力盡，她的應變能力幾乎都枯竭了。她想起室內還有另一個人。「史特靈頓，妳對我們是個威脅嗎？」

史特靈頓現在又抓著她的手腕試圖止血。「我絕對不是妳的朋友。」她說。艾琳看得出她努力想要保持客氣。「但我不會抱怨，是我自己跑來蹚別人的渾水。」

艾琳點點頭。「那我們最好希望火車能在為時已晚之前把我們送回我們的世界。」

「我們已經到達有爭議的球界帶了。」史特靈頓虛弱地表示。「你們如果跳下火車改成徒步逃亡，可能會比較有利。畢竟他們知道你們在車上。」

「溫特斯？」韋爾用詢問的語氣說。

艾琳搖搖頭。「他們已經近到我能看見他們了，如果現在跳車，他們一定會發現。我們絕對逃不了。」

「啊，好吧。」史特靈頓說。

艾琳已無話可說，她疲憊地低下頭，全身都在痛。

外頭的走廊沒有任何聲響，闕提斯夫人一定把她的衛兵都帶走了。現在只聽得到火車喀噹喀噹的行駛聲。她已經想不出任何點子，剩下的只有希望。

史特靈頓的話喚起她的記憶。「有爭議的球界帶？」她問，同時又把頭抬起來。

史特靈頓點點頭。「就是既不完全屬於我們，也不完全屬於龍族的球界帶。兩方勢力都能在這類土地上行動。」

艾琳已經發送過一次求救信號，也許該是她再次呼叫的時候了，也許有人正在聽呢。「不好意思，」她說，剛才她倒在一張沙發上，現在奮力撐起身體。「只是要確定我們能做的都做了。」

她一瘸一拐地走向窗戶，兩手按在窗框上。「窗戶，打開。」她說，她的喉嚨仍然很痛，上頭遍布瘀青。車窗在邊框中往下移，露出外頭飛掠的景色。現在外頭是被強風吹拂的森林，滿是陰暗的樹木和飛起的落葉。她很好奇如果現在她能看到他們的追兵，他們會不會像是傳說中進行狂獵的異界生物雜牌軍。

她的手緊緊握住窗框，同時她集中精神。「**敖順！**」她用最大的音量對著外頭的夜色大叫。「**北海龍王！**」

火車被一陣雷鳴般的巨響撼動，有一道比夜晚或森林更黑的影子乘著風怒吼降下，它在火車上空盤旋，伸展巨大的飛翼。那是長長一道如水一般的影子，身體有如黑蛇，飛翼則像黑檀木。即使隔著這麼遠的距離，仍可看出它淺色的眼珠閃著寒光，它懸浮在火車上方，跟著火車奔馳在穿越世界的鐵軌上。火車後方的追兵漸漸落後了，當龍王張開飛翼，跑在最前面的那個人放慢了腳步。

史特靈頓踉蹌站起來往外看，她的臉色煞白，眼睛驚恐地瞪大——韋爾則走上前，用手臂摟住艾琳的肩膀表示支持。她需要支持。

艾琳幾乎聽不到自己的聲音。她僅剩的力量已消耗殆盡，唯有靠韋爾的手臂才能讓她保持站立。但她還是吃力地說：「我們好像有保鑣了。」

第二十七章

伴隨著尖銳的刮擦聲，火車車身顫動著駛入倫敦車站，就像當初它來時一樣。艾琳透過車窗看到月台上的人飛奔逃開，還有警衛慌亂地揮著旗子。現在是黎明前的尖峰時段，蒼白的天空剛被最初的光束給分開，即將消失的殘月還在雲層間忽隱忽現。

大約半小時以前，凱恢復了意識，但他的動作和說話都像是被流感蹂躪過的人——身體前傾，好像全身關節都痛，還不停揉著額頭。他的皮膚布滿瘀青和燒傷般的紅色傷痕。韋爾向他更新了關提斯大人的下場，凱只是點點頭，不過他的眼睛在那一刻變得不像人類，看來野性而滿意。

艾琳在路上試著睡一會兒，但諷刺的是她累到睡不著。之後洗個熱水澡這件事誘惑著她，那種心情就像期待聖誕節，或是她最心愛的系列要出新書。她也能幻想喝上一口白蘭地。不過首先他們需要獲得安全。

守護火車的影子在他們進入倫敦前十分鐘離開，那時四周的景色由不熟悉的城市景觀轉換爲陰暗的長型田野，然後再轉換爲倫敦外圍典型的瓦斯廠和工廠區。當那長長的龍形身影脫離車身飛上天空，艾琳再度遠遠地看見那雙銀色眼珠，接著它便展開巨大的飛翼，飛翼邊緣似乎融入了雨灰色的雲朵。她有可能將和龍王面談，雖然她成功把凱救回來了，但她仍不期待這件事發生。

「我要留在火車上。」史特靈頓說。在路程中，韋爾和艾琳總算把她的手包紮起來了，她把裹得厚厚的手貼在胸前保護著。「這個球界沒有我可以去的地方。」

艾琳點點頭。不消說，史特靈頓會把事情的經過源源本本地告訴別的妖精，不過此時此刻艾琳實在管不了這麼多了。

韋爾打開月台那一側的門，倫敦的空氣湧入包廂，挾帶著濃濃的油味和人味。「我們最好盡快下車。」他說。

艾琳跟在凱後頭走出包廂，臨走前她再對史特靈頓點了一下頭。「謝謝你。」他們下車時她對火車說——她不確定它是否在聽，但到頭來它幫了他們大忙。

火車再次噴出蒸汽，並立刻動了起來，它滑出車站，車輪抵著鐵軌震動。

艾琳轉頭看著韋爾和凱。他們並沒有在她一背過身去的時候就消失——而且都活著，完好地活著。這時她注意到有許多目光在盯著他們這裡，因為他們衣衫襤褸、骯髒、渾身血污。有一個警衛走過來，震驚地看著她削短的裙子，已經張嘴抱怨了。

「對，對，沒錯。」韋爾不耐煩地說。他轉頭看艾琳，有效地打斷警衛的告誡。「溫特斯，我提議坐計程車。」

「好主意。」艾琳熱切地說，她很清楚地意識到大家都在看他們。「我們應該立刻送凱回大圖書館。」

「唉唷，拜託——」凱想耍賴。

艾琳突然發飆了。「聽著，我不知道還有多少妖精知道你在哪裡，我不知道他們會做什麼。在我搞清楚之前，只有大圖書館能保護你的安全。」她意識到自己在大喊大叫，這才降低音量。「還是你有別的想法？」

「也許我可以幫忙。」有個熟悉的聲音在她身後說。

艾琳轉過身，準備好要反唇相譏。

但站在那裡的人是李明。他——或她，艾琳還是不確定哪個代名詞才是對的——的服裝無懈可擊地符合這個世界的風格，銀灰色西裝搭配黑領帶。他對凱正式鞠躬行禮，再對艾琳和韋爾半鞠躬行禮。「殿下，車站外有我準備的本地交通工具在待命，我也安排了一個地點讓您和吾主——您的王叔會面。有些戰爭方面的事要討論。」

凱挺直身體站好，彬彬有禮地點頭。「謝謝你，李明大人，你眞周到。不過我朋友——」

「我們自然會招待各位所有人。」李明說。艾琳不禁好奇他們是不是被強制要求出席。「戰爭方面的事」這幾個字像雷聲一樣在她腦中迴蕩。不、不、不。她以爲他們已經避免這件事了。她和韋爾算是見證人嗎？還是這場邀約其實算是一種保護性拘留？他的說法似乎不帶有立即性的威脅——至少不對他們造成威脅——甚至沒有暗示龍族正式表露不悅。「吾主——您王叔希望向您的朋友展現適當的禮貌，我們非常歡迎溫特斯小姐和韋爾先生同行。」

「謝謝您，」韋爾說。「您眞慷慨。」

凱望向艾琳尋求認可。又把責任推給我，她尖酸地想。她朝他微微點頭，於是他回頭看著李明。

「那我們樂意接受邀約。」他說。

坐計程車的過程中，氣氛非常緊繃。李明拒絕討論妖精與龍族之戰的問題，他說那是凱的叔叔才能談的事，因而他只是詢問凱最近發生的事。韋爾躲在角落裡沉思，三不五時用審視的目光掃視李明，顯示他正在累積資訊。凱用精簡的方式講了一遍來龍去脈，一邊無意識地摩挲他的瘀青。

艾琳坐在韋爾對面的角落裡，想著戰爭。敖順應該願意接受和平的解決方式吧？他們已救出凱了。還是說某些龍族就和妖精一樣想要開戰？

如果是的話，這個世界還有其他幾百個類似的世界，都大難臨頭了。

李明在薩沃伊飯店訂了一間套房。龍王親信想必可以動用很大筆的資金吧，艾琳悶悶地想著——她絕對負擔不起這麼豪華的住處。不過這房間眞漂亮，全是純白和鍍金裝潢，配上一塵不染的淺綠色地毯，感覺踩上去都是犯罪。窗邊的白色厚絲絨窗簾拉開著，早晨的陽光讓整個空間亮得有點刺眼。她、韋爾和凱是奢華而優雅環境中的三個污點，不過是有咖啡可喝的污點，咖啡對她很有幫助。

這時李明打斷她的思緒，朗聲宣布她暗自害怕聽到的話：「北海龍王陛下駕到。」

門開了，艾琳站起來，然後行了個正式的屈膝禮；她知道韋爾在鞠躬。

凱右手握拳抵住左肩，並且無意識地單膝跪地，頭垂得很低。「王叔，」他說。「勞煩您親自前來，姪兒罪該萬死。姪兒給您添麻煩了，請您恕罪。」

艾琳隔著眼睫毛往上偷瞄，等待可以起身的暗號，暗自祈禱那個暗號能快點出現，否則她的腿就要抽筋了，她會失去平衡。敖順和李明一樣打扮得很適合這個倫敦，他完美無瑕的墨黑西裝搭配白色絲巾，一看就是出自御用裁縫師之手。這次他完全化爲人形，讓艾琳鬆了一口氣，不過他的氣勢也只比上回略為遜色一點。

「感謝二位挺身而出護衛吾姪，」他說，並終於示意他們可以平身了，「我來此是為了在與三位王兄商討開戰一事之前，先聽聽事發經過。」

「陛下。」艾琳說，她看到凱的臉抽動了一下。顯然除了龍王以外的任何人敢主動開口，都是違反宮廷禮儀。「我請求准許發言。」

敖順望著她，她感覺彷彿被砲口對準了一樣。「妳的作為贏得了我們的尊敬，」他說。「妳想說什麼？」

「陛下，這樁綁架的主謀只有兩個人。」艾琳說。她邊說邊觀察他，想配合他的反應調整說法，尋找任何情緒的蛛絲馬跡。「其中一人被我殺了，另一人認輸逃跑了。您的姪兒已回到您身邊。我們也受到其他不想開戰的妖精幫助。陛下，我並不是為了妖精著想才請您網開一面，但我懇求您考慮一下在您和他們之間所有世界中的芸芸眾生。我求您不要開戰，這不符合比例原則。」她苦思或許能打動一條龍的措辭。「而且我想也不符合公平正義的原則。」

聽到「公平正義」四個字時，敖順眼睛散發紅光，外頭的天空也暗下來呼應他，一團烏雲遮住了太陽。「我聽到妳說的話了，」他說。「有鑑於妳是大圖書館的一員，會有這種觀點也很自然。」

艾琳感覺到他的不悅所帶來的壓力，這壓力危險地籠罩下來，她必須強迫自己繼續說下去。「當然，陛下，」她說。「我忠於大圖書館，因此我能、也必須為它的利益發聲。但我也要說，此次妖精受到嚴重的挫敗，證明了綁架任何一位龍族都是不智之舉，遑論您的王室血親。請您當作此事已了結了吧，陛下。」

敖順微微側過頭，不再看著她。「妳已經善盡收我姪兒為學生所應盡的義務，」他說。「妳在這件事上的責任也結束了。妳不必再參與後續行動。」

艾琳看到凱望著她，露出「拜託、拜託妳立刻閉嘴」的表情。韋爾則無動於衷地站在她另一邊。

「我是盡了對學生的義務，」她說。「但我對大圖書館也有義務，還有大圖書館能接觸到的世界上的人。」

「吾姪，那你呢？」敖順點名凱的時候，語氣顯得特別銳利。室內突然充滿濃濃的張力——它壓迫著艾琳，她看到韋爾得挺著肩膀才能保持挺直的站姿。外頭傳來隆隆的雷聲。「你對這事有什麼想法嗎？」

凱吞了吞口水，費力地開口。「王叔，」他畏怯地說。接著聲音變得比較有力。「我的老師講得很中肯。若是讓不曾涉入這些事件的人類蒙受傷害，確實不公不義。該負責的妖精已經為他們的行為付出代價，時間將會證明我們是正道、他們是歪道。如果一定要追究，就怪我愚蠢到讓自己被抓走吧。」

「是你的愚蠢，也可能是你老師的疏忽。」敖順說，他的話讓空氣微微顫抖。

「我願意承擔任何罪名。」艾琳堅定地說。她嘴裡嚐到恐懼的酸味。

「他的朋友也勢必得負起一部分責任吧，陛下。」韋爾說。「譬如說我。」

敖順輪流望著他們三人。他的臉頰和手上的皮膚開始透出鱗片的紋路，指甲也變得比剛才更長和更黑。強風挾帶著雨水拍打窗戶。

有人敲門。

李明走過去應門。「恐怕你走錯房間了——」他開口道。

「我不這麼認爲。」是考琵莉雅的聲音。考琵莉雅在這裡。艾琳感覺她突然能呼吸了。「我名叫考琵莉雅，我是大圖書館的長老。我請求謁見北海龍王陛下。」

「讓她進來。」李明還來不及請示敖順，他已開口說道。「我很歡迎大圖書館長老的意見。」

考琵莉雅走進房間，她打扮得很整齊，身穿適合謁見王族的黑絲絨長禮服和披風，她的木手用手套遮住。雖然她腰桿直挺，走路時卻拄著一根銀頭拐杖。她的關節炎又在作怪了。她在大圖書館裡是老師和朋友。離開大圖書館，你就比較難以忽略考琵莉雅年事極高的事實，她身爲圖書館員，曾累積多年的外勤經驗，也累積了不少舊傷。

「陛下。」她對敖順行了個半鞠躬禮，還必須用拐杖撐住身體。「請原諒我禮數不周，如果我和這些孩子一樣年輕，一定會好好行屈膝禮。」

「沒什麼好原諒的。」敖順說。窗外的雨勢減弱了。「我十分歡迎妳來這裡。妳要入座嗎？」

他待她的方式有如備受尊敬的大使，絕對比我高出一級，艾琳心想。*不過謝天謝地考琵莉雅來了。*

「陛下，我只待一下就走。」考琵莉雅說。「我是來帶我的同事回去接受正式質詢的，希望這不會造成您的不便？」

艾琳感覺自己臉頰血色盡失，看來她要為自己做的事面臨懲罰了。她試著說服自己相信她早就預料到了，但她騙不過自己。她根本沒有做好心理準備。

「我沒有理由抱怨她的行動，」敖順說。「她從頭到尾都表現得恰如其分，我對她深表感謝。」

「考琵莉雅女士，妳不能這麼做！」凱繃緊下巴，咬緊牙關、義無反顧地說。「艾琳用盡全力才把我救回來，我被綁架並不是她的錯。如果這件事要有個罪人，那也該是我。」

「凱。」敖順用掌心拍了一下椅子扶手。「你安靜！」但是對於凱真有這個膽量挺身發言，他的驚訝似乎勝過憤怒。「如果這是人家內部的事務，你沒有立場干涉。」

「我還是大圖書館的實習生啊。」凱說，他的皮膚也開始出現龍的特徵。「除非我被免除這個職位，而這個職位可是我父王本人允准的……」他意味深長地讓句子停在這裡。

艾琳試著解讀敖順為什麼突然露出挫折又懊惱的表情。凱的父親是他的兄長。根據她所觀察到的龍族尊卑原則，這表示敖順不能反駁他的命令。眼前的局面正迅速惡化成沒有贏家的局面。

有人得出來扛責任。

「我當然會回大圖書館去。」她說。敖順和凱停止互瞪，都轉頭看她。她對著考琵莉雅發言。「我承認我違反了大圖書館的規定，未經許可就進入高度混沌世界。我也承認我沒有好好監督由我負責的實習生，結果讓他被特定妖精給綁架，甚至可能導致戰爭。」

「這都是很重大的罪名。」考琵莉雅說。她的語氣就像嗜血的法官一樣嚴厲，但她的眼裡閃著光，艾琳看得出那表示贊許。「陛下，我必須請求您允許我們告退，艾琳和我需要盡快返回。」

敖順皺著眉頭。現在艾琳想想，才發現他和凱一樣有橫眉豎目的習慣。「她眞的有必要回去嗎？也許可以安排她做什麼獨立工作？我不願意看到她爲了所做的事受罰。我甚至樂意讓她替我辦事。」

「陛下眞是太慷慨了。」考琵莉雅說。「她所做的事非常嚴重，我相信她本人也不會想逃避合法訴訟程序。艾琳，妳說是嗎？」

她可以尋求敖順的庇護，接受他的提案。但是那就表示她得向大圖書館告別了——對她來說就和大圖書館長老把她趕出去一樣讓她難以承受。不管選哪一條路，她都輸了。選這條路的話，她也許還能讓凱繼續當她的學生，但她還是輸了。

也或許還有一條路，讓她不會輸得那麼徹底。結果取決於敖順究竟是不是眞的感謝她的作爲，還有他感謝到什麼程度。

「我不會在這個時候拋棄責任，」她堅定地說。「我的行動和疏失仍然可能造成戰爭，進而威脅數百個世界。我願意接受任何必要的懲罰。」

韋爾似乎想說什麼，她迎向他的目光，急切地狠狠瞪他，還偷偷搖了一下頭。這場豪賭若要成功，她就必須面臨眞切的威脅。

考琵莉雅點點頭。「我也是這麼想的。走吧。」

室內安靜了一會兒，然後敖順說：「等一下。」

「陛下？」考琵莉雅詢問。

敖順的表情僵硬得像石雕。「我基於人情、也基於崇尚公平正義的立場，請求你們不要對這個圖書館員施予太嚴厲的判決。我可以頗有把握地說，現在沒有立即發生戰爭的風險。」

艾琳爲了那些人類世界——也爲了她自己——鬆了一口氣。肩上重擔突然消失的感覺，令她飄飄欲仙。不會有戰爭了。她能挺得住處罰——有鑑於剛才敖順爲她求情，甚至可能是輕罰。但這時候她想到大圖書館的戒律在本質上是毫不留情的，心又沉了下去。

考琵莉雅很莊重地行了半鞠躬禮。「謝謝您，陛下。我們在審判她的時候會將您的話列入考量。艾琳，妳如果臨別前還有什麼話想對朋友說，就快說吧。」

艾琳轉頭看凱和韋爾。「如果我能回來，我會回來的。」她說。「別做任何傻事。」她或許不該在龍王面前講出這麼不得體的話，但她的自制力已經在下滑了。而且質詢的陰影還籠罩著她。

凱握住她的手。「我會在這裡等妳回來，」他保證。「當然前提是我王叔允許。」後半句是他匆匆補上的，艾琳覺得聽來不怎麼誠懇。從敖順皺著眉頭的表情看來，他也有同感。

韋爾短暫地按了按她的肩膀。「妳不在的時候，我會顧好石壯洛克。」他說，「希望妳不會離開太久，溫特斯。妳的語言長才眞的非常有用。」

艾琳覺得喉嚨一緊。她可不能讓自己出糗。「謝謝你們兩位，」她用清澈的嗓音說。「我也希望不會離開太久。」

她確實還有希望。因爲敖順並沒有叫凱離開大圖書館，因爲考琵莉雅趕來幫忙她——也因爲不管大圖書館會怎麼懲罰她，她都不認爲他們會把她趕出去。她仍然是大圖書館的一員，當狀況最惡劣的時候，她代表大圖書館發言。現在藉著大圖書館的幫助，他們成功地阻止了可能爆發的戰爭。

還因爲儘管面臨重重阻礙，她和韋爾終究救回了凱。

她再度向敖順行屈膝禮，接著便隨考琵莉雅走出房間——回到大圖書館。

《看不見的圖書館2 蒙面的城市》完

大圖書館的祕密

大圖書館及其探員之內幕

艾琳的竊書榜前五名

由於艾琳是資歷尚淺的大圖書館探員，她得奉命到各種遙遠的世界去蒐集著名、稀有、危險書籍，把它們帶回大圖書館。做這件事的目的可能是殲滅某個危險幫派，或拯救某個世界——圖書館員可能不會被告知這項資訊。有時候一本書就乖乖待在它該在的地方，像是在秩序井然世界中一座管理得很好的圖書館裡，因此獲取目標書籍輕而易舉。有時候任務出了嚴重差錯，探員自己都九死一生，更別提還要拿到那本書了。不消說，每位圖書館員都有他們津津樂道的竊書故事和恐怖經歷，因此我們請艾琳分享她自己的前五名。

莎士比亞的《阿格曼農》

我想到的第一本書是莎士比亞的《阿格曼農》——有誰會不想吹噓拿回一本獨特莎士比亞作品的故事？這次任務類型屬於你完全知道書在哪裡（在一位隱居的億萬富翁的私人藏書室），問題就出在怎麼拿出來。那本書所在的世界正在經歷一連串長時間戰爭，戰爭源頭可以追溯到十一世紀的聖戰，當時掌權的是拜占庭帝國。有件很討厭的事，就是那個世界的女人很明確地擁有次等的社會地位。到頭來我得從另一個世界「借」來一本莎士比亞的《愛的徒勞》（我的目標世界從來沒有這一本書），然後放風聲讓億萬富翁注意到這本書。我讓他從我手裡騙走這本書，好接觸到他的藏書。事後我還滿得意的，至少他手上多了一本他從未讀過的莎士比亞作品。至於我偷到的劇本嘛……嗯，我發現莎士比亞的基本劇情大多是向古希臘悲劇作家艾斯奇勒斯借來的。不過一如往常，莎士比亞添加了他自己的特色。我很好奇他是不是打算繼續借用艾斯奇勒斯的《奧瑞斯提亞》另兩部劇作，湊齊一套三部曲……

《敘爾德林皇朝傳奇》

我被派去拿一本《敘爾德林王朝傳奇》時，留下了最慘烈的回憶。我出差到一個中度混沌、高度魔法世界，每次轉過牆角都會碰上揮舞著巨大兵器的白痴。你可以想像會飛的長船、會唱出魔咒的北地詩人，還有許許多多的預兆和世仇。但凡稍微叫得出名號的人，都在摩拳擦掌準備開戰。他們就像預期北歐神話中的大災難諸神黃昏將在明天降臨，因此要在天崩地裂之前盡可能殺人殺個過癮。那個世界沒有能幫忙的駐地圖書館員，根本幾乎沒有圖書館。而且那裡妖精多得很，比蟑螂還要猖獗。我喬裝成漂泊的吟遊詩人和說書人，藉著改編經典故事在酒館裡努力取悅肌肉過於發達的醉鬼。如果你恰好到那個世界去，聽到有人在口述尼莫船長逃離法國大革命時與莫比．迪克對抗的故事，現在你知道原因了。還有，後來戰爭真的開打這件事絕對不能怪我，妖精也摻了一腳，是他們引爆「金毛豬炸彈」的，我只是在錯誤的時間出現在錯誤的地點。

愛倫・坡的《燈塔》

另一本很難弄到手的書，是愛倫・坡的《燈塔》，那是作者死後的事。我要找的是已經完成的版本——完整的小說，不像某些世界中是未完成的遺作。在我去的這個世界裡，愛倫・坡生前已是知名作家，可惜還是有酗酒和賭博的毛病。他住在被稱爲美利堅邦聯帝國的地方，他的妻子則是當地民俗魔法的從業人員。儘管那個世界巫術當道，也是大學裡的熱門科目，那個世界的妖精卻大多住在歐洲，所以我至少不用顧慮他們。棘手的是據說我要找的書裡藏著一張密碼圖。那是「解開謎題者可以獲得我累積的財富」之類的把戲，因此那本書一書難求（初版時的印量就很少了）。有好幾個祕密會社或執著的尋寶獵人使得這本書更加稀有。最後我被一大群用魔法變出來的殺手貓追殺穿過當地樹林，還得跳進湖裡躲藏，之後再從湖對岸爬出來，又被誤認爲是水鬼……那絕對不是我最順利的一次任務。也絕對不是我偏愛度過萬聖節的方式。

石玉崑的《忠烈俠義傳》

一年後，我被派去找一本《忠烈俠義傳》——是說書人石玉崑口述表演的謄本。這屬於那種在很多世界裡都有的書，但我要找的這本獨一無二——它比其他版本多了一百個章回。那本書所在的世界頗爲太平，對我來說算是個不錯的改變。當權者是中國帝國，魔法和科技都不發達，但貿易非常興盛。我得建立一個外國留學生的假身分，搭火車平快車橫越半個中國，設法在長安大學裡申請到入學資格，以進入大學圖書館。據我們所知，唯一一本完整版就存放在那裡。接著我花了扎扎實實的三個月，趁夜潛入圖書館，手抄謄下內容，期間只有兩、三次必須躲閃警衛。那趟任務並不趕時間，我用這種方式可以把原始文本留在那裡。那回的經驗頗為愉快，我甚至還趁這機會做了一些研究。你知道，我的人生並不全都由東奔西跑和尖聲慘叫構成。

珍・奧斯汀的《凱瑟琳夫人否認記》

最後這一項任務，我是因為書本身而印象深刻。倒不是說那個世界不吸引人——它是高度科技、中度混沌的世界，有複製恐龍什麼的。不過更重要的是，根據記錄，只有這一個世界中的珍・奧斯汀轉而改寫偵探小說。我在聽任務簡報的時候，自然被要求蒐集一整套回來。最難找的是最後一集《凱瑟琳夫人否認記》，奧斯汀去世時這本書的手稿也跟著消失了。我設法追蹤手稿，查到了東西在威爾斯的一名瘋狂科學家的私人宅邸。（我不是說所有瘋狂科學家都愛讀珍・奧斯汀，但我遇過的瘋狂科學家中，是她的書迷的比例高得驚人。）討厭的是，他在私人公園裡放了一堆肉食性複製恐龍來看家，我得從當地一座廢棄煤礦場走地下通道潛進他家。即使如此，我還是被逮到了，差點淪為他的實驗品。（當然我逃掉了，不然還會在這裡寫下這些事嗎？）如果你感興趣，我的個人書架上還有一本複本呢。這本書的開頭是凱瑟琳・德波夫人被謀殺了……

大圖書館的傳說

在大圖書館裡，你會聽到各種各樣的故事：「地下室裡住著怪物」、「有圖書館員想要找到全大圖書館最古老的書，結果從此下落不明」、「有一次某人想爬窗戶出去——結果外面根本沒有東西」。典型的都市傳說——嗯，應該說大圖書館傳說。除了上述這些，還有其他比較經典的類型。那類故事中有個圖書館員在大圖書館最深處迷了路，她可能走到一個房間，發現裡面排了一圈華麗的椅子，椅子上坐著一個個穿著盔甲、沉睡的騎士，然後有個神祕的聲音對她說：「時候到了嗎？」她會說：「還沒，繼續睡吧。」說完逃之夭夭，後來她再也找不到那個房間了。這是典型的「沉睡的國王與他的戰士」類民間故事——不管主角是亞瑟王、紅鬍子腓特烈一世，或誰都沒差。

但還有別的故事。

聽說有個圖書館員曾看到別人的貓鑽進兩個書架之間的角落。（有些資深圖書館員會養寵物，而有些寵物有點怪怪的。）因此他抽掉幾本書察看書架後面，發現牆上有一道裂縫。由於那是一堵磚牆，而他又好奇心很強，他就撬出更多磚塊來查明牆後有什麼東西。他找到一大片會產生回音的黑暗空間，空氣乾燥而凝滯，那裡黑到即使用手電筒去照也照不出任何東西。由於他是一個半理智的人（完全理智的人一開始就不會去挖那些磚塊了），他並沒有試著用繩索垂降之類的方式下去一探究竟，而是把磚塊放回原位。但是在他放回磚塊前，他寫了一張紙條，表示如果那底下有人的話，他想要聊一聊；他把紙條丟向黑暗，然後才封起裂縫。

等他回到自己的房間，坐下來，拿起之前看到一半的書，試著放鬆心情。可是當他翻到要看的那一頁時，發現書籤被換成別的東西了——是他丟向黑暗的紙條。那張紙現在彷彿飽經歲月摧殘而變得薄脆且布滿灰塵，紙條下方用語言寫著：「我想還不到時候。」

作者訪談

珍娜薇・考格曼創作了極富閱讀樂趣的好看小說，故事場景是不可思議的嶄新世界。我們想要更加了解珍娜薇的寫作、筆下的角色和這些世界的靈感來源。珍娜薇很慷慨地滿足了書蟲的好奇心——請參見下列訪談記錄。

◆如果妳能在艾琳的世界挑選一件物品帶到我們的世界，妳會挑什麼？原因爲何？

我的第一個想法是「整座大圖書館」，不過那可能有點太貪心了！那麼我就退而求其次，選擇可以登入大圖書館電子郵件系統的帳號吧，那我就可以看到他們最吸引人的檔案。

◆妳的情節是怎麼串連起來的？妳的靈感是在上班途中，或是在超市採買時出現的嗎？還是只要妳端坐在鍵盤前面，靈感就會乖乖浮現？

我記得是阿嘉莎・克莉絲蒂說的吧，她說洗碗的時候最適合構思書的內容。我發現靈感可能在任何時候冒出來——但鮮少是在對我來說很方便的時候，例如當我坐在電腦前準備揮灑靈感的時候。正因爲如此，等我眞正坐到電腦前面時，手邊常常會有好幾張匆匆記下的筆記。我有時候會趕緊寫下怕忘記的精妙句子（！）（至少在當下看起來很精妙——過了幾個小時，那些句子未必仍然看起來很棒），甚至在白天上班的時候也可能出現靈感。對我的角色來說幸運的是，我還沒有把上班時讀到的任何疾病或傷勢用在他們身上。

◆喬治・馬汀曾說作者若非建築師就是園藝家——意思是若非事先詳細規畫好，就是任由情節自由發揮。妳會將妳自己歸入其中一類嗎？為什麼？

我會把我自己歸類爲園藝家，不過是在開始前先設計好花圃的那種園藝家。我會想好將會發生什麼事，還有粗略的情節大綱。我也會規畫出時間順序，像是「在這一段情節中，艾琳會做X，並且得到Y資訊」。但是在規畫時，我不見得會想好她得到那項資訊的完整細節。此外在寫作過程中，可能會迸出其他靈感火花，或是讓原本應該只出現一回的角色在整本書中頻頻登場。話說回來，規畫情節時也會發生類似這種情況：「在這個時間點，艾琳會想出絕妙的脫身之計，但我還沒想出來內容——還要再研究一下。」因爲如此，以花園作比喻，可能整座花園都要重新翻土。不過如果能讓故事更精采，這也是值得的……

◆當圖書館員使用語言時，能對世界產生各種神奇影響。在《消失的珍本書》或《蒙面的城市》中，有沒有哪個使用語言的橋段是妳特別偏愛的？如果有，請說說妳覺得這橋段的特別處？

我最偏愛的使用語言橋段，應該是在《消失的珍本書》裡，艾琳命令博物館動物標本動起來攻擊狼人的段落。那段很怪誕又戲劇化，而且大概耗費了她比平常更多的能量，但寫起來眞的很過癮。

◆圖書館員背上有大圖書館的刺青圖案，它究竟長什麼樣子？

位置在肩胛骨下方，是長度大約三十公分的橫向黑色書寫體文字。它的位置夠低，艾琳還可以穿露肩禮服而不露出刺青！刺青周圍還有類似埃及象形文字的橢圓形外框，呈現書本頁面般的形象。非圖書館員看到這個刺青時，會看到艾琳的名字（或是那個刺青主人的名字），用觀看者本身的母語文字撰寫。你不能用化妝品或染劑遮蓋它，因此圖書館員在挑選服裝時都格外謹慎。有謠言說環繞圖書館員名字的橢圓形外框，其實是用顯微技術壓縮而成的文字，文字內容詳盡地介紹了大圖書館。但你也知道謠言就是謠言……

◆我超愛艾琳冷面笑匠的本領還有能冷靜因應（幾乎）任何情況的能力。妳是從別的小說角色得到創作她的靈感，還是她完全是妳獨創的呢？

我希望把她當作是原創角色，不過我大概無意識地向不只一部作品借了靈感。她的形象絕對要部分歸功於洛伊絲・莫瑪絲特・布約德筆下的女主角。至於她文雅的風度和百無禁忌的本性，我覺得有點像經典電視影集《復仇者》中的男主角約翰・史提。（凱則頂替了女主角艾瑪・皮爾的位置。）

◆艾琳的名字有什麼由來？背後有什麼故事嗎？

艾琳從小就崇拜福爾摩斯，也是柯南・道爾作品集的書迷，因此她在鬼迷心竅的亢奮情緒下，給自己取了故事中惡名昭彰的女冒險家艾琳・艾德勒的名字（福爾摩斯總是叫她「那個女人」）。最近她對這個取名的原因變得比較難為情。

◆妳創作這個大圖書館系列還受到哪些作家影響呢？

我可以馬上想到好幾位，也許還有更多人是我一時說不上來，但只要你向我提起，我就會說：「當然，我應該想到的」云云。我最先想到的包括娥蘇拉・勒瑰恩、泰瑞・普萊契、黛安・杜恩、亞瑟・柯南・道爾爵士、芭芭拉・漢柏利、約翰・狄克森・卡爾、安伯托・艾可、羅傑・齊拉尼、麥可・摩考克，以及路易絲・庫珀……另外我也受惠於經典電視影集，例如《超時空奇俠》和《復仇者》——再加上功夫電影和武俠電影。

◆圖書館員得出外勤擔任探員多長時間，才能成為常駐大圖書館內、對資淺圖書館員頤指氣使的資深圖書館員？

通常圖書館員要到年紀太大或是受了太重的傷，沒辦法勝任探員工作的體力活之後，才能停止從事外勤工作。一般而言這表示他們要工作到六、七十歲。如果他們眞的很喜歡自己居住和工作的世界，甚至可以待更久。但是那類圖書館員多半是駐地圖書館員，會花很多時間和心力去維護他們的假身分。有些人甚至選擇在他們漸漸愛上的那個世界自然死亡。剩下的人則會回到大圖書館度過餘生，屆時他們終於可以安頓下來，讀一讀自己蒐集的書籍、研究想要學習的語言、撰寫比較不同世界書籍的評論文章、和他們的同事抬槓……噢，還有教導資淺圖書館員。

◆優秀的大圖書館探員應該要接受哪方面的教育？

語言能力非常重要。能說（以及讀和寫）多種語言的圖書館員對大圖書館來說很有用處，因爲比起只會說一種語言的探員，他們能接更多的任務。基本的生理健康、武術技巧和優越的射擊術都能派上用場——此外還有在必要時要能跑得夠快。好的圖書館員能在關鍵時刻長袖善舞，並且能夠融入大部分社交場合。有些圖書館員喜歡訓練學徒精進間諜和暗殺技巧，再加上謀畫策略方面的涵養。其他人則鼓勵後輩鑽研開鎖、盜竊、遊說和詐騙的藝術。年紀最老、從來不離開大圖書館的那群圖書館員傳授的是不那麼立即有用的技藝，例如藝術理論和文學批評。他們也總是樂意討論他們最愛的文學作品，並提及他們當年的生活比起現在有多麼艱困。

完美的圖書館員要溫和、冷靜、鎮定、聰穎、諳多國語言、槍法一流、武藝精湛、具備奧運選手等級的跑步能力（短跑和長跑均擅長）、水性強、是高明的竊賊和天才詐欺專家。他們可以早晨從頂級防護的保險箱裡偷走十二本書，整個下午暢談文學，和社會名流共進晚餐，然後跳舞到午夜，凌晨三點再偷走更有趣的著作。完美的圖書館員就有這種本事。就實務上來說，大部分圖書館員寧可把時間花在讀一本好書上。

◆對於眼光獨到的圖書館員，除了書以外（我知道，他們眼裡只有書！），他們還可能對什麼樣的美食趣之若騖？

在手握一本令人享受的讀物的漫漫長夜裡，最好來點提神飲料，可能是茶、咖啡、熱可可、干邑白蘭地或是苦艾酒……艾琳偏愛咖啡，在她特別需要來點白蘭地時，會把酒加進咖啡裡。她還沒有培養出鑑賞咖啡的專業品味，但她確實能分辨品質的優劣。布菈達曼緹喜歡雞尾酒，不過她想要別人端上來給她，而不是自己動手調。考琵莉雅喝的是很濃的黑咖啡，再加一大塊紅糖，製造出非常濃郁的苦甜飲料，口味較淡的人喝了可是會蜷起腳趾頭的。

◆最後，妳的作品每一頁都煥發妳對書本和圖書館的熱愛。有沒有哪一座圖書館在妳心中占有特殊地位，或是妳依然愛去哪一座圖書館嗎？

我在住過的所有地方都留有與圖書館相關的回憶，但我想，記憶中最特別的是我以前讀的學校的圖書館——那所學校是基督公學。我是學生圖書館員，負責整理書籍，所以花了很長的課餘時間待在那裡。我還記得放小說的主要區域有幾扇凸窗，午後陽光會透過窗子斜射進來。我記得沉重的木桌木椅，還有索引卡片。（這已經是超過二十年前的事了。）有一扇側門通往「自治領藏書室」，那裡存放著許多參考書和舊書，總是非常靜謐。那個房間有畫作和簾幕什麼的，但我印象最深刻的是古老、厚重、顏色很深的木地板和書架，還有藏書。

當然，現在那裡可能早就變得不一樣了，但記憶本身就像一個平行世界。

The Invisible Library

本書提及之作家、作品名中英文對照表

依照出現順序排列

第一章

亞伯拉罕·「布蘭姆」·史托克的《女巫》，改編自朱爾·米榭勒的同名著作）

La Sorcière by Abraham or “Bram” Stoker, based on the book of the same name by Jules Michelet.

伊莉莎白·巴托里的《玫瑰女王》　*Regina Rosae* by Elzsbeth Báthory

第二章

《瘋狂理髮師》　*Sweeney Todd*　（音樂劇）

《草原上的小屋》　*Little Sod House on the Prairie*

《新哥登堡俠義故事集》　*Vigilante Stories of New Gothenburg*

《北美洲的符文石》　*Runestones of North America*

第十八章

《托斯卡》　*Tosca*（歌劇）

第二十章

〈爲了藝術，爲了愛〉　*Vissi d'arte*（《托斯卡》中的歌曲）

第二十一章

但丁《神曲·地獄篇》　*Inferno* by Dante

第二十五章
《孫子兵法》 *Sun Tzu*

大圖書館的祕密
莎士比亞的《阿格曼農》 *Agamemnon* by William Shakespeare
《愛的徒勞》 *Love's Labour's Lost*
艾斯奇勒斯的《奧瑞斯提亞》 *Oresteia* by Aeschylus
《敘爾德林皇朝傳奇》 *The Skjöldunga saga*
尼莫船長 Captain Nemo（出自《海底兩萬哩》）
莫比・迪克 Moby Dick（出自《白鯨記》）
愛倫・坡的《燈塔》 *The Light-House* by Edgar Allan Poe
石玉崑的《忠烈俠義傳》
The Tale of Loyal Heroes and Righteous Gallants by Shi Yukun
珍・奧斯汀的《凱瑟琳夫人否認記》
Lady Catherine's Denial by Jane Austen
凱瑟琳・德波夫人 Lady Catherine de Bourgh（出自《傲慢與偏見》）

作者訪談
阿嘉莎・克莉絲蒂 Agatha Christie
喬治・馬汀 George R. R. Martin
洛伊絲・莫瑪絲特・布約德 Lois McMaster Bujold
《復仇者》 *The Avengers*（影集）
亞瑟・柯南・道爾爵士 Sir Arthur Conan Doyle
娥蘇拉・勒瑰恩 Ursula Le Guin
泰瑞・普萊契 Terry Pratchett
黛安・杜恩 Diane Duane
芭芭拉・漢柏利 Barbara Hambly
約翰・狄克森・卡爾 John Dickson Carr
安伯托・艾可 Umberto Eco
羅傑・齊拉尼 Roger Zelazny
麥可・摩考克 Michael Moorcock
路易絲・庫珀 Louise Cooper
《超時空奇俠》 *Doctor Who*（影集）

看不見的圖書館

The Invisible Library

3

The Burning Page

當任務是扭轉頹勢——你會從何處著手？

緩刑中的艾琳和助手凱，被大圖書館派往聖彼得堡，獵取一部獨特的大仲馬作品。但準備逃離這個世界時，指定逃脫穿越口所在的建築不僅被士兵包圍，更燒了起來；雪上加霜的是，出入這個世界的穿越口還故障了！身爲大圖書館探員，她要努力逃出這熊熊大火，將指定書目送回大圖書館，並回到她工作的倫敦。但這其實是全新陰謀的開端，妖伯瑞奇設下的陷阱正等待著她，以及大圖書館……

Coming soon.

看不見的圖書館 2 / 珍妮薇.考格曼(Genevieve Cogman)著；
聞若婷譯. -- 二版. -- 臺北市 : 蓋亞文化, 2024.10
面；　公分
譯自 : *The Masked City*
ISBN 978-626-384-133-8（第2冊 : 平裝）

873.57　　113014449

Light 030

看不見的圖書館 ❷ 蒙面的城市

作　　者　珍娜薇・考格曼（Genevieve Cogman）
譯　　者　聞若婷
裝幀設計　莊謹銘
編　　輯　章芳群
總 編 輯　沈育如
發 行 人　陳常智
出 版 社　蓋亞文化有限公司
地址：台北市 103 承德路二段 75 巷 35 號 1 樓
電話：02-2558-5438　傳眞：02-2558-5439
電子信箱：gaea@gaeabooks.com.tw
投稿信箱：editor@gaeabooks.com.tw
郵撥帳號 19769541　戶名：蓋亞文化有限公司
法律顧問　宇達經貿法律事務所
總 經 銷　聯合發行股份有限公司
地址：新北市新店區寶橋路二三五巷六弄六號二樓
電話：02-2917-8022　傳眞：02-2915-6275
港澳地區　一代匯集
地址：九龍旺角塘尾道 64 號龍駒企業大廈 10 樓 B&D 室
電話：+852-2783-8102　傳眞：+852-2396-0050
二版一刷　2024年10月
定　　價　新台幣 420 元
Published and Printed in Taiwan

GAEA ISBN 978-626-384-133-8